チョーサーの自然
──四月の雨が降れば──

石野 はるみ 著

松籟社

凡例

引用語句の表記方法の例
1、ボエティウス『哲学の慰め』
　　　III. metre. ii. 1-6（3巻　第2歌　1-6行）
　　　III. pr. xii.（3巻　散文　第7章）
2、『薔薇物語』
　　　Roman, 5744-54（『薔薇物語』5744-54行）
3、『テセイダ』
　　　VII. 64（7巻　64行）

主たる略記

BD	*The Book of Duchess*
Cosmo	*Cosmographia*
Epistola	*Epistola adversus Jovinianum*
HF	*The House of Fame*
PF	*The Paliament of Fowls*
PL	*Patrologia Latina*
Planctu	*De Planctu Natura*
PMLA	*Publication of the Modern Language Association*
Roman	*Le Roman de la Rose*
Romaunt	*Chaucer's Romaunt of the Rose*
OED	*The Oxford English Dictionary*
MED	*The Middle English Dictionary*

チョーサーの自然
──四月の雨が降れば──
目次

序 ・・・ 9

第Ⅰ部 「自然」の語源と歴史的背景

1 自然 nature の語源・・・・・・・・・・・・・・・・・・・・・・・・・・・・・ 15
2 歴史的背景 ・・・・・・・・・・・・・・・・・・・・・・・・・・・・・・・・・・・ 26
　１）古代哲学における自然観　26
　２）中世における自然観の変容　40
　　　12世紀ルネッサンスにおける自然観　41
　　　トマス・アクィナスの自然観と「自然法」　48
　　　ジャン・ド・マンの「自然」夫人　51

第Ⅱ部 作品論

1 『鳥の議会』──結婚にはたらく自然 ・・・・・・・・・・・・・・・ 71
　１）問題提起──悩める主人公　74
　２）夢の庭の風景　79
　３）鳥たちの議論──自然の掟にしたがうこと　83

2 『公爵夫人の書』──生と死を司る自然 ・・・・・・・・・・・・・ 96
　１）ブランチと自然の女神　98
　２）自然の掟に背く「わたし」と「黒衣の騎士」　102
　３）黄金時代の昔話　106
　４）騎士の再生と癒し　108

3 「医者の話」（『カンタベリー物語』）
　　──自然に背くこと　病むこと ・・・・・・・・・・・・・・・・・・116
　１）原典との比較　117

2）乙女ヴァージニア像　120
　　3）「自然の法」に背くこと——アピウス、クローデウス　124
　　4）「自然の法」に背くこと——ヴァージニウス　129
　　5）語り手の医者について　135

4　「バースの女房の前口上」(『カンタベリー物語』)
　　——反撃する自然の娘 ･････････････････････････ 143
　　1）結婚観　147
　　2）バースの女房と「老婆」　152
　　3）結婚の実り　158

5　『トロイルスとクリセイダ』——恋の心変わり ･･････ 169
　　1）『薔薇物語』の宮廷愛形式　171
　　2）自然の伝統　174
　　3）クリセイダの心変わり　179

6　『誉の館』——遺伝子情報と情報 ･･････････････････ 195
　　1）キンメリー族と未生の魂　202
　　2）空中動物　203
　　3）教師としての鷲　204
　　4）「友」と呼ぶ声　207

おわりに——自然といのちある言語について ･････････････ 221
参考文献 ･･ 226

チョーサーの自然
――四月の雨が降れば――

序

　四月が匂やかな霧雨を
　三月の乾いた根にまで滲み入らせ
　樹の管一筋一筋が水滴でひたされ
　そうした恵みで花が育まれ、
　西風が甘いいのちの息を
　雑木林や木立の萌芽に吹き込み
　若い太陽が白羊宮へと道の半ばを駆けていき、
　小鳥たちは恋の調べを奏でて
　夜もすがら眼も閉じず、
　実に自然 (nature) が小鳥たちの心をそぞろにさわがせる、
　ちょうどそのころです。人々は巡礼に出かけたいとうずうずして、
　棕櫚の葉を持つ巡礼者になって見知らぬ土地、遠くの国までお参りにと心躍らせます。
　『カンタベリー物語』序文より [1]（筆者訳）

チョーサーの世界を始動させる四月の雨

　『カンタベリー物語』は4月の雨で始まる。チョーサー（Geoffrey Chaucer, 1340頃-1400年）の代表作はこの一節によって不朽の名声をうちたてた。この一節から天と地の中間にある世界、雨によって潤される自然と人間の世界がはじまる。

　チョーサーは愛の詩人である。彼は恋愛や結婚について多くを作品の中で語っている。彼は人間をエロス的存在とみなしてい

るようである。エロス的であること、すなわち本能や欲望を抱えて生きるのは人間の自然である。エロスは人間の内なる自然である。本書は中世人のパラダイムであり、チョーサーの作品を貫く主軸となっている自然の概念について考察する。中世的な思想や概念を踏まえて作品を論じようとする試みである。

　チョーサーは14世紀の宮廷に仕える官僚であり詩人である。彼は歴史的題材とともに宮廷生活から庶民の生活にいたる幅広い題材をとり上げており、同時代に生きた人々への活発な興味をもって作品を生み出した。彼の詩作へ大きな影響を与えているのは総じて先行する12世紀ルネッサンスの人文主義、学問、諸学芸であると思われる。12世紀の人文主義者たちは自然について新たに関心を抱き、天上界と地上界の成り立ち、生物、人間の成り立ちについて論じていた。

　ここでとり上げる自然観は、日本人の「自然」と比べると異なる。自然の意味として万物、おのずから成ること、を表すことはほぼ同じであろう。しかし西欧中世の自然観は、山川草木などを観照するといった自然のみではなくて、天地、神や宇宙の原理、人間の存在、本性そのものと切り離せない概念である。中世の自然観はギリシャ・ラテン文明から、またヘブライニズムからヨーロッパが引き継いだ自然観を発展させたものである。また文学史において、中世に形成された自然の概念は、チョーサーより後代のシェイクスピア、スペンサーの作品に大きな役割をはたしており、18世紀ロマン主義の作家の作品にもかなりの影響を及ぼしていると思われる。さて中世人の自然観は自然破壊という現代のわたしたちの問題に対して何かを示すことができるのか。もしできるとするなら、「小宇宙」である「内なる自然」としての人間性についての彼らの考え方にあるのではないか。

本書はまず、第Ⅰ部では自然「ナトゥラ」の歴史的背景をとり上げる。自然の語源と古代中世の哲学や神学の自然観を見ていくことにする。「ナトゥラ」の語源からその広い意味領域をさぐり、古代中世哲学の自然論議をとり上げる。古代哲学における自然、また特に12世紀ルネッサンスにおける自然とその文学的表現、13世紀のトマス・アクィナスの自然、およびチョーサーに直接的な影響を与えたジャン・ド・マンの自然といった事柄に焦点をおいて、中世理解の鍵ことばとしての自然の哲学的、修辞法的側面を考えてみたい。

　第Ⅱ部ではチョーサーの各作品をとり上げて、作品において、自然が寓意的であれ、作品中に隠喩として内在するものであれ、どう描かれているのか、また自然のモチーフが作品にどのようにはたらいているかを明らかにしたい。

　ここで扱う作品は、初期の作品で夢物語を扱った『公爵夫人の書』、『鳥の議会』、『誉の館』、後の『トロイルスとクリセイダ』、「医者の話」(『カンタベリー物語』)、「バースの女房の前口上」(『カンタベリー物語』)であるが、本書での目次は推定制作年代順とは異なる。自然は中世の大テーマであり、詩人が生涯を通して関心をいだいたと思われる概念であるため、彼の全生涯にスパイラル的に幾度となく作品の機軸となってあらわれている。そのようなチョーサーの自然がより理解できるために、本書では制作年代にこだわらない順をとった。

　第Ⅱ部の作品論は、結婚をあつかう『鳥の議会』、生と死をあつかう『公爵夫人の書』、病むことについての「医者の話」、「自然」が女性性をとって具現している人物が登場する「バースの女房の前口上」、男女のすれ違いを描く『トロイラスとクリセイダ』、詩人の創作論である作品『誉の館』の順で作品をとり上げ

る。『誉の館』は、中世の「自然をならう」という芸術の原理にしたがい、作品を創造するのはどのようなことかを探求したものである。それはチョーサーの詩人としての出発点の詩作であり、彼のキャリアと全作品に関与する重要な詩論である。

　チョーサーにおける自然をテーマに研究を続けることができたのは、同志社大学名誉教授、斉藤勇博士の長年のご指導、折々のお励ましのお言葉によるところが多大である。その他多くの中世英語英文学の研究者の方々からのご示唆とご教示に対して感謝の念を記すものである。

第I部

「自然」の語源と歴史的背景

1　自然 nature の語源

　英語では自然を意味する語として、古英語であるアングロサクソン語に由来する kind とラテン語に由来する nature がある。まずラテン系の語源からはじめ、次にアングロサクソン系の語源を探求したい。

　英語の nature はラテン語 natura からであり、ラテン語の関連語として、誕生 nascor、民族 natio、本能、女性性器を意味する場合もある natura などがあげられる[2]。同時にインドゲルマン系の言語であるギリシャ語フィジス physis（φύσις）が重要な先行する語源である。Physis は「1. 住む、そこにとどまる」「2. 成長する、〜になる」を意味し、その名詞の用法には「1. 始まり、生成されること」、「2. 種類、性質」という意味がある[3]。

　アリストテレスによれば、physis は生物の造化のプロセスが完了したとき、万物がどんなものになるにせよ、それそのものが、その physis であるとされる。またある事物の physis とは、それが成熟にむかって成長しているものであるとされる[4]。もともと「種類」であったこの語が「万物」をあらわすようになったのは、ギリシャの哲学者たちが、物事、神々、人、動物、植物、鉱物その他、なんであれすべてをとり上げ、一つの名前の下にとり囲もうとする考えをもっていたためである。そのための語として、physis が選ばれたのではないかと考えられる。発生の経緯が不明であれ、少数のギリシャ人によって physis は万物、または宇宙という意味に発展させられていく。また有という意味もここに重なっている。この意味こそが、ラテン語の natura に伝わり、英語 kind におよんでいくのである[5]。

　このような語源的背景をもつ nature の意味は複雑で、識別が困

難な側面をもっているが、『オックスフォード英語辞典』*Oxford English Dictionary*（以下 OED）のこの項目には大別してⅠよりⅣの分類があり、さらにその発展的な意味が掲載されている。ここで nature のいくつかの意味をあげる。

Ⅰ. 1. The essential qualities or properties of a thing; the inherent and inseparable combination of properties essentially pertaining to anything and giving it its fundamental character.（物の性質、属性）

Ⅱ. 6. The vital or physical powers of man. (a person's physical strength or constitution)（人間の肉体性のもつ力）

Ⅲ. 9. The inherent dominant power or impulse (in men or animals by which action or character is determined, directed or controlled. (Sometimes personified.)（人や動物に内在して動かす力または本能）

Ⅳ. 11. The creative and regulative physical power which conceived of us operating in the material world and as the immediate cause of all its phenomena.（物質界とその現象を支配する創造的、恒常的力）

Ⅳの b 項には、このような力について寓意的な用法があがっている。

b. More or less definitely personified as a female being
多かれ少なかれ、寓意的に女性として定義され、大文字で Natura とあらわされる用法。

『中世英語辞典』*Middle English Dictionary*（以下 MED）の

nature 項目には大別して 8 つの分類がある。その項目と意味の用例をつぎにあげる。

1. (a) The creation, universe;
   the Universe as a divine creation;
   the inherent constitution of the Universe, the state of things（神の創造した宇宙、世界）

   ここには同時に次のような意味もある。

   The Universe as a fallen creation in need of divine grace（神から堕落した創造、創造物で神の恵みを必要とする世界）
2. (a) Nature as governed by law, natural law as the norm of human experience（自然の法則として）
3. (a) Nature as an embodiment of moral and political principles; right morality; natural affection , parental or filial love（道徳、政治の原理として、道徳的な正しさをあらわすものとして、自然の情愛をあらわすものとして）
4. Temperament, character; state, condition（気質、性質、状態）
   (a) of God; of a pagan god or goddess; of a sin; of death personified（神の、異教神の、女神の、罪の、寓意的な死の神の性質）
   (b) of rational created being; of man, of mankind（理性的な生き物の、人間の、人類の性質）
5. Type, species, sort; family, race（類、種、種類、族、血縁）
6. (a) Physical needs or appetites; hunger;
   (b) defecation;
   (c) sexual urge（肉体の必要性、例えば食欲、性欲）

7. Nature personified; also, the goddess Nature（寓意的な女神をあらわすもの）
8. With reference to speech and writings（話と書き物への言及とともに用いられる）

　MED には以上の具体的な用例としてチョーサーの作品からの引用が多く見られるので参考となる用例をあげる。

1. The Universe as a divine creation　神的な創造である宇宙として
   チョーサー『トロイラスとクリセイダ』Ⅲ. 1016-17
   O, thow Jove, O Auctor of nature,
   Is this an honur to thi deyte（汝ジュピターよ　世を作りしものよ／これは汝の神性にふさわしいことであろうか）
2. 自然の法則としての nature
   チョーサー「フランクリンの話」(『カンタベリー物語』) 1344-45
   That swich a monstre or merveille myghte be!
   It is agayns the process of nature（そんな不思議なことは自然の道理に反している）
   チョーサー「免罪符売りの話前置き」(『カンタベリー物語』) 294-95
   That yiftes of Fortue and of Nature
   Been cause of deeth to many a creature（運命と自然の女神からの贈り物というのは多くの人に死をもたらした）
   チョーサー「教区司祭の話」(『カンタベリー物語』) 450-52
   The goodes of nature stonden outher in goodes of body or in goodes of soule. / Certes, goodes of body been heele of body, strengthe. . . /

Goodes of nature of the soule ben good wit,sharp understondyge, . . .
(自然からの賜物は人の肉体へのもの、または精神へのものであり、肉体へはからだの健康や力、等々、精神へはすぐれた知力や鋭敏な理解力、等々)

3. 道徳性の具現としての自然

チョーサー「メリベウスの物語」(『カンタベリー物語』) 2773

Nature defendeth and forbedeth by right that no man make himself riche unto the harm of another persone. (自然は正当にも誰も他の人を貶めて富むことを禁じる)

道徳性に反してという意味では against nature として同上 2774-75

No thyng that may falle unto a man is so muche ageys nature as a man to encresse his owen profit to the harm of another man.
(人が他人を貶めて自分の利益を増やすほど自然に背くことはない)

4 　気質、状況を表す自然

チョーサー訳『哲学の慰め』V. pr. 5, 32-34

Reasun is al oonly to the lynage of mankynd, right as intelligence is oonly to the devyne nature. (まさに知力が神のみの性質であるように、理性は人類のみに与えられたものである)

または堕落した人類の性質として

「教区司祭の話」460

We ben alle of o fader and of mooder; and alle we been of o nature, roten and corrupt. (われらはみな1人の父、母から生まれ、堕落腐敗の性質をもつ)

5 　種類、家族、種族

チョーサー訳『哲学の慰め』IV. pr. 6, 357-59

God himself, makere of alle natures, ordeineth and dresseth all things to goode. （すべての作り手である神ご自身はすべてをよきものとして手配された）

6. 肉体的な必要、性的欲求

チョーサー『カンタベリー物語　序文』11

And smale foweles maken melodye,

That slepen al the nyght with open ye-

(So priketn hem nature in hir corages),

（小鳥たちは恋の調べを奏で夜もすがら眼も閉じず、実に自然が小鳥たちの心をそぞろにさわがせる）

直接的に生殖器の意味にもなる。

『聖書　創世記』（C1470 *The ME Prose Translation of Roger D'Argenteuil's Bible en François*. 45/20）

And so þe woman . . ranne to þe tre and bote an apple,

And anon . . she toke shame and sorou seeing hirselve so nakid and saugh hir freelte and nature. （そこで女は木のところへ急いで行き、りんごをとり、（中略）するとすぐに彼女は自分が裸であり、恥部があらわであることを見て悲しみ恥じた）

7. 擬人化した自然、自然の女神として

チョーサー『鳥の議会』　379

Nature, the vicaire of the almyghty Lord

（自然の女神よ、全能の神の端女（はしため）よ）

チョーサー『アネリダとアルシータ』77-80

Yong was this queen . . . and of such fairenesse

That Nature had a joye her to behelde;

(この女王は若く、みめうるわしく、自然の女神は女王を見るのが喜びであった)

　以上が自然を意味するラテン系 nature の領域である。次にアングロサクソン系の語源をもつ kind について同様に意味内容を検討していく。

　kind は gecynd cynd（名詞）gecynde cynde（形容詞）に語源をもつ。名詞は nature と近い意味をもち、現代語の kind のように「種類」という意味もあった。元来 kind は nature と歴史的には何らつながりを持たない語源であったが、意味領域は大体似ていると考えて問題はない[6]。

　もともと kind は species（種）や gecyndlimu, kind-limbs つまり genitals（生殖器）、gecynde つまり sex（性）とに関わり、そこから gendrynge of kynde（生殖）、off-spring（子ども）、race（種族）、family（家族）などの「集団」も意味するようになった[7]。

　OED の kind 項目には以下の分類がある。

Ⅰ. 抽象的概念としての birth, place, station, character, quality, nature（誕生、場所、身分、性格、質、成りたち）
Ⅱ. 階層、集団、区分として A class, group, or divison of things 例えば race, family, clan, a class of individual（人種、家族、族、個人の所属）

　また注目すべきは I の 3 項目に natural disposition（自然的素因）とあり、その用例 (c) To do one's kind の意味は自然的な行為、性行為を果たすという意味である。

MED では kind には 15 の項目がある。1 から 8 までは OED の kind I の抽象的概念があげられ、9 から 15 までは OED の II に相当するような「血縁、祖先、族、子孫、人類などの集団」という意味となっている。ここでは、特に自然についての中世の思考の特色を反映していると思われている 1 から 8 の項目についてとりあげたい。

1. (a) essential character, attributes and the like（人、動物、物、薬などの内在する総体的な性質や本質性）

   (b) The nature of God, Christ, the soul（神、キリスト、魂）
   The nature of man as contrasted with that of God（神と比較された人の本性）

   (c) aye (ayen) kind で contrary to nature（自然に背くこと）

   (d) a characteristic, property, quality（あるものの特有の性質）

2. (a) The natural disposition or temperament of a person or animal（人や動物の元来の気質）

3. (a) Natural constitution of a person; man's physical nature（人の自然、生理的な肉体の機能）

4. (a) The natural form, shape, or appearance of a person, bodily part, substance（自然のとる形、姿、人の外見、容貌、身体）

5a. (a) The natural instincts, desires, or feelings within man or animal（人や動物の自然の本能、欲望や感情）

5b. (a) man's innate or instinctive moral feeling（人に生来ある道徳的感情）

6. (a) Action natural, habitual or customary to a person, animal（人や動物の習い性となった行為）

7. (a) The Universe, creation, the physical world, natural physical

phenomena; natural order of things（宇宙世界、物質界、物質界の現象、自然の秩序）
8. (a) Nature as a source of living things or a regulative force operating in the material world; --often personified（生き物の根源、物質界を動かす恒常的な力、しばしば擬人化した自然）

また kind の形容詞は gecynde に由来しているが、その本来の意味は、「相続している」や「人やその物に本来そうあるべきと期待されるもの」、すなわちラテン系の natural と同じだと考えてもよい。gecynde を少し細分化してみていくと、次のような意味が見受けられる。「生来の権利をもつこと」legitimate、「身内に対して生来の愛情をもっていること」dutiful affectionate、その他「道徳的に自然法に対して調和していること」「高貴な、寛大な、身分の高い生まれである」「慈悲深い、親切な」などの意味である。現代英語の形容詞である kind（親切な）は、その元の意味から考えると狭い意味領域のみで使用されているといえる。また kind は中世では貴婦人が求愛者を受け入れることを示す語であり、その場合には「憐み」という意味合いが強い[8]。

ラテン系の nature のもつ意味合いが古英語系の kind に影響を与えており、結果として重なる意味領域をもつことになったが、ここで注目すべきことは、kind の MED の 7 と 8 項目にある宇宙の生成に関わる意味の成立の仕方である。土着的な意味、個別的種や血縁を第一義としている kind が宇宙を形成する主体的力としての自然の意味をもつようになったのはどのような経緯からか。松井によれば、古英語期のボエティウスの翻訳『哲学の慰め』においては、natura は直接的に gecynd として翻訳されたのではなく、文脈的に翻案されて、natura を表現する他の用語であ

る gesceafta（作られたものの総体）や Drihten（宇宙形成の力としての自然）が用いられた。gecynd は「作られたものの個々の性質」という、語の本来の意味領域でしか使用されていない。そのようなつつましい意味をもつ kind が天空に飛躍する宇宙形成力としての意味をもつようになったのは、12 世紀以降のラテンの神学的書物が英語へと翻訳されていったことに由来しているようである[9]。

チョーサーは語の使用の天才であるので、nature と kind の、おのおのの特性をうまく生かしてこの二語を駆使しているようである。あたかも nature のラテン的知性の要素と kind のゲルマン的土着的な血の要素の両面を自覚しているかのように用いているのである。彼の作品内の Nature、nature、kind はそれぞれの語源からくる意味領域や語のもつ感覚が尊重されている。彼は古英語由来の kind を十分に意識しつつ、ラテン語由来の語 nature の文脈周辺にある神学的、哲学的な思想を学び、それを自己のものとして消化していった。そのようにして二つの語を自分の語彙として取り込み、あらたな表現をする工夫をしたのではないか。自然を表す言葉のさまざまなニュアンスは、第Ⅱ部の作品論においてとりあげる。

以上、ラテン系の自然 nature とアングロサクソン系の kind の語源的意味領域と中世においての意味領域を探ってきたが、nature と kind が交差し、また両語の根幹からさまざまな意味が枝分かれをしたことがわかる。もともと「始まり」「生まれ出ること」「生成」「性質」を表現した語が、意味上分化をしていく経過は、人の思惟の積み重ねの結果であろう。それはヨーロッパ言語圏においての異なる諸芸や言語文化の混交を反映しており、

特に古代、中世の神学や哲学思想の発展の歴史と密接に関わっている。

2　歴史的背景

1）古代哲学における自然観

　次に自然の概念 physis、すなわち nature が古代から中世へと継承されていく過程を概観してみよう。古代哲学者たちは nature を第一に宇宙の原理や力とみなし、同時に自然界の原理、力とみなしている。一方、中世ヨーロッパではカトリック信仰のもとに、ヘブライの伝統をもつ唯一神であるキリスト教の神、すべてを創造する神が信じられていた。そのために古代の形而上学の諸概念である自然が継承される一方、その自然概念とキリスト教の教義を束ねて、どのようにして整合性を持たせるかという問題が生じた。実際、論理と信仰を結びつけようとする神学上の各種論争が絶えなかった。権威ある古典の学問伝統と神学、信仰のアクロバッティックともいえる統合を遂行するために、中世人は創造的活力を奮い、初期スコラ哲学から始まる彼ら独自の世界観を築きあげた[10]。12世紀ころには、ギリシャ、ラテン世界から発生した nature は Nature として宇宙原理を司る神格的性格を保ちつつも、神より下位となり、寓意的には神の僕(しもべ)、端女(はしため)とみなされる。このような nature は依然として自然界を司るが、中世後期になると、多くの古代科学文献の発見、伝播にともない、自然科学的思考が発展し、神とは離れた、もはや聖性を失った単なる自然界の原理とみなされていくのである。

　自然の擬人化への要素はすでに、宇宙を比喩的に捉えようとしたギリシャの哲学者の考えの中に胚胎している。それは古代最後の哲学者ボエティウスの詩的表現の中に、あるいは12世紀には人文主義者トゥルーズのシルヴェストリスの寓意的宇宙誕生の物

語の中に、神と共同してはたらく観念的、寓意的存在として登場してくる。引き続いてリールのアラヌスは、ラテン的な諸神を引き連れた、神の端女(はしため)である女神 Natura が、衣として全世界をまとっている容姿を初めて描いた。時代が下がり、13世紀後半のジャン・ド・マンが描いた Nature は、すでに威厳ある神格ではなく、か弱く愚かな女性である Nature 夫人となってしまうのである。

　ギリシャ古代の思想家たち、パルメニデスやエンペドクレスはフィジス physis に、「有」、「万物」という意味を見出して、いわば自然の概念 nature を発明したと考えられる。またエンペドクレスは万物の元素として「火」「土」「空気」「水」という4つの根元をあげた[11]。後代になって、その nature は枝分かれし意味領域や定義はさらに確定され、ルイスによると「降等的」(demoted)に用いられるようになり、彼らのものとは異なるいくつかの哲学的見方を反映していく。ルイスは nature のプラトン的、アリストテレス的意味の降等と中世のキリスト教的な降等について述べている[12]。

　特に中世にいたって、nature の範囲は地上から宇宙の月の軌道までとなるが、nature は擬人化され、「自然の女神」として文学上において重要な役割を担うようになる。中世ではこのような nature の擬人化や聖化、または世俗化を通して、人間自身に焦点が当てられ、人間の人間たる条件が nature の語で表現されるようになったといえる。またルイスによると、nature から枝分かれした good-natured（善良な）という語をとってみると、それは単に「性格」という意味であり、元来的な意味論上の今や廃れた nature の意味は考えなくてよいとする[13]。しかし『中世英語辞典』にみられるように、nature には現在考えられる nature の意味領域

をはるかに超えた、当時の言語文化を反映した豊かなニュアンスが存在する。中世と中世の作品を理解する上で、われわれにとってこのような古代から中世にかけての言語文化の変遷を知ることが肝要であろう。

　それでは古代ギリシャの哲学者たちの自然、宇宙世界への言及について述べていく。プラトン（前 427 - 347 年）とアリストテレス（前 384 - 322 年）は physis の元来の万物という意味領域をさらに深め、細分化し確定していくことになる。プラトンとアリストテレスは自然をどう定義づけていたのか、また、彼らの思索が変容を伴いながらも中世にどのように継承されていったかを考えたい。

　プラトンの考えは主に彼の著作『ティマイオス』 Timaeus によって中世に伝えられた[14]。エコノモウは自然概念の歴史的変遷に着目しつつ中世の自然の女神の伝統を論じている。彼の論を参考にしてこの概念の歴史的変遷の大筋をたどろう[15]。プラトンは、彼以前のイオニア人たちが現実に世界だとした、動き、生成し、変化するこの見える世界はただの幻影にしかすぎず、知覚しえない時間、空間を越えた非物質的原型的なある形相、イデアこそが真に存在するものと考えた。そしてこの原理的で不変のイデアと、実際にわれわれが存在している世界を結ぶものを、世界霊魂 world-soul とした。

　この世界霊魂は仲介者であり、この仲介者によって、真に存在するもの、イデアとも神ともみなされる存在は、世界のすべてが彼自身のようであるようにするべく、知覚される世界を秩序の下におく。このようにイデアの秩序と、知覚される現実世界を結び、現実世界を秩序づけるのが世界霊魂の役割である。このよう

な世界霊魂は当然、宇宙のすべての動きのオーガナイザーとして考えることができるが、プラトンにおいてそれは明白になっていない（『ティマイオス』30b-c）[16]。

普通われわれの使う意味での目に見える自然は、材料としての物質界 corporeal world として表現されている。この自然は、デミウルゴス Demiurge（創造に際して想定された造化の神）の要請を受けて神々が作ったという神話的説明がなされている。また一切の生成の受容者であり、また不可視で無定形な存在、概念としての混沌、カオスが想定される。創造の際、デミウルゴスは魂 soul を提供して、このカオスを創造の変化の法則に服させるのである。ここから物質界が生まれる。後年、新プラトン主義者たちはこのプラトンの世界霊魂の概念を継承し発展させていくことになった。

アリストテレスはプラトンとは異なり、目に見える現実界、現実の本質とその根拠を考えた。真に存在する現実とは、事実の自然本性的な生成、発展、活動のありようである。彼は『形而上学』第 5 巻のなかで、自然の 7 つの意味をのべている[17]。

1　生育する事物の生成―（1014b, pp.16-18）。
2　生育するものがまず第一にそこから生育するもので、その生育物に内在することになるもの（1014b, pp.18-19）。
3　自然物おのおののうちにあって、おのおのであるかぎりにおいて、最初の運動がそこからはじまるものをいう（1014b, pp.19-20）。
4　自然物のうちで、何かがまず第一にそこから生成したり存在したりするもので、自分自身の能力からはずれた変化をしたり、調子を乱したりすることのないものをいう（1014b,

pp.25-35)。
5 　自然物の本質（1015a, p.5）。
6 　「生まれつき」の意味の転用によって、すでに全般的にあらゆるものの本質が以後この名（自然）nature でよばれている。これはものの生まれつき（本性）が本質の一部であるためである（1015a, p.10）。
7 　以上語られたところから明らかなように、第一次的かつ決定的な意味で「生まれ（つき）」nature といわれるものは、運動の元(はじめ)を本来の自己のうちに含む事物の本質のことである。なぜなら素材がこの名でよばれるのは、それがこの本質を受け入れるものであるからであり、1の生成と生育の過程がこの名でよばれるのは、これらのものがこの本質に由来する運動の過程であるからである。そしてこの意味において「生まれ（つき）」nature とは、可能的にせよ、現実的にせよ、なんらかの仕方で自然物に内在して、そのものの運動の元となるものである（1015a, p.15）。

　このように最後の定義7は1から6をまとめて、運動の源を本来自己のうちに含むことを、自然の究極的定義としている。
　またアリストテレスは宇宙の二つの運動を考え、一つは天上の動き translunary heaven とし、もう一つは天上より下界の動きとしての月下の動き sublunary または自然 nature とした。この天上より下の世界としての月下は後世、中世の「自然の女神」Natura の領域となる。このようにプラトンもアリストテレスも自然を、運動の元(はじめ)を自己のうちに含む事物の本質と考えた。両者とも共通して宇宙の運動という考えを抱いたが、この両者の間には相違がある。プラトンは世界霊魂を第一に動くもの first mover、かつ

自ら動くもの a self moved mover とみなした。一方のアリストテレスは宇宙の運動の元として二つの実体を考え、それ自身動かされることのないもの prime mover と、それによって動かされるもの primum mobile があるとした（『形而上学』X, 1072.a, p.7）。この prime mover は第一原理 first princple であり、天空と自然全体はこれに依存している。そしてこの始原の原理をアリストテレスは神として永遠の運動の源であるとするが、それ自身は運動の世界からは外にあるものとした。注目すべき点は、この神はプラトンが考える、創造に関わる世界霊魂をもつ神とは異なっていることである。アリストテレスは神を自己の知性「思惟の思惟」self-knowledge に関わるそれ自身の活動をしている形相 form であるとしかみなしていない（『形而上学』XII, p.9）。二つの実体間の関係としては、神はそれ自身のままであり続け、関わりをもつこともなく、隔絶されたものである。一方で造られたもの、すなわち動かされるもの primum mobile は、この神を愛し、神の活動、神の知性 self-knowledge、神の完全性を模倣しようとめざすものである。アリストテレスはこのように本質的に不完全なものが、完全性へと切望することを愛、エロス eros という。動かされるもの、すなわち世界は、常に第一に動くものの完全性へとめざしているとする（『形而上学』VII, vii、『自然学』VIII, vi, 259b）[18]。

アリストテレスは月より上の空間を天として、月を境にして宇宙を天界と自然界に区分した。この自然界は創出、生成、変化、死がある世界である（『天体論』392a, 400a）。またアリストテレスは、自然は秩序からはずれないと論じて世界秩序の原理とみなし、また「自然のすることには余分なものはないし、無駄なこともない」という目的論の観点から、しばしば nature の擬人化をはかる（『自然学』VIII, i, 252a、『天体論』I, iv, 27, 1a）[19]。神話的

背景、隠喩的表現とともに、このような形而上学的な原理としての自然はある意味で神聖視されるので(『宇宙論』3997b)、ここから自然が神概念 God と直接に繋がっているという考えが出てきても当然であろう。

　プラトンの天上世界と感覚された世界をつなぐものとしてはたらく世界霊魂 world-soul という概念を発展させたのは、新プラトン主義哲学者たちである。その代表的な哲学者がプロティノス(204-270 年)である。彼はプラトンの学説をより論理的に発展させ、オーガスティヌス、ボエティウス、マクロビウスらに影響を及ぼした。新プラトン主義の言説は、さらにその後のヨーロッパの思想が形成される上で大きな役割を担った[20]。

　プロティノスは超越的で自己充足している、すべてのものの源である神的原理から、神の心 divine mind としてのヌース nous または、知性的原理 intellectual principle があらわれるとした。世界霊魂には二つの種類があり、一つは神の心ヌースを観照(イデアを瞑想)して受け止めるものであり、もう一つはそれが受け止めたものを物質界に直接触れることによって、物質界の事物の中に創出するはたらきをもつものである[21]。プロティノスはこの 2 番目のはたらきを自然と呼んだ。ここでの自然は、この世界に神の形象イメージをヌースから伝えることによって、この世界が神の理想界に参加できるようにするものである。このように見ていくと、たとえどのようなつまらない下等の感覚へはたらきかける世界霊魂であっても、そのはたらきの目的は、究極には神を志向して神の知識へいたることにある。またあらゆる生物の産出行為は、究極において神を照らし出すこと、観照することの表現となる。「愛」というのは、生物、世界が理想の形相 Ideal-Form を追

求するときに、それを可能にするためのビジョン、幻となっているものである[22]。

「すべてのものが自らの源(アルケー)を求めこれ（神）をめざしているいじょう、第一義的な諸存在は観照をその本質としているのであるから、それ以外のものもすべて観照をおこなうことを欲し、これを求めているのでなければならない」ということも、明らかであろう。つまり、生命あるものが子を産むばあい、彼らを刺激して出産へと導くのは、彼らの中にあるロゴスであり、この出産という営みは、観照のあらわれであって、それはまた、多くの〈形〉(エイデ)すなわち〈観もの〉(テオレマター)を作り出そうとする苦しみであり、すべてをロゴスで満たそうとする努力であって、いわば観照活動を永続せしめようとする努力にほかならないのである。（中略）そしてまた〈愛する心の強い人〉(ホイ・エローンテス)は（優れた形を）観る人であり、熱心に形を追求する人のことである[23]。

　新プラトン主義において「唯一のもの」すなわち神と「知性」と「たましい」が実在と考えられたこと、また世界霊魂が天と地をつないで、物質界において、創造のはたらきをするものであると考えられたことは、後代に大きな影響を及ぼしていくことになる。また月以下の世界は、月以上の天界、不滅の神的世界とは対照的に受け止められ、産出、成長、変化、死、滅びの世界として、それは nature の領域となる。このような思想は、マクロビウスの『スキピオの夢のコメンタリー』やカルキィデウス訳プラトン『ティマイオス』とその注釈によって中世へ伝えられた。ボエティウスとともに彼らの著書は後のシャルトル派の自然観の主たる源泉となり、中世においてさかんに愛読された。

マクロビウス（400年頃）はプロティノスの「知性」（ヌース）すなわち神がその光で世界を満たしているとする。その光はあたかも多くの列をなした鏡に、つぎつぎと反射されていくようであるが、下にいくほど衰微していく。光の像であり最上の光は神であり、その光は最下底の屑まで達し、それをつないでいるようであるとする。その神と下層までをつなぐものをたとえて「黄金の鎖」golden chain とよんだ。物の形体をつくるにあたって、世界霊魂は純粋な源である神の精神によってそれを作るとした。しかし人間以外のものはこの精神をもつにはあまりにも弱いので、人間のみに精神が付与されたのだが、それは神的「知性」に繋がるものである（『スキピオの夢のコメンタリー』I, xiv, pp.6-15）[24]。

　マクロビウスによって宇宙世界は5つに区分された。第一は最上の神（dues summus）、第二は精神（mes）、第三は世界霊魂（mundi anima）、第四は天界（caelestia）、第五は地上界（terrena natura）である。彼はアリストテレスの天界の境という考えを取り入れて、宇宙世界は月より上の神的な世界と、月より下の、火、水、空気、土の4要素から成りたつとし、変化にさらされ、死に服する地上界と区分した[25]。同時に宇宙は不滅であると考え、地上界のものが滅びても、それは形を変え、素に戻っただけのことであるとした。人間にこれを当てはめると、真の人間としてのたましいは、もし肉体から離れたとしても、たましいは不滅でありそれは形を変えただけであるということになる（『スキピオの夢のコメンタリー』II, xii, pp.10-16）[26]。

　マクロビウスはまた自然を擬人化して、職工、芸術家とみなし、自然のはたらきは秘儀的なものであり、無知な人間には身分を明らかにはしないとする。また創造、産出を、神の形相を写すという意味で職人が硬貨を製造することに喩えた（『スキピオの

夢のコメンタリー』I, vi, p.63)[27]。

カルキィデウス（400年頃）は、その『ティマイオス』において、自然をイデア idea と、素材 matter の仲介役とした。すなわち素材を母としてイデア（神）を父とするならば、そこに産出されるものは子どもであり、自然はその産婆として、子をとり上げるという産出の過程においてはたらくものであるとする。プラトンにおいては神と素材の仲介者は世界霊魂であったが、ここで、地上物質界の創造においては、神と素材を仲介するのは、地上の近くに存在する自然の役割とみなされてくる。また彼はアリストテレスのいう3種類の創造について言及して、存在するものすべては、神の技によるものか、自然の技によるものか、人の職工の技によるものであるとする[28]。このようにして自然は擬人的にもあつかわれるが、まだ寓意的な人物ではなく、形而上学的思考においての象徴である。詩人たちによって同様な概念が、寓意的に表現されるのは少し後の時代である。

ボエティウス（480-524年）はローマ帝国最後の思想家として、その著書は古代と中世を橋渡しすることになった。とくに『哲学の慰め』（*De consolatione philosophiae*）は古代哲学の精髄を伝え、中世に多大な影響を与えた。彼は古代のプラトン、アリストテレス、新プラトン主義に由来する自然観を継承するが、その自然観には彼の倫理的な物の見方が示されている[29]。チョーサーはその書の翻訳を試みており、ボエティウスからは大いなる感銘と顕著な影響を受けている[30]。

『哲学の慰め』の内容は苦境にあって嘆くボエティウスの前に哲学夫人が登場して彼を諭し、癒しを与えようとするものである。夫人は人間の生涯に変転や浮き沈みがあるのは、人間が自然

（本性）nature に反して、自然の贈り物である「理性」にしたがわないからであるという。人間は幸福を求めて、「運命」の支配下にあるもの、富、地位といった、偽りの幸せばかりを選び、自然が彼に与えているものや、為すように命じていることを無視している（『哲学の慰め』II. pr. v. 38-46）。人間のみが理性を与えられ、自己を知る力を持っているにもかかわらず、自己のすばらしい状況に目をそむけ、自己の知識にしたがって生きることを拒否している。「運命」に非はなく、人間自身が「運命」の下の生活を選ぶのか、自己の自然本性にしたがって生きるかについて責任をおっている。

ボエティウスの自然は物質世界と非物質世界、すなわち自然の形体 bodis と神のイデア divine idea の両方を含む、神格に近い概念である。また「運命」は神の摂理、神慮に服するものであり、自然は神の意思を展開させるためのものとされる。自然はその力とはたらきを神に依存していることが強調される。産出と種の存続に力をふるう自然は神慮のもとにある（『哲学の慰め』IV. pr. vi）。

ボエティウスにとって自然は特に再生産、産出を司り、産出はすべて自然が神の原理から導き出すものであり、神はすべての生き物に種の継続の欲望を与えているとする。自然においては性的な渇望は常にあるが、自然がその力を神に依存していることがその強みであるといえる。それゆえに自然は行動のガイドとなり、自然にしたがうものは神にしたがう、またはしたがわざるを得ない（『哲学の慰め』III. pr. xii.）。[31]

このように食、呼吸、生殖行為という本能的な自己愛は種が生物的に存続をはかるために必要なものであり、自然に由来するの欲望であるが、留保がついている。それは意思と自然本性の関わ

りにおいて、「また自然が常に欲求する、あの生殖行為を、意思はときどき制限します」と述べていることである（『哲学の慰め』III. pr. xi.）[32]。この意思による自然本性への制限、すなわち理性的に正しく判断をすることが迷走する、と考えられるようになるのは中世後期のことである。またボエティウスは感覚と想像力と理性を対比して、理性の判断こそが真であると考え、それに比べると感覚も想像力も劣等なものであり、一般性の認識まで上ることができないとする。彼は植物、動物、人間すべてが、その存続を自然本性にしたがう存在であり、そのようにして万物は宇宙の調和へと参加すると格調高く論じ、また詠う。

強大な自然はどれだけの手綱で万物を
操り、どんな法則によって無窮の循環を
先に見越しつつ維持し、また解けぬきずなで
個々おものをかたく結ぶか、おもむろに
琴をかき鳴らして高らかに歌おう。

(『哲学の慰め』III. metre ii. 1-6) [33]

　カルキィデウスやマクロビウス、ボエティウスにおいては自然の擬人化は形而上学的な意味を表し、必ずしも寓意的とはみなされない。しかしボエティウスは、詩的形式と詩の言語を用いて自然を人格化しており、自然の具体的なイメージを通して彼の考えを表現した。一方他の古代やラテンの著作者たち、オヴィディウス（前43 - 後17年頃）、スタティウス（60頃 - 100年頃）、クラウディアヌス（400年頃）は、自然を詩的、哲学的な表現で説明している。オヴィディウスの『変身物語』の最初の部分には世界がまだ混沌としたものであったとき、神は自然の祝福とともに混

歴史的背景　*37*

沌（元素間の争い）を収めて、空と海と陸地を分けたとある[34]。クラウディアヌスは、自然の女神のはたらきは神々の結婚の仲介者を務めることであり、生まれ出るものの保護者となり、彼女は幾世紀も生きた老齢でありながら美しい顔をもつと描写している[35]。

クルティスはこのような自然のイメージは、ローマの古代異教徒時代の最後の宗教的体験を表現していると述べている。古代神学の書として知られる讃歌 Orphic hymns の 10 番目は自然、フィジス Physis をほめたたえる歌であり、そこには異教徒の母神崇拝思想が表現されているようである。自然は「すべての母、父、乳母、助け手、もっとも賢明で、すべてを与え、すべてを支配し、神々をとりなす者、創造する者であり、最初に生まれた者、永遠であり神慮である者」と歌われている[36]。

ラテン文芸の伝統では自然は世界に混沌から秩序をもたらす女神 Natura としてしばしば擬人化されている。スタティウスの『テーベ物語』（*Thebais*）においては、自然は宇宙的な力をもつ絶大な存在である。自然はまた母のような存在として、物語の人物に関与し、また王セシウスの政治的判断は自然的秩序、原理のもとに下される[37]。このようにラテン世界の神話的伝統では、自然は宇宙原理、神に近い存在もしくは神と同一視して描かれ、神格化される傾向がある。自然についての形而上学的思索を深めたボエティウスと同様に、詩的なイメージとしての女神は、神と一体であるとみなされ、自然の原理は、神の秩序をあらわすことになる。このようなラテン文芸から生まれた異教的な自然像を引き継いでいるのが、後代のベルナルドゥス・シルヴェストリスであり、彼の書には神に世界創造を哀訴することができる、神格に近い性格をもつ女神 Natura が登場することになる。

古代においては、自然についての神学的、哲学的な思索が発展、深化していくのであるが、中世はこの遺産を受け継ぎ発展させる。その過程でキリスト教的性格を強めていき、同時に擬人化のイメージができ上がってくる。古代の自然や自然の女神という存在は、宇宙形成に関わる非常に重要なものとして理解され表現されてきた。しかし、自然はまだ厳密には擬人化されているのではない。中世において擬人化がすすみ、その一方では、カトリック教会の弱体化とともに、自然は概念として弱体化し、また科学的思考によって解体されていく[38]。そして擬人化や寓意形式は、チョーサーの時代を最後に失われるが、自然概念そのものは、ルネッサンスまで存続した。

　13世紀以降、古代自然科学文献のアラビア語訳が多数ラテン世界に伝播し、ラテン語に翻訳されるにつれて、神学者、知識人のなかより、神学、スコラ哲学からは袂を分かった自然哲学者が生まれた。中世後期には、これまでの数限られた古典文献やアリストテレス自然学と神学を融合するような権威的、主知主義的な学問傾向が批判された。自由な探究、すなわち経験や理性を重んじる傾向がますます強まり、信仰が問い直されて、信仰と理性の断絶が起こった[39]。

　14世紀後半になると、信仰と論理的思考を統合し、ゴシック建築のような一大体系を作り上げた神学者たちの業績は空しいものとして省みられなくなった。アラビア経由の科学的志向の影響下、形而上学の問題を数学的な思考で追究する試みや数学を実在的な現象にあてはめようとする試みがあらたに登場した。この自然哲学的思考は結果としては「すべての科学の母」となった。当時大学制度が確立されてきたこととあいまって、初期科学が芽生え、16、17世紀には自然科学の台頭が起こった[40]。こうして古

代の宇宙的概念としての全体的自然は失われていくが、自然への探求はあらたに、科学的な問題追究の試みとなり学問的に細分化され、姿を変えて近代科学への道を準備した。しかし古代形而上学において思惟された、普遍的存在や宇宙の秩序がその源となっている概念、すなわち中世においての中心的概念であった「自然法」は、法的な領域において現代にまで及んでいる[41]。

2）中世における自然観の変容

　中世は古代哲学の自然観をより発展させていくが、この時代にあっては普遍としての自然のみでなく、物質に関わる自然界、人間に関わる自然界へ関心が向けられた[42]。12世紀ルネッサンスの担い手たちは、キリスト教の教義と古代哲学、台頭しつつあった自然科学的な見方を融合させて、自然がこの世の創造、世界と生物の産出にどうはたらくかについて論じた。13世紀トマス・アクィナスはアリストテレスの「知」（science）を神学的思考に融合させて、人の理性は自然的本性に内在しているとして、理性によって神を知ることを論じ、またこれとは別に、自然的でなく超自然的現象である神の恩寵についても考えた。アリストテレス以外のギリシャ哲学や他の自然科学の文献の流布によって合理的思考がはじまり、理性と信仰の問題が神学者、哲学者の間で多くの論争をひき起こしつつあったとき、ジャン・ド・マンは『薔薇物語』において人間の本能、欲望を自然的本性として、神から切り離された自然として描いた。すなわち現象学的、自然科学的な原理としての自然を世俗的な視点において捉えた。それは、中世後期に生きる人間が、6世紀にボエティウスが神と、自然性にある本来的理性のはたらきをほぼ同一視した地点、人間にとって自

然にしたがうことが神にしたがうことである、とした地点からはるかかなたに来たことを示している。

ここでは12世紀ルネッサンスにおける人間に目を向けた自然観と、中世最高峰の思想家であるトマス・アクィナスの自然観と「自然法」、および世俗の求愛物語であるジャン・ド・マンの『薔薇物語』における寓意的人物「自然」夫人についてとり上げていくことにする。

12世紀ルネッサンスにおける自然観

12世紀は「自然」を再発見したといわれ、人々は自然界そのものに興味をもち注意を払うようになってきた。特に、シャルトル派といわれる学者たちが、古代からの自然観を学びつつ、彼ら独自の人間観と視点をもって、自然概念を新たに展開した。彼らが継承した古代の書物、使用できた資料は限られ、大体以下のようなものであった。

カルキィデウス訳プラトン『ティマイオス』、その註釈書
マルティアヌス・カペラ『フィロロギアとメルクリウスの結婚』
マクロビウス『キケロの「スキピオの夢」註釈』
フィルミクス・マテルヌス『マテシス』『ラテン・アスクレピウス』
カッシオドルス、セビリアのイシドルス、ベーダーらの著作、
コンスタンティヌス・アフリカヌスの医学書 [43]

彼らはプラトンの信奉者であった。他の学者たちのようにキリスト教の教義を第一とみて護教論を論じるのではなく、プラトン哲学を独立した哲学とみなし、それがキリスト教とは異なるもの

であるという認識をもったと思われる。彼らの著作はまた、修辞的な表現をもって読む者を惹きつけている。このなかで、特にトゥルーズのベルナルドゥス・シルヴェストリスとリールのアラヌスについてとり上げたい。彼らは詩的な言語を用いて世界像を描いており、今日では12世紀ルネッサンスを代表する著作として評価されている。

自然を論じてベルナルドゥス・シルヴェストリス（1100頃－1160年頃）は大宇宙の「自然」と人間の「自然」、人間の自然本性にある内なる理性を主張して『宇宙形状誌』（*De Mundi universitate sive Megacosmus et Microcosmus*（宇宙すなわち大世界と小世界について））を12世紀中ごろに著した[44]。それは宇宙発生論であり人間論であるが、キリスト教の創世記に描かれた世界創造とは異なる。彼は古代哲学思想、プラトン、新プラトン主義、マクロビウスなどを底流としてレトリック教師特有の華麗なラテン語で、宇宙創造と人間創造を壮大な一宗教劇のように描いている。

このなかでは自然そのものが賛美され、より高い次元の力との結びつきとともに自然自体のもつ力を印象づけている。自然は世界を形成をする宇宙論的な力となっている。大宇宙（Megacosmus）たる自然の調和ある秩序が、小宇宙（Microcosmus）たる人間においても形成されている。大宇宙の自然の秩序を模範として、人間の「自然」も秩序ある有機体としてはたらいている。生殖器官は世代、種が継続するための、世界が創造以前の混沌状態に戻ってしまうことがないための、死に対抗する武器として描かれる。そして寓意的な形姿のナトゥラ（Natura）は天空に住み、ウラニア（Urania）と呼ばれる寓意的形姿とともに天空を飛行し、地球の自然を描き、宇宙の神秘を開示していく。この書では当時の医

学、天文学、自然学の知識が随所に見られ、宇宙の神秘に関する自然学的志向への示唆もあり、当時の人文的教養と限られたギリシャ、アラビア文献に基づく初期の科学志向が反映されている。いまだ十分ではない科学的知識と形而上学的伝統を統合するような試みでもある。このような自然は、生成の母であり、孕み産む自然としてはたらき、大宇宙の世界霊魂を通して、小宇宙である人間のたましいと身体に、世界の調和をもたらす役割をもつ。

　次に、具体的な作品内容について簡単に見ていくことにする。シルヴェストリスにおいてはナトゥラ、ウラニアなどのような人物の寓意化は最小限にとどめられて、修辞的な表現法としては寓意化された人物の声（prosopopeia）で作品は成りたち、彼らの形姿は暗示されているにすぎない[45]。またこの作品は当時、真実に寓意的な虚の衣装をまとわせて表現する方法であった婉曲法（integumentum）を用いているとみなされている[46]。ナトゥラは新プラトン派的な世界霊魂の分身としてはたらくが、そのはたらきは次のとおりである。はじめにナトゥラはシルヴァ（Silva 質量）の無秩序、混沌状態を嘆き、プラトン的な神であるヌース（Noys）にその状態を訴え、どうにかしてほしいと彼の関与を求める。彼は創造のはたらきをするべく地上物質を用意する。一方で、世界霊魂のもうひとつの分身エンデルシア（Endelchia）は神からのたましい、精神を物質に吹き込む。そしてナトゥラは宇宙を旅して、神の世界を探訪するが、最後に人間を創造する。その際、神の理性としてのウラニア（Urania）と、肉体を構成するはたらきのフィジス（Physis）の助けを得る。冒頭から登場するのは形のないシルヴァ、質量の混沌であり、ナトゥラは、シルヴァが、自己の野性が抑制され、形が与えられて、調和ある状態になることを望んでいると、神に嘆き訴える。神ヌースは、このナト

ゥラに対して「ああ、自然の女神よ、わたしに祝福された豊かな子宮よ、高位の生まれを汚すことなく、そこから堕落もしないお前、お前は神慮の娘、世界とその生き物をお前は用意するのだ」（et tu, Natura, uteri mei beata fecunditas, nec degeneras, nec desciscis ogigine que, filia Providentie, Mundo et rebus non desinis providere）と述べて彼とシルヴァとの仲介役とする[47]。

　混沌から始まる物語は、最終章で小宇宙としての人間の創造、誕生のエピソードで終わる。人間の器官が形成されていく描写のほぼ最後に、生殖器が登場する。人間は性の営みによって種の存続をはかり、再生するが、それは肉体的存在、物質としての人の存在が、死によって混沌に戻ることを回避するためと考えられている。このようにしてまた円環のように、混沌から自然の手による創造と生が始まる。この作品の最終章は人間の物語となり、人は死と生殖を通して再び大宇宙に回帰するのである。

　この作品では、古代農耕文化を反映した豊穣な自然、生殖を中心に捉える自然観がうかがわれる。それが宇宙空間という名における形而上学的な次元で独自に展開されているといえる。新プラトン主義の影響下で、人間、自然界に関心を持ち、物質界を直視しているといえる。自然本性に対して楽観的見方がとられ、神につながる人間の存在条件、その輝かしさ、栄光が、宇宙においての小宇宙として描かれている。

　このような自然は宇宙原理と一致しており、神とともにある。その反面、作品には世界も人も常に混沌や無秩序に陥落する可能性が示唆されている。物語の最初から、この世界や人間は消滅し変化していく質量、物質性（matter）として存在することが明らかであるからだ。このような物質性は、御しがたい、形なき混沌、争う物（Silva rigens, informe chaos, concretio pugnax）として

表現されている[48]。人間に備わった神へ連なる理性の光と、その肉体の蒙昧性が同時に見据えられているようである。この作品はそのような人間存在への危惧をも孕んでおり、読む者に深い哲学的示唆を与える。それに対してアラヌスは自然を女神の形姿をとって登場させ、シルヴェストリスによって提示された人間の自然性の問題をキリスト教的な枠組みのなかで超越しようとした。

　リールのアラヌス（1116頃 – 1202 / 03年）はシルヴェストリスの影響を受けて、その『自然の嘆き』（*De Planctu Naturae*, 1160-70）において寓意的自然を自然の女神ナトゥラとして表した[49]。この女神は宇宙の遊星を象徴する宝石が飾られた冠を頭にいただき、あらゆる種類の生物の存在を刺繍した外套をまとっている乙女である。彼女は神から創造を託された神の代理人として、神と創造物との間の仲介者となり、世界の創造と消滅、再生を行い、その秩序を維持する役割をもつ。

　その女神の嘆きの理由とは、人間が自然の掟からはずれていることである。人間には他の生き物と異なり、理性が神より与えられているが、人間の罪は自ら、理性があるにもかかわらず自然の秩序を破ることにある。他の生物はすべて自然の秩序、その掟にしたがうが、人間のみがそこからはずれてしまう罪過を犯している。人間は天にも届く理性を授けられているにもかかわらず、自然の本性から逸脱し、それを象徴して女神の衣装の破れ目に位置している[50]。自然の掟からの逸脱は、人間の自己の欲望ゆえである。自然本性にある人の本能、欲望は人類の種の維持のためであるが、自然本性は時にその軌道から逸脱し理性に反する行為を行う。女神にはその衣装の破れは、神に顔向けできない不名誉で恥じ入ることなのである。

自然本性からの逸脱は、性的逸脱として象徴的に描かれている。それはヴィーナスが正当な結婚をないがしろにして婚姻外の性を求めて、夫より愛人の方へ向かうという、種の保存ではなく快楽を求める行為で示される[51]。「自然」は人間に生まれながらの自然的徳、高貴な品性や理性を与えているのだが、そのような人間として造られているにもかかわらず、自ら正しい結婚から外れ、自然本性から脱落してしまったのである。

　このような人間は最後に、聖衣をまとった理性ジニウス（Genius）から裁可を受けることになる。『自然の嘆き』おけるジニウスは、女神ナトゥラとの関係において彼女の分身としての複雑な役割を担う。彼は断罪を行うキリスト教の聖職者的役割とともに、人間を神から作られた最初の姿、神の似姿としてのあるべき姿に戻す役割をもつ。自然本性に内在する「理性」の正しいはたらきによって肉体性と理性が正しく結びつき、正当な結婚が成就し、神へと、秩序ある世界へと帰還できるのである[52]。この作品では古代の神話や堕落以前の原初の人間の在り様も示唆されている。この自然本性の堕落はまた、人の言語、すなわちロゴスの堕落としても示唆されており、人間の言語能力のあやうさとして描かれる[53]。

　アラヌスはまた『アンティクラウディアヌス』（*Anticlaudianus*, 1181 / 84 年）において、世界の凋落、人間の堕落を自らの過失と認める自然の女神を登場させる。女神は今度こそ新しく完全なる人、新しい人（a novus homo）を造り、世界を作り直そうとする。物語の展開において、自然は身体をつくることができても、魂の創造はできない。そのためにはキリストからの助力として表現されている天上の力を必要とする。このようにしてアラヌスは正統派キリスト者として、女神ナトゥラを神と同格として神格化する

のではなく、神に従属させている。アラヌスの『自然の嘆き』と『アンティクラウディアヌス』にいたって、ギリシャ、ラテン的哲学から継承された自然観はキリスト教的枠組みと融合され、これ以降、「自然」は神の端女としてみなされることになる。

シルヴェストリスとアラヌスのこれらの著作における自然は哲学的、文学的装いをもって寓意的に表現されて、その内容に継続性や一貫性がある。『世界形状誌』『自然の嘆き』『アンティクラウディアヌス』は、3部作ともみなされる[54]。またこれら3作品は後に大きな影響を与えるようになる。チョーサーとジャン・ド・マンもアラヌスとその女神に作品中で言及し、自然のモチーフとして用いている。その詳細は後に述べる。

シルヴェストリスの『宇宙形状誌』は異教的色彩が濃厚であるが、キリスト教の教義とは、表だっての対立はしない。キリスト教的世界観を、それとは別の新プラトン主義用語で表現している知的企てとも考えられる。しかしその影響を受けたアラヌスの自然観は、明らかにキリスト教を援用しており、その枠組みが組み込まれているといえる。彼らには共通する一つの認識がある。それは、神の永遠と不滅性に対置された人間、その人間に対する性善説とも性悪説ともいえないアンビバレントな認識である。それは混沌から物や人が生まれたことを神と自然のはたらきとみなし、造られた物として人はその秩序に連なるとする一方で、宇宙創造の発端にあった混沌、すなわち土、ちり、あくたの類が、物や人の創造の一要素を成していることを明らかにしていることからうかがえる。物質である人間の自然本性として、人間は宇宙秩序から転げ落ちて混沌へ帰る可能性が常にある。ここで創世記に描かれた、神によって土から作られた人間というヘブライの思想が思いおこされる[55]。シルヴェストリスの「ヌース」、「ナトゥ

ラ」と「(創造される) 人」について、各々キリスト教の「神」、「聖霊」と「人‐キリスト」と見なすと、三位一体の教えとも受けとめられる[56]。このふたりの著作については、後の作品論のなかで、チョーサーの作品との関連性において再度とり上げる。シルヴェストリスとアラヌスは中世のキリスト教神学とラテン哲学的伝統を詩的な言語によって融合させ、中世文化の華を開花させたが、一方で精緻な中世神学を完成したのがトマス・アクィナス (1224 / 25 – 1274 年) である。

トマス・アクィナスの自然観と「自然法」

13 世紀にアリストテレスの『形而上学』や『自然学』がラテン語に翻訳されたが、アクィナスはアリストテレスにしたがい、基本的には『自然学』の内容、自然哲学を受け入れて、形而上学的な原理の問題としての自然に関心をいだいた。アリストテレスのいう自然本性、種の「現実存在」という考えとともに、ソクラテス以前のギリシャ哲学者の全体的自然という概念をも取り入れ、この全体的自然の力を、普遍的原理における、ある能動的力とする。アクィナスはそれを神とは同一視しないという見方をとるが、何らかの形で個々の存在者のなかに内在してはたらく存在的原理としている。自然本性のはたらきは個別から種へ、究極的には全体的自然に連なる。それは宇宙の善と保存を意図するものであり、結局「普遍的善」そのものへ連なるものとなる[57]。

この全体的自然は動物にもはたらき、あるいは人間の自然本性的傾向を通して自由な人間の意志決定に、倫理的態度をとることを教え、諭すものであり、また規範として尊厳性をもつものとしてあらわれる。

このような教師としての人格的な自然はアラヌスの自然と対比

される。しかしアクィナスにとって、自然は神そのものではないが、自由な人格としての神を、自然自身を通してあらわしているといえる。つまり神は創造、存在を授与するはたらきを通して被造物の最奥において現前し、被造物の内側からはたらく。そのように見ていくと、神のはたらきを自然本性のはたらきとして、自然のはたらきそのものを神のはたらきとして考えることも可能でもある。

彼によると、被造物は宇宙の全体的完結性のある一部分としてはたらく。個々の被造物は相互の区別や不均等性や本質の相違によって、宇宙の見事な秩序の成立に寄与していることになる。こうして、絶対的善である神に対して「宇宙全体は個々の部分とともに、それらにおいて何らかの模倣により神の善性が神の栄光のために表現されている限りにおいて、目的にたいする仕方で神に対して秩序付けられている」(『神学大全』I、65-2 項)[58]。つまり、個々の存在は、自然本性的な欲求として、または傾向として自然本性的な絶対善へ方向付けられており、自らの完全性を目指して、善を目指す。また「万物は、どのような善をもとめているときでも、神を目的としてもとめているのである。(中略)なぜなら、いかなるものも神の類似を分有する限りにおいてでなければ、善いもの、望ましいものという性格をもつようにはならないからである」(『神学大全』I、44-4 項)[59]。存在者は自らの自然本性的欲求や傾向を通して自らの自己完成を目ざし、根源的自己にたち返ろうとする性質をもつ。このようなあらゆる存在者に「自然本性的欲求および傾向」が内在するという考えは、新プラトン主義を引き継いでいる[60]。

シャルトル派がそうであったように、アクィナスにおいても、人間存在は、理性をもつ自然本性によって、普遍的な存在の根源

と直接つながることができると理解され、自然全体の完全性へ至る諸段階の頂点にたつ。人間が人間であるところの根拠である自然本性は、理性そのものではなく区別されるが、理性や意思は人間存在の自然本性に根ざすものであるとされる。人の自由な行為は自然本性的なものにしたがう限り、自然本性的なものとして、中世的な表現であれば「自然にしたがって」いると受け止められる。また、徳というものは、人間が自然本性的な秩序に適合している状態になるためのものと考えられる。人間の自然本性は、完成された人間という目的を規範的に示す。それは人間の自発的な傾向や欲求を通して、人間が自然的本性へたち返るに適した行為を行うように自ら導くのである。人間は理性をもち、その精神性故に、自らの自然本性において、自己の内なる規範としての「自然法」をもち、善と神における秩序である「永遠法」を分有することになる[61]。

　アクィナスはこのように、神学者としてアリストテレスの哲学的な自然本性の概念に基づき、キリスト教的な創造や自由、摂理について総合的な体系をうちたてた。新プラトン主義の「自然本性的な欲求」、つまり最終的には完成、神へと向かう人間の欲求という考えを取り入れて、その結果、内なる自然本性を神へ動機づけた。しかし自然本性的な実現可能性の領域、すなわち「自然法」の領域と、それを超えてはたらく神の恩寵の領域を区別して、信仰を別の次元のものとした。たましいは自然本性的に恩寵を受容できるが、そのことは人間の固有の能力を超えたもの、直接的かつ直感的に神を見ることであり、純粋な神の贈り物であるとする。恩寵は自然本性を自然本性のあり方にしたがって完成する。人間に付与された理性は自然本性として人間を神へ方向づけるが、信仰は自然本性の領域を超えたもの、神から授かるもの

であり、しかも人間の自然性において実現するとした。彼の神学体系は、信仰と理性の見事な融合をはかったものといえる[62]。

現代人にとって「自然にしたがう」、または「自然に背く」ということは、典型的な中世人の考えとは異なると思われる。中世的に自然から逸脱すること、「自然に背く」ことが、現代人にとっては、「自然にしたがう」として受けとめられる。アクィナスの主張においては、自由の乱用によって神から離反することが自然本性そのものに属していることではあるが、本来的には人は理性と意思によって自由に自らを神へと秩序づけるように造られているのである。次に述べるジャン・ド・マン（1240頃-1350年頃）は現実的な、現代に相通じる人間観を展開している。彼においては、人が求めるべき理性的秩序という中世思想がきりくずされている。マンは、人は自由で理性をもつ被造物であるという観念と、現実の人間に見られる本能的行為や反理性的行動との落差を、文学的アレゴリーで浮き彫りにしている。マンにおいては本来の「自然にしたがう」という意味が逆転し、現代人のそれに近づいていると思われる。

ジャン・ド・マンの「自然」夫人

『薔薇物語』（*Le Roman de la Rose*）は13世紀の西洋文学の大作であり、2部にわかれ1237年ごろ最初の4058行までをギヨーム・ド・ロリス（Guillaume de Lorris）が、40年後に4059行から21780行までをジャン・ド・マン（Jean de Meun）が引きついだ作品である[63]。当時のヨーロッパにおいてフランス語による著作のうち最も広く読まれていた。英国ではフランス語が公式言語であった時代もあり、中世ラテン文芸は英国の文学にも多大な影響を与えた。チョーサーはフランス語を知っており、英仏戦争で

は捕虜となっている。彼は作品の一部、前半部分を翻訳したと推定されている[64]。

チョーサーはこの作品の形式と内容より多くを学んだと思われる。前半部からはロマンスの形式、寓意、夢想詩について、後半部からは例示形式や自然観、世俗愛、議論する批評精神などを学んだようである。その詳細は後の作品論において述べる。

マンの自然観は中世後期の時代の変化、社会の世俗化、初期の科学の発達、封建主義から初期資本主義への変化を反映したものとなっている。いままで見てきた中世の自然観はキリスト教的神概念とともにあったので、端的にいえば、人間は理性を自然本性的に持っているとみなされた。一方でマンにおいて顕著な点は、寓意的に表現される自然が、理性的存在と切り離されていることである[65]。

物語は主人公が薔薇をつむことに象徴される、女性の愛を勝ち取るという世俗の愛、性愛の成就を追って展開していく。主人公はさまざまな寓意的人物、「快楽」「歓待」「友」「見せかけ氏」「老婆」などの言い分を聞くが、そのなかで、忠告を与えようとする「理性」の言い分を遠ざけ、「理性」が警告を発していた自然の掟に背くような行為へと導かれる[66]。結局、主人公は薔薇を得ようとすること、すなわち欲望のままにふるまうことが、人間にとって自然的なことであると学ぶ。すなわち、人間は自然の欲求、本能や衝動にしたがうものであり、理性と切り離されて行動するものであることが示される。しかし主人公は愚か者とみなされ、マンは正統的キリスト教の愛の観念を背景に、彼の愚かしい行為を皮肉的に、反面教師的に扱っている。主人公はやや喜劇的な筋書きにしたがって、世俗的愛に没入していく。

ここでの自然の女神は伝統的には性行為をとりしきることによ

（上）薔薇物語の写本挿絵から、「恋人」が「愛の神」(左)「理性」(右) の間に立って双方の意見を聞いているところ。(下) 薔薇物語の写本挿絵から、「ジニウス」(中央) が「恋人」(右) に説教をしている。「自然」夫人 (左) が手にしたウサギを指さしているところ。両図とも、John V. Fleminghe, *Roman de la Rose A Study in Allegory and Iconography*, Princeton, New Jersey: Princeton University press, 1969. より転載。

歴史的背景 53

って種の再生産を行うことを役割としているが、それはキリスト教的に本能や性行為を正当化する理由となっている。また異教的伝統から見ると、性行為は宇宙の再生というグランドプロジェクトに関わる神聖な行為である。しかしマンの「自然」夫人は自身理性的存在ではなく朽ちるものを造っただけで、人間に理性を授けたのは自分ではないと述べる[67]。そして本来の自分の役割は子を生むこと、再生産をめざすこと、宇宙的再生プロジェクトに参加することだと知りながら、愚かにもヴィーナスのはたらきである、自己中心的欲望の充足、快楽（クピディタス）を求める世俗的愛の進行に協力してしまう。彼女は人がもっぱら快楽のみを求めるということが罪過であると承知しながら、自らそれを止めさせることができない。

　またアラヌスにおいては自然本性を通して神に連なることができた自然の分身、正しい理性は、マンでは無力となる。アラヌスの理性（ジニウス）は聖職の衣（聖性の象徴）をまとい、理性を失い自然に背く人間を司祭のごとく断罪し、かつ聖なる結婚（理性と肉体との正しい結びつきを象徴）による新生へと導くが[68]、マンのジニウスは世俗的な衣をまとい、欲望を、この場合は性行為を、人がいかにあれ、人にある自然性、本能の発動として全面的に是認する役割をもつ。そして逆に性行為をしない者を、自然に背く者と断罪する[69]。

　アラヌスの女神は堕落する人類を嘆き、神であるキリストの助力によって、新たに完全な人間をつくるべく、人間に与えられた恩寵を示唆する。「自然」夫人は、キリストの処女懐胎を自然的なものではなく、つまり自分のはたらきでなく、神からの恩寵であると認識する[70]。しかし、それは「自然」夫人自身には関係のない話のようで、彼女のおしゃべりは迷走する。彼女は罪

を神が罰したいと思うなら神が罰すればいいと放言し、自分は寓意的存在であるラブ（Love）の訴えを聞くほうがより大事であると、ヴィーナスとその軍団を応援する[71]。この自然概念は、キリスト教的規範に照らせば、アウグスティヌスの教えにある肉欲の罪を犯していると捉えられる[72]。また別の側面では、古代に自然概念がそうであったように、自然概念がキリスト教的規範からはずれてしまったと考えることができる。そして経験的現実に即した肉体性、物質性を扱う原理となり、欲望の問題が近代的観点から捉えられているといえる。

以上古代から中世へと変化していく自然観、神学的、哲学的な自然概念のさまざまな様相を概観してきた。中世の世界観において、自然は秩序ある大宇宙という自然でもあり、また大宇宙と同調すべき秩序としての小宇宙、すなわち人の内なる自然でもある。またこのような自然観には、人間に対する楽観的視点と悲観的な視点が表裏をなしていることがわかる。すなわち人間の自然本性にある二律背反性が問題となる。すなわち自然にしたがうことと自然に背いて逸脱すること、およびそこに関わる人間の理性のはたらきが問われてくる。

宗教性が弱体化しつつある世俗的社会の進行と当時の自然科学の台頭を背景にしたマンのような自然観は、チョーサーの作品にも見られる。チョーサーの場合は、マンのように現実を見据えた視点から人間を見て、あからさまな世俗的な欲望中心に生きる、どこかに浅はかさや滑稽感のある人間を描いているが、一方では保守的で伝統的な中世の自然観、シルヴェストリスやアラヌス、アクィナスらが展開した自然観に大いに惹かれているようである。あるいはダンテも影響を受けたボエティウスなどの古典学問の正統な見方を引き継いでいるように思われる。

歴史的背景　55

古代から中世前期までの歴史的推移のなかで、自然は女神ともみなされて、ラテン世界の宇宙原理やキリスト教的な崇高な理念を装備し、理性や神的な尊厳も備えていた。中世後期にはそのような自然概念の弱体化がおこり、聖なるものと俗なるものが分裂し、人々は人間の二律背反性、原罪をより深刻、かつアイロニカルに受け止めることになったと思われる。14世紀という時代は激動の時代であり、英仏の百年戦争、黒死病、宗教的分裂、政治的ナショナリズムの勃興　封建主義社会から初期資本主義社会への変化、庶民の目覚めや団結などがあった。そのような時代において、チョーサーは人間の自然本性の現況を直視し活写するが、ひそかに「自然」の弱体化を嘆く詩人であったのではないか。

　14世紀チョーサーと同時代を生きたラングランド（William Langland、1330頃－1400年頃）は『農夫ピアスの幻想』（*Piers Ploughman*）においてこの世の矛盾や社会の不正や人間の罪を、キリスト教教義を掲げて預言者的に告発している。彼は自らの思想の核心部分を展開するにあたって、kindの語を用いて、人間本性の問題、自然にしたがうことと自然に背くことを信仰の問題としてとり上げている。ラングランドのkindは神の恩寵に到達するための重要概念である。彼はkindを通して神の恩寵への道が開かれているというヴィジョンを明らかにしている[73]。

　チョーサーは、ラテン古典の教養を介してnatureとkindを用い、この世の矛盾とともに、自然の創造からなるこの世の豊かさや多義性を描いている。しかし人間本性の見方はより懐疑的である。彼の作品には、さまざまなnature観が見出せるが、ラングランドのような神に連なる自然という定見は示されていない。チョーサーは人間の、また自らの欠けを知り、人に備わった自然本性である理性を復元することはほぼ絶望的であると考える。しかし

それにもかかわらず、理性の復元を希求せざるを得なかったのではないか。チョーサーは、人が理性に、そして神にたち戻る可能性を、象徴的に人々がカンタベリ寺院に詣でるという虚構に託したのである。

　第Ⅱ部ではチョーサーが特に人間の内なる自然的本性の有様をどのように描いたかを各作品において探りたい。また作品における自然や人間の扱いは、彼の知る具体的な自然や人間がある種のリアリズムで描かれているとも考えられる。しかし同時に、いままで見てきたように先人から引き継いだ概念としての「自然」が、寓意的にまたは隠喩として扱われていること、あるいは作品の根底にあることにも注目したい。その点が特に現代においてチョーサーを理解する際の難しさや面白さであると思われる。

　第Ⅱ部では各章において、チョーサーが自然のどのような側面を主たるモチーフとして描いているかを論じていくことにする。チョーサーはこれまで述べてきた先人たちの思想を継承して、自己の作品中にその文学的遺産を取り込んでいる。そのようなnatureの具体的な姿を作品中に探求し、作品の理解をはかりたい。

注

1) 原文
　　Whan that Aprill with his shoures soote
　　The droghte of March hath perced to the roote,
　　And bathed every veyne in swich licour
　　Of which vertu engendred is the flour;
　　Whan Zephirus eek with his sweete breeth,
　　Inspired hath in every holt and heeth

> The tender croppes, and the yonge sonne
> Hath in the Ram his half cours yronne,
> And smale foweles maken melodye,
> That slepen al the nyght with open ye
> (So priketh hem nature in hir corages),
> Thanne longen folk to goon on pilgrimages,
> And palmeres for to seken straunge strondes,
> To ferne halwes, kowthe in sondry londes;

(General Prologue 1-14)

Geoffrey Chaucer,*The Riverside Chaucer*, ed. Larry D. Benson, 3rd edn. Boston: Houghton and Mifflin,1987, p.23. 本書において、チョーサーの作品の引用は、すべてこの版に依拠する。

2） Charlton T.Lewis, Ph.D, *An Elementary Latin Dictionary*, Oxford: Clarendon, 1981.

　　C.S. Lewis, *Studies in Words*, 2nd edn. Cambridge: Cambridge University Press, 1967, p.25.

3） φύω（他動詞、生み出す、子をもうける、生ぜしめる、自動詞、生える、生まれる）

　　φύσις（名詞、生まれ、素性、性質、本性、外見、自然、自然の秩序）

　　古川晴風編著『ギリシャ語辞典』大学書林、1989 年参照。

4） Lewis, 1967, pp.33-37.

　　アリストテレス『形而上学』田中美知太郎編『世界古典文学全集 16 ──アリストテレス』筑摩書房、1982 年、368 頁。

5） natura の意味が kind へ経由した事柄については松井倫子が論じている。

　　松井倫子「OE 訳 De Consolatione Philosophiæ における「自然」」、立教大学文学部英米文学科編『英米文学』第 40 号、1980 年、15-46 頁。

　　Noriko Matsui, "'Cunde' in the Katherine Group as a Reflex of Twelfth Century Latin natura", *Studies in English Philology and Linguistics*, 松浪有還暦記念論文編集委員会編 , 秀文インターナショナル , 1984, pp.95-106.

6） nature と kind について、C.S.Lewis は類似の意味領域をもつとする。Lewis, 1967, p.26.

7） Lewis, 1967, pp.26-27.

8） また C.S.Lewis は kind の意味にはあいまいで間違われやすい（dangerous sense）として、現代では「親切な」という意味と受け取られやすいが、実は異なる意味（自然的親子の情愛）になる例や宮廷愛での意味の例をあげている。Lewis, 1967, pp.30-33.

9） Matsui, 1984. 参照。

10） C.S.Lewis, *Studies in Medieval and Renaissance Literature*, Cambridge:

Cambridge University Press, 1966, pp. 62-63. ルイスは中世人独自の世界観の形成を説明して、ダンテなどを例として中世人の世界像の創造性や審美性などに言及している。ニュートン以来、現代人からみてそれは非科学的とされたとしても、科学的に探求される宇宙像の真実性については測りがたく、現代はニュートン科学である1つのモデルをもつにすぎない。古代中世に構想された宇宙世界も1つの世界構造モデルであると解釈すると、その世界像を現代人も納得できるのではないかと述べている。

ドウソン／野口啓祐訳『中世のキリスト教と文化』新泉社、1971年、第2章、第3章参照。

11) クラウス・リーゼンフーバー／矢玉俊彦訳『西洋古代中世哲学史』放送大学振興会、1995年、24-32頁。

P.M. シュル／花田圭介訳『プラトン――作品への案内』岩波書店、2005年、32-36頁。

12) Lewis, 1967, pp.38-40.

13) Lewis, 1967, p.42.

14) 中世初期より『ティマイオス』はカルキディウスによるラテン語訳『ティマイオス註解』によって伝えられたが、全体ではなく53cまでである。エミール・ブレイエ／渡辺義雄訳『中世・ルネッサンスの哲学――哲学の歴史3』筑摩書房、1986年、26頁、315頁の注4、5。

プラトンに関しては、シュル前掲書の他に *The Dialogues of Plato*, trans. Benjamin Jowett, in *Great Books of the Western World*, Vol. 6 Plato, ed. Mortimer J. Adler, Encyclopedia Britannica, Inc.,1993. を参照。

田之頭安彦・種山恭子訳『プラトン全集12――ティマイオス・クリティアス』岩波書店、1981年参照。

15) George D.Economou, *The Goddess Natura in Medieval Literature*, Cambridge, Massachusetts: Harvard University Press,1972. Economou は1章で哲学的背景、2章でボエティウスと詩的背景、3章で中世ラテン時代：シルヴェストリスとアラヌス、4章ジャン・ド・マンをとり上げており、「自然の女神」の修辞が生まれた背景、伝統を紹介して、5章では「自然の女神」が登場するチョーサーの『鳥の議会』を論じている。4章までは一連の哲学史、文学史的な流れが簡潔に述べられている。本書においてはこの4章までの自然概念の歴史的経緯とあげられた文献を参考にした。その他の文献にも依拠しているが、文献の原典については、英語の翻訳書、日本語翻訳書を参照した。

Hugh White, *Nature, Sex, and Goddess in a Medieval Literary Tradition*, Oxford: Oxford University Press, 2000. は Economou が扱わなかった、中世の卑俗な書き物においての自然と、『薔薇物語』以降のフランス文芸においての自然について論じている。

16) Economou, p.12.
『ティマイオス』30b-c は次のようになっている。

　だから神は、推理の結果、次のようなことを発見しました。——すなわち、本性上可視的であるような事物のうち、どんなものも、それぞれ全体として考えられる場合には、理性なきもののほうが理性あるものよりもすぐれて立派なものとなることはないだろう。ところがまた、理性は魂を離れては、何ものにも宿ることはできない——ということです。そこでこの推理の故に、神は、理性を魂のうちに、魂を身体のうちに結びつけて、この、万有の造作をまとめ上げましたが、それは、本性上最も立派で最も善き作品を完成したことになるように、ということだったのです（…）。この宇宙は、神の先々への配慮によって、真実、魂を備え理性を備えた生き物として生まれたのである、と（…）。今度はまた、その次の話をしなければなりません。すなわち、生きもののうちのどんなものに似せて、構築者はこの宇宙を構築したのかということです（…）。——何しろ、完結していないものに似ているようなものは何であれ、けっして立派なものとはならないでしょうからね。いやむしろ、そのもの以外の他の生きものすべてが、個別的に言っても類的に言っても、それの部分であるような、そうした［全体的な］ものに、何ものにもまして一番よく、この宇宙は似ているのだと考えることにしましょう。

　種山恭子訳『ティマイオス』、田之頭安彦・種山恭子訳『プラトン全集12』32-33 頁。

17) 田中美知太郎責任編集『世界の名著 8 ——アリストテレス』中央公論社、1979 年、368-370 頁。

18) Ecnomou, pp.7-8. と p.174. を参照。
Arthur O.Lovejoy, *The Great Chain Of Being, A Study of the History of an Idea*, Cambridge, Massachusetts: Harvard University Press, 1964, p.55-58. において Lovejoy は、アリストテレスが自然界の種類についての細目区分をしたのみならず、すべての種が、本質として微妙な重なりをもって、すべてが、おのおのが他にひきつけられ、継続しているかのようなわずかな差の段階で種が推移していると考えたとする。また後の新プラトン主義と 12 世紀の人文学者によって、そのような考えがプラトンのイデア論とむすびついて、「神の大いなる鎖」という概念となったと述べている。

19) Ecnomou, p.10.
水地宗明『アリストテレスの神論——『形而上学ラムダ巻』注解』晃洋書房、2004 年、194 頁参照。

20) 新プラトン主義の代表的な哲学者としてはプロティノス、ポピュリオス、プロクロスがあげられるが、彼らについて、また彼らの後世の哲学者への影響については田中美知太郎責任編集『世界の名著 15 ——プロテ

ィノス・ポピュリオス・プロクロス』中央公論社、1980 年、7-86 頁参照。
日本語引用はこの書による。
21) 『エンネアデス』III.8.4. Economou, p.15.
Plotinus, *Plotinus: The Six Enneads*, trans. Stephen MacKenna and B.S. Page, in *Great Books of the Western World*, Vol. 11 in *Lucretius, Epictetus, Marcus Aurelius, Plotinus*, ed. Mortimer J. Adler, Encyclopeaedia Britanica, Inc., 1993, p.437.
22) 『エンネアデス』III 8.9. Economou, p.16. Plotinus, p.440.
23) 『エンネアデス』III 8.7.『世界の名著 15』、288 頁。Plotinus, p.439.
24) Macrobius, *Commentary on the Dream of Scipio*, Trans., with an Introduction and Notes by William Harris Stahl, NewYork: Columbia University Press, 1952, p.140.
25) Macrobius, pp.180-181. Ecnomou, pp.17-18.
26) Macrobius, p.112.
27) Economou, pp.21-22. Macrobius, p.112.
28) Economou, pp.23-24. カルキィデウス、『ティマイオス』XXXIII.73-74.
  これらの考えはアリストテレス『宇宙論』396b.『自然学』II.viii.199a. にもある。
29) ボエティウスに関しての文献は以下。Boethius, *Boethius The Consolation of Philoshophy*, trans. S. J. Tester, Cambridge Massachusetts: Harbard University Press, 1973. *The Loeb Classical Library Boethius LCL74*. ラテン語が英語対訳されている。
  渡辺義雄訳『世界古典文学全集 26──アウグスティヌス・ボエティウス』筑摩書房、1983 年。Boethius, *The Consolation of Philosophy*, Penguin Classics, trans. V.E. Watts, 1969. Helen M. Barrett, M.A., *Boethius Some Aspects of his Times and Work*, NewYork: Russell & Russell, 1965. *Chaucer's Boece and the Medieval Tradition of Boethius*, ed. A. J. Minnis, Cambridge: D. S. Brewer, 1993. Bernard L. Jefferson, *Chaucer and the Consolation of Philosophy of Boethius*, New York: Gordian Press, 1968.
30) Bernard L. Jefferson, 1968. 参照。ジェファーソン によるとチョーサーは作品中にボエティウスからの章句を引用したのみでなく、高い知性をもつ詩人として、彼の哲学を自己の中に取り入れて、自身の言葉で独自の方法によってその思想を表現している。この書にはチョーサーによる『哲学の慰め』のラテン語から英語への翻訳の詳細について述べられている。
  その他の英語訳はアルフレッド王、キャクストン、エリザベス女王によるものがある。
  Chaucer's Boece and the Medieval Traditon of Boethius はチョーサーの翻訳を当時の『哲学の慰め』の学問的研究と翻訳作業の一連の文化状況のなか

で捉えようとしている諸論文を紹介している。
31) ラテン語は Nihil est igitur guod naturam / Servans deo contraie contetur. / "Nihil", inguam. *Boethius The Consolation of Philosophy*, Loeb Classical Library, p.302.
32) ボエティウス、渡辺義雄訳、396頁。
33) ボエティウス、渡辺義雄訳、381頁。
34) Ovid, *Metamorphoses*,trans. A. D. Melville, *The world's Classics*, Oxford: Oxford University Press, 1987, p.1.
35) Economou, pp.49-50.
Ernst Robert Curtius, *European Literature and the Latin Middle Ages*, trans. Willard R. Trask, Princeton, New Jersey: Princeton University Press,1973, p.106.
36) Curtius, pp.106-107.
37) Economou, pp.44-45.
38) 14世紀の教会と国家の権力争いのなか、教会改革者が分裂をし、その分裂は中世キリスト教会が減失し、また中世カトリック社会が崩壊する根本的な原因となった。1309年クレメンス教皇がアヴィヨンに居をうつし、フランス国王に対して臣下の地位にたつことになったことに端を発する。またコンスタンス公会議が1414年から1418年に行われ、公会議主位説、すなわち教会の最高権は人民とその一般代表たる一般的公会議にあるという主張があった。ドウソン、1971年、71-73頁参照。
39) 12世紀にすでにアラビア語の自然学書、ギリシャ自然学のアラビア語訳書のラテン語訳がスペインでは行われていた。12世紀アラビア語文化圏の訳された主たる資料は、プトレマイオス『ケントロキウム』『アルマゲスト』『球面平画法』、ユークリッド『原論』、バッターニ『星の運動』、アブ・マーシャル『天文学序説』などである。また天文学的知識は占星術を含んでいた。上智大学中世思想研究所編『中世の自然観』創文社、1991年、48-49頁。当時の学者たちは科学的知識や天文学とキリスト教の両立をはかろうとした。
40) E. グラント／小林剛訳『中世における科学の基礎付け』知泉書館、2007年、302頁およびVII章とVIII章参照。グラントは中世科学と中世自然哲学は近代の科学発展史において重要な役割を果たしていると論じている。科学革命の創出に明らかに貢献している事柄が1200年から1600年の間に起こったとする。
41) 「自然法」についてはヴォルフガング・クルクセン「中世の倫理学における『自然』: LEX Naturae」、小山宙丸編『ヨーロッパ中世の自然観』創文社、1998年、35-36頁参照。
42) 柏木英彦「12世紀における自然」、上智大学中世思想研究所編『中世の自然観』創文社、1991年、44頁参照。

43) 柏木英彦、1991 年、47-48 頁。
　　12 世紀を総括した参考図書としては、ハスキンズ著／野口洋三訳『十二世紀ルネサンス』創文社、1985 年がある。
44) Bernardus Silverstris, *Cosmographia*, ed. Peter Dronke, Leiden: E.J.Brill, 1978.（以降 *Cosmo* とする）
　　Bernardus Silverstris, *The Cosmographia of Bernardus Silverstris*, trans. Winthrop Wetherbee, New York: Columbia University Press, 1973.（以降 *The Cosmographia* とする）今後のシルヴェストリスよりの引用は上記ラテン語原典と英語訳を使用する。
　　なお日本語訳は秋山学訳『コスモグラフィア（世界形状誌）』、上智大学中世思想研究所編訳・監修『中世思想原典集成 8 ―― シャルトル学派』平凡社、2002 年、483-580 頁。
45) Economou, p.68.
46) Economou, p.69. ラテン語の意味は「覆うこと」。
　　ウェザービは *The Cosmograpia of Bernardus* の introduction (p.14) で、同じことを involucra（包み隠す）技法として、マクロビウスが自然は無知な者にとっては理解できないような事柄をそのように覆い隠して表しているとすることを倣っているとしている。
　　また彼はこの寓意物語そのものを integumentum であるとして、それは神の三位一体という神秘を表現するための技法であると考える。またこのような技法は表現下に sensus（真の意味）を隠しもつという技法として、Geofferey deVeinsauf などによる中世の修辞学の教科書の手本となったと指摘している (p.54, p.57.)。
　　Translated by Margaret F. Nims, *Poetria Nova of Geoffrey of Vinsauf*, Toronto: Pontifical Institute of Mediaeval Studies, 1967. 参照。
47) *Cosmo*, pp.98-99.
48) *Cosmo*, p.7.
49) Alani de Insulis, *De Planctu Naturae*, ed. J.P. Migne, *Patrologia Latina* 210.（以降 *PL*）
　　Alan of Lille, *The Complaint of Nature by Alain de Lille*, trans. Douglas M. Moffat, Connecticut: Archon Books, 1972.
　　これ以降のアラヌス『自然の嘆き』よりのラテン語、英語訳からの引用はこれらによる。また『アンティクラウディアヌス』からの引用は *Anticlaudianus*, *Patrologia Latina* 210.（以降 *PL*）と Alan of Lille, *Anticlaudianus or the Good and Perfect Man*, ed. and trans. James J. Sheridan, Toronto: Pontifical Institute of Mediaeval Studies,1973. を参照。（以降 *Anticlaudianus*）また日本語訳は秋山学・大谷啓治訳「アンティクラウディアヌス」、上智大学中世思想研究所編訳・監修『中世思想原典集成 8 ――

シャルトル学派』平凡社、2002 年、887-1022 頁参照。
50) *PL*, p.433. *The Complaint of Nature*, p.15.
51) *PL*, p.459. *The Complaint of Nature*, p.55.
52) *PL*, pp.481-482. *The Complaint of Natire*, pp.94-95.
53) *PL*, p.457. *The Complaint of Nature*, p.50.
54) Economou, p.102.
55) 旧約聖書創世記第 2 章 7 節、聖書の引用は日本聖書協会、1965 年版による。
56) 例えば物語の冒頭部分で、Natura に Noys は「神に祝福された子宮よ」と呼びかけるが、これは、聖書における天使からマリアへの受胎告知の場面を暗示すると考えてもよい（Wetherbee,*The Cosmographia*, p.55）。

　山田昌は「デミウルゴスについて」（『プラトン全集 12』付録　月報 12、1-6 頁）というエッセイなかで、プラトンの対話篇のなかで、中世によく読まれた『ティマイオス』について中世人がどのようにそれを自己の思惟に取り込んだかを述べている。神の概念について以下は彼の意見である。デミウルゴスは、神のイデアを見て、一方「かたちなきもの」を見て、イデアを手本として「かたちなきもの」に形をあたえ、この世界を造ったという神話、ミュトス、とキリスト教の創世記の神の違いを述べている。キリスト教の神の創造において、創世記にあるように、始原の混沌という表現があっても、この創造神は無から創造できる、力と意思の神である。一方、新プラトン主義では、神のデミウルゴスが世界を造ったのは、神の理性が自己の思惟内容を思惟しつつそれによって世界を造ったこととなる。聖書にあるロゴスは、神の意思の表現としての「言葉」であり、プラトンのデミウルゴスのロゴスは論理性としてのロゴスである。中世の教父によって、プラトンのデミウルゴスの神と創世記の神がほぼ同一視されたようであるが、そこから新しい西洋の神概念が生じた。それはユダヤの神に「理性」、プラトンの神に「力と意思」を吹き込んで生まれた神であり、「全能なる力と意思とを有する理性的な神」である。

57) クラウス・リーゼンフーバー「トマス・アクィナスにおける自然理解」、上智大学中世思想研究会『中世の自然観』1991 年、151-156 頁。クラウス・リーゼンフーバー著／矢玉俊彦訳『西洋古代中世哲学史』189-206 頁。
58) リーゼンフーバー、1991 年、157 頁。

　St.Thomas Aquinas Summa Theologica,Translated by Fathers of the English Dominican Province, Volume one, *Christian Classics*, p.340.

　山本耕平編訳・監修『中世思想原典集成 14──トマス・アクィナス』平凡社、2002 年参照。
59) リーゼンフーバー、1991 年、159 頁。
60) リーゼンフーバー、159 頁。

61) ヴォルフガング・クルクセン「自然法――倫理学的問題のトマス的解決の永続的意義」、小山 1998 年、160-161 頁。クルクセンによると、トマスの自然法の概念を神的なものとしてではなく哲学的に考えても、規範の問題は「徳」つまり知慮、(Klugheit, proudentia)について語ることである。「知慮が人間的立法の段階で、善として前提される目標への善なる正しい手段を決定することが問題となるあらゆる場面で決定的役割を演じている」としている。すなわち、歴史的、社会的な具体的状況において、理性と理性によって認識されたこと、「理性的」善だけが命令になりうるとしている。トマスは邪悪の法、罪の法の名称で、自然性のなかにある、低級な衝動や悪への傾向性を認め、その法は神から堕落した人間の品位を減じる処罰であるとしている。原初において神が人間に与えた法は、理性にしたがって行動することである。自然法は内容的にも理性の法へと移行し、常に理性の秩序となる。中世社会において、人間の理性的判断が重んじられている言説であり、法的な影響は現代におよぶ。
62) リーゼンフーバー、1991 年、164-166 頁。
　E. ジルソン著／峠尚武訳『中世における理性と啓示』行路社、1990 年、第 3 章理性と啓示の調和、68-97 頁を参照。
63) 『薔薇物語』の原典は *Le Roman de la Rose*, ed. Ernest Langlois, 5 vols. SATF 71, Paris:1921-1924. 並びに *Le Roman De La Rose*, ed. Felix Lecoy, Tome I. II. III. Librairie Honore Champion, Editeur, Paris: 1973. がある。本書の引用は Lecoy からである。(以下 *Roman*) 英語翻訳は *The Romance of the Rose*, trans. Charles Dahlberg, Hanover and London: University Press of New England,1971. があり、この翻訳は Langlois 版にもとづく。付録には Lecoy 版との行数の対照表を掲載している。英語翻訳は他にも *The Romace of the Rose*, trans. Harry W.Robins, A Dutton Paperback, New York: 1962.ni
ある。
　日本語訳は見目誠訳『薔薇物語』未知谷、1995 年、篠田勝英翻訳・注解『薔薇物語』平凡社、1996 年がある。
64) Ronald Sutherland, ed. *The Romanut of the Rose and Le Roman de la Rose A Parallel-text Editon*, Oxford: Basil Blackwell, 1967. 序文においてサザランドは、チョーサーが『薔薇物語』の前半 A テキストの翻訳者であることが、テキスト研究の結果ほぼ確かであると述べる。それはチョーサー自身が『善女物語』の序文において『薔薇物語』の翻訳をしたと述べているし、A テキストが依拠した仏語写本の研究の結果から見て、また A テキストはチョーサーの文体や使用言語をもつことが明らかであることからである。
　チョーサーの『薔薇物語』の翻訳、ボエティウスの翻訳などについては他に Russell A. Peck, *Chaucer's Romaunt of the Rose and Boece, Treatise on the Astrolabe, Equatorie of the Planetis, Lost Works, and Chaucerian Apocrypha*,

Toronto, University of Toronto, 1988. がある。

　日本語訳は増田進訳『チョーサー――薔薇物語』小川図書、1997 年、瀬谷幸男訳『中世英語版　薔薇物語』南雲堂フェニックス、2001 年がある。

65)　「理性」は物語発端部分に主人公に現れ、愛の種類を述べて、世俗の愛を否定する。その「理性」は本来の神的な理性である。主人公はその進言を拒否する。物語の進展にしたがって登場する寓意的人物、「友」Friend、「見せかけ氏」False Seeming、「老婆」Old Woman によって、理性と理性的判断はさらに否定されていく。「自然」夫人 Nature は理性的判断をすることができない。自然本性、「自然」夫人の理性的分身とされるジニウスは、本性の下位である「ラブ」Love 快楽を求める衝動を推し進める役になってしまう。このような物語の展開は、主人公の理性喪失の心理的状況の表現となって、彼の迷走、錯誤に関連していると思われる。Dahlberg, pp.17-19. 参照。このような展開は、自然概念から理性的要素が失われたとする、近代的な自然主義への移行としても理解できる。自然が人格性を離れて中性的な自然の傾向として出てくる時代が到来している。

　野口はこのようなマンの近代性を取り入れたチョーサーの自然観を「チョーサー自然主義」（Chaucer Naturalism）としている。

　Shunichi Noguchi, "Chaucer's Concept of Nature" *Chaucer to Shakespeare: Essays in Honour of Shinsuke Ando*, Edited by Toshiyuki Takamiya and Richard Beadle, Cambridge: D.S. Brewer, 1992, pp.25-31.

66)　「理性」の警告は次の箇所である。Lecoy, I.5733-5764.

67)　Lecoy, 16219-16241, 19025-19032, ll.19115-19117.

68)　*PL*. p. 480. *The Complaint of Nature*, p.92.

69)　Lecoy, III. 19569-19598.

70)　Lecoy, III. 19115-19137.

71)　Lecoy, III. 19293-19324.

72)　加藤武訳『アウグスティヌス著作集 6――キリスト教の教え』教文館、1988 年、第 1 巻 3 章 3（30-31 頁）参照。

　第 3 巻 10 章 16（164 頁）にはクピディタスを定義して「神を神ご自身のために、また自己と隣人を神のために享受することをめざす精神の運動を愛（カリタス）と呼び、自己と隣人とその他なにかの物体を、神のためでなしに享受することをめざす精神の運動を欲望（クピディタス）と呼ぶ」とある。

73)　W. ラングランド、池上忠弘訳『農夫ピアスの幻想』新泉社、1975 年。

　W. ラングランド、生地竹郎訳『ウィリアムの見た農夫ピァズの夢』篠崎書林、1974 年。

　David Aers, *Chaucer Langland and the Creative Imagination*, London: Routledge & Kegan Paul, 1980.

Huge White, *Nature and Salvation in Piers Plowman*, Cambridge: D.S. Brewer, 1988. 參照。

第Ⅱ部

作品論

1 『鳥の議会』──結婚にはたらく自然

　チョーサーの『鳥の議会』 The Parliament of Fowls （以下 PF）は、1380年のチャールズ2世とボヘミアのアン王女との結婚の取り決め問題を機に創作されたとみなされている[1]。当然テーマは結婚であり、結婚をつかさどる自然の女神像が注目される。J.A.W. ベネットは、作品のテーマはよい生活への指針、および結婚愛とみなし、マスカティーンはこの書に哲学的諸見解をみるが、それらの結論は未追求のままで終わっているとしている。さらに

　ジョルドンは作品にある非中心性と断続性を指摘し、作品を幾層からなる総体と論じる[2]。顕著なことはチョーサーが、滅びる寸前の自然の女神という文学的修辞に、再度命を与え用いたことである。それがハワードの言うように単に擬似哲学的であったとしても[3]、自然の女神像は12世紀以降の新プラトン主義を反映、継承している。またベネットは PF においてチョーサーはアラヌスの『自然の嘆き』（De Planctu Natura、以下 Planctu）と『アンティクラウディアヌス』（Anticlaudianus）の解釈を採用してその発展を試みていると考える[4]。G.D. エコノモウは Planctu の影響を重要視し、PF は Natura の掟にしたがうことがどのようなことであるかが描かれているとする[5]。J. ファースターは、自然のはたらきを主に芸術的営為に関わるという視点から論じた[6]。

　ここでは、結婚にいたる人間のセクシュアリティを鳥に託して讃える宇宙観を展開し、性の営為にはたらく自然、自然の女神について省察するチョーサーの試みを取り上げたい。チョーサーは

『鳥の議会』　71

自然本性にある理性のはたらきについても意味深い示唆をしており、総じて正統的カトリック教義をふまえたうえ、女神の采配とその限界を描こうとしている。

　PF は夢想詩であり、3部から成りたつ。第1部で主人公「わたし」は、ある悩みに苦しんでおり、古書から解決の知識を得ることもできずに眠りにつく。第2部では主人公が夢の中で、ある不思議な庭に案内される。この夢の庭において、ヴィーナスと自然を司る神々や自然界を作った女神のいる景色が主人公の目に入る。第3部では主人公は庭の豊かな美しさを眺め、その庭に集う鳥たちが結婚についての議論しているさえずりを聞き、何かを学んで夢から覚める。

　チョーサーは作品中でアラヌスに直接言及し、「アラヌスが『自然の嘆き』で描いたちょうど、そのままの姿の女神を見つけるだろう」と述べて女神が登場する。

And right as Aleyn, in the Pleynt of Kynde,
Devyseth Nature of aray and face,
In swich aray men myghte hire there fynde. （316-18）

　ここで Natura の衣 'aray' は *Planctu* 同様、常套表現としての世界像としてうけとられる。ここでの世界とは、アリストテレスが述べた月より下層の支配領域、地上世界の総体である。女神は神の端女として、地上世界と人間の精神的肉体的環境に関与している。*Planctu* における女神像と、彼女の創造物における本能や欲望と、自然的本性にある理性との関係に注目し、アラヌスを取り入れたチョーサーにおいて、人の自然本性に備わっている本能と理性がどのように追及されているかを論じたい。求愛における愛

の情熱や欲望の問題と幸せの追求をめぐって、*Planctu* では愛の情熱や欲望は理性に従属されるべきもの、場合によって、キリスト教教義によって断罪されるものであると主張される。チョーサーは人の欲望というものを、先人から継承した見方にもとづいて理論的にかつ詩的に叙述し、現実を直視した観察を重ね、同時代を生きる人間のありさまを描いている。また自然的本性である欲望を、いわゆる理性的な判断によって抑制する方向をめざしているように思われるが、アラヌスのように欲望を理性に従属させることはしない。結局、物語の終わりでは、主人公が抱える欲望の問題についてこれといった解決策は示されない。夢から覚めて、自然本性についてのいくばくかの知識やぼんやりとしたイメージは残ったであろうが。

この物語では具体的に1羽の雌鳥を争う3羽の鳥たちの婚姻問題は解決されず、理性と欲望の葛藤はそのままにおきざりとなっている。ここには、欲望の断罪というアラヌス的な解決はない。主人公の目下の関心事、この鳥たちの抱える問題は宙ぶらりんのままに置かれる。理性による解決は、今のところはなさそうである。

しかしキリスト教教義の枠内にあって、自然本性そのものが理性への契機となるという、トマス・アクィナスの自然法的な志向が全体を通して暗示されているとも言える。人間の寓意である身分の高い鳥たちの結婚相手の選択は、1年間留保があるとしてひき延ばされる。すぐに決着をつけないことは、決断にいたるまでの理性のはたらきに期待して終わることを意味するとも受け取れる。彼らが、他の身分の低い鳥たちには付与されていない、自分自身の自然的本性にある自由をもって判断して、その結果よりよい解決を得るだろうという可能性を残して終わるのである。うま

くいくと彼らは祝福された結婚を遂行できるかも知れないし、そうはならないかも知れない。つまり人間の自然的本性は、宇宙の秩序に連なりより高次元の理性、神につながる契機となり得るし、もしくはそうならないという可能性を示唆している。

　それではチョーサーとアラヌスの言語や表現を比較し、かつチョーサーが利用した他の文献を参照して、この物語の細部をみていこう。

1）問題提起──悩める主人公

　PF の冒頭において、愛のはたらきの不思議と驚異が主人公「わたし」によって語られている。一方 *Planctu* では、「わたし」であるアラヌスが夢の中で、天上より降りてきた女神 Natura を見て、その幻（imaginariæ visionis）（*PL*, p.482）に顔を伏せ、頭が空白になってしまった（stupore vulneratus）かのようである（*PL*, p.442）。神の啓示体験であるかのように、自分が生きているか死んだのかわからない（... nec vivus, nec mortuus inter utrumque laborabam）（*PL*, p.442）。「わたし」は教師によって導かれる無知な学童のような愚か者である[7]。

　PF の私は、自己を支配する内なる自然のはたらき、愛という情意が「不可思議なはたらき」'wonderful werkynge'（5）を持って、「わたしを圧倒する」'that my felynge / Astonyeth'（4-5）と述べ[8]、人間を支配しているこのような愛の情意 'love' から逃亡すべきか、またはその情意によってわが身を破滅するべきか、と述べる。*Planctu* の主人公は自然の女神の導きによってこの驚異の念を克服し知識を得られた。愛という情意に捉えられている「わたし」はこの状況をどうにかするために緊急に何かを学ぶ 'a certeyn thing to lerne'(20) 必要に迫られている。「わたし」は自己の自然本性、欲望、情意をどのように考えどのように対処していけるのであろうか。いまだ愛について学んでいない身である。

ここで主人公は 'what for lust and what for lore'(15) というが、その意味は重層性をもっている。それは感覚的、本能的領域と知覚、理性的領域に関することであり、その双方の知恵を主人公はいまだ知らないと云っている。'lust' は欲望、願望、肉欲、喜悦、快、快楽、性的満足、などを意味し、それに対して 'lore' は学びと教えの行為や過程、指示行為、人によって教えられる物事、理性的なはたらきによって教えられる物事、深慮、などを意味する[9]。それならば、この双方の意味が重なった、いわば身体の知を主人公は得たいのである。彼は温故知新の精神をもって、古えの書より人間本性に対しての新しい見方、新しい術 'newe science'(25) を発見したい、つまり欲望 lust の意味するところを知り、それに処する術（craft）や知識（learning）を得たいと思うのである[10]。しかし作品冒頭のことば（the craft so long to lerne）にあるようにそれは容易ではない。

チョーサーが紹介している『テリウスのスキピオの夢の註解』（*Tullyus of the Drem of Scipioun*）では、精神性と肉体性は二元論で語られている。そこに出てくるアフリカヌスはスキピオを導き、地上や肉体性を天上や精神性と比較し、前者をスキピオに蔑視させる[11]。この世の生は死と同じような状態 'And that oure present worldes lyves space / Nis but a maner deth, ...'(52-53) にあり、彼は天上から地上世界をスキピオに見せて、地は小さく地上の生活は軽蔑すべきもの、苦難に満ちたもの 'syn erthe was so lyte , / And dissevable and ful of harde grace'(64-65) であることを教える。この世では心を喜ばせるべきではなく 'That he ne shulde hym in the

『鳥の議会』 75

world delyte'(66)、天上にこそ至福の場所はあり、そこに入るためには共通の善 'commune profit' を目指さねばならない。精神の不滅性を知り 'know thyself first immortal'（73）天上をめざして励むべきであるとする。

他方、この世を心にかける者、天の秩序を乱す者 'brekers of lawe'（28）や肉体的快楽を求める者 'likerous folk'（79）は、天上の至福 'blysful place' からは閉め出され、長い間苦しむことになると諭す[12]。導き役アフリカヌスがスキピオに与えた教えを読んだ「わたし」は、天上についての知識は得た。しかし肉体性に幽閉され、地上の生を生きる人間は、いつなんどき欲望に身をゆだね、規範を破るようになるとも知れない。そんな人間には幾世代にわたって苦しみが与えられ、至福からしめだされてしまうと書かれている。なるほど納得できることだ。しかし、そのような人間はどうするべきなのかはどこにも書いてない。今、「わたし」にとって天上より地上、精神の不滅性より肉体にある現実の生が問題であり、愛の苦しみに対する救いこそが必要となっているのだ。この本では自分の抱える問題への答えは得られなかったと主人公は思い、そのまま眠りにつく。すると書物に出てきた老賢人、アフリカヌスが今度は夢の中に出現して、「わたし」の知りたいことを教えるべく、地上界の案内役となる。

さて、主人公「わたし」の愛の苦悩は、矛盾した表現で表され、恐ろしい喜び 'dreadful joye'（3）、奇跡 'myrakles' にも残酷な怒り 'crewel yre'（11）にもなる愛だと表現される。また、愛の神は人間を絶対的支配下におく（12）。*Planctu* では、愛の絶対的支配、愛の矛盾に苦しむアラヌスに自然の女神が懇切に語り、この説明のつき難い現象を解き明かしてくれる。愛とは、恐れる平安（pax odio）、猜疑心の信仰（fraudique fides）、怖れの希望（spes juncta timori)、理性的な激怒（mistus cum ratione furor）(*PL*, p.455)なのである。このような二律背反する愛の矛盾はヴィーナスのはたらきに由来している。女神によると、まさにそこに人類の運命が変わったきっかけがあるという。

Planctu では人間の二律背反の現況が描写されているが、それこそが自然の女神が嘆いていることであり、*PF* では主人公「わたし」は夢を通して人間の現況について学ぶことになる。

自然の女神の衣は、自然からの産出表現として地上のあらゆる生き物が妙なる美しさで描かれている。そこで人の位置するところはちょうど真ん中あたりの、衣の裂け目にいるのが人間である。女神によれば、裂け目にいる人間は自らの本能的欲望に身をまかせ自然の秩序や美をおびやかしている嘆かわしい状態にある。このような人間であっても、他のどんな生物にも与えられていない理性が備わっているので、他の生き物にはないこの特権で天に到達することも可能である（*PL*, p.437）。しかし人間はゆがんだ情熱に身をまかせ（sicque homo a venere tiresiatus anomala）(*PL*, p.449)、自然から離脱して欲望と理性の葛藤をかかえている（sic in homine sensualitatis rationisque continua reperitur hostilitas）(*PL*, p.443)。抑制されない本能は人を動物までおとしめ[13]、一方で理性の力は瞑想によって心の暗闇を照らし、人を神にまで高める。この対立ゆえに理性によって欲望を克服することは輝かしい誉れのある行為となる（*PL*, p.443, p.449）。人間にとって欲望を克服することが問題ならば、*Planctu* では欲望に対しての二つの警告と一つの対処策がとり上げられている。

警告の一つは欲望から退去すること、他方は欲望の抑制である。欲望に対処する方法とは、キリスト教教義を援用することによってである。自然の女神は本来自然的本性の分身である「理

性」の助けを得る。「理性」は神につながる神聖なる役割を果たすべく、邪欲を断罪、破門する（*PL*, pp.481-482）。

このような警告と対策に関して、*PF* では、地上界を表現している夢の庭において、*Planctu* と同様のメッセージ、すなわち「自然」の警告や教えが主人公の目の前で展開される。その後、同じ場所で議会を模した鳥たちの議論が描かれ、鳥たちがどのようにして、宇宙創造に関与し、産出、調和にいたることができるのかという問いが出される。*PF* においては、*Planctu* と類似した議論がされているにもかかわらず、*Planctu* では問題が決着する一方で、*PF* では問題は決着しないのである。

Planctu の女神は愛の葛藤を語った後、そのような葛藤に手綱をかけることを望むならば、そこから逃げるより他に策はないと忠告している（*PL*, p.456）[14]。同時に女神は愛そのもののもつ尊厳性を否定するのではなく、愛への抑制を説き、過度にすぎることや愛の危険な側面にはまらぬよう戒めている（*PL*, p.456）[15]。

ではその危険な側面とは何であろうか。自然の女神と生殖をつかさどる神ヴィーナス、キューピットはもともと血縁関係にある。それ故元来ヴィーナスは、自然のはたらき手の手助けとして、種の再生産のためにはたらいていた。しかしヴィーナスは正式の結婚から外れて、アンティガムス Antigamus（反結婚）と密通し、問題が生じた（*PL*, p.459）。ヴィーナスは性衝動であり、正当なものへも不当なものへも向かうという二面性を持っている神である。この二面性はアラヌスでは愛の問題として、共時的に二律背反として扱われている。またこのような結婚という比喩によって、人間の自然本性にある衝動的情意の危うさを象徴しているといえる。チョーサーにおいて、そのようなヴィーナスのはたらきと自然性の関係は、夢の中で主人公が考えていくことにな

る。

2）夢の庭の風景

　チョーサーの夢の庭は愛の場所（locus amoenus）の伝統に依拠しており[16]、ボッカチオ（Giovanni Baccaccio）の『テセイダ』（*Teseida*）とジャン・ド・マンの『薔薇物語』から多数のイメージを借用して描いている[17]。しかしこの庭の本質は *Planctu* で語られているような、共時的な愛の二面性とその曖昧性にある。主人公が庭門から庭に入るとき、その門に掲げられた至福を約束する金文字と虚しい不毛を約束する黒文字を見て怖気つくが、この庭に見い出される異なるイメージが、そのような愛の二面性であることを予告している。この庭は自然の女神の領土 'lande' にあり、キューピッドやヴィーナスの館もその中にある。これは *Planctu* の女神が語るように性の営為、人のセクシュアリティそのものが女神の領域であることを示している。「わたし」がこの庭を一巡することによって、*Planctu* と同様に Natura の教えが示される。それは視覚化されており、「わたし」は、門に掲げられた二つの異なる文字案内を見て恐ろしく（146）、入る決断ができない。逃げることが唯一つの救い 'Th'eschewing is only the remedye！'（140）という黒文字のことばが迫ってくる。いつも「わたし」は、そんな場からは逃げたいと思っているが、案内人の老賢人によってなかば強いられて庭へ入ることになる。

　老賢人は決断できない「わたし」に、おまえは愛についてはもうわからなくなっているのだ'... thow of love hast lost thy tast ...'（160）という。しかし、もし「わたし」に書く能力 'connyng for t'endite' があるならば、書くべき材料 mater を示そ

うと述べる[18]。自己の本能、欲望から、むしろ逃れよう、逃れたいと思う「わたし」には、欲望について書き記すことが役割として与えられる。このようにして主人公は、この庭で見るものを書いていくという行為によって、欲望の問題を探求していこうとする。愛の下僕 'loves servant' (159) ではないと自分をみなしている「わたし」は、肉体と知性を駆使する、書くという芸術的行為によって愛の下僕となる。*Planctu* の自然の女神は、ヴィーナスとともに芸術の創造に関与している (*PL*, p.457)。ここにはチョーサーの創作者としての自己意識が垣間見られる。「わたし」がヴィーナスの星、キュテレイア Cytherea に祈りを捧げるのは、愛の主題を喚起すると同時に、女神から筆を与えられたヴィーナスは正しい書き方に関与しているためでもある[19]。

　それでは夢の庭の様子を *Planctu* の女神の居住場所に照らし合わせながら見ていこう。女神は天上の平和の宮 (in ætheraeregionis amœnante palatio placuit commorari) (*PL*, p.454) におり、ヴィーナスとキューピッドは傍らに助け手 (subvicaniam) としておかれる (*PL*, p.454)。チョーサーの女神の領土では、女神は丘に座し、そこは木々がそびえ、まるで宮殿のようである。アラヌスの描写にあるラテン語 palatio には元来丘の意味があった。チョーサーでは、宮のイメージがそびえる木々の豊かな茂りや木陰 'branches were here halles and here boures' (304) で表現されている。女神の住まいである抽象的な宮が、イングランドの森に囲まれた丘で表される。庭を一巡した「わたし」は、丘のほうを見て初めて女神の存在に気づき、その庭が丘に続く裾野にあり、すでに主人公が目撃したヴィーナスの館がその裾野の低地に位置していることもわかる。

　Planctu の女神、ヴィーナス、キューピッドは静謐な場所にい

る。この天上の静謐さは何者にも乱されることがない[20]。一方夢の庭はいつも穏やかな気候であり、暑くも寒くもなく、夜になることなく、誰の目にも常に明るく晴れ渡った場所である。

Th'air of that place so attempre was
That nevere was grevaunce of hot ne cold. (204-5)
. . . .
. . . , ne nevere wolde it nyghte,
But ay cler day to any mannes syghte. (209-10)

Planctu のヴィーナスは一なるものであり、一なるヴィーナスの属性として二面性を描いているが、*PF* では、この二面性が先に見たように、入り口に書かれた黄金の文字と黒色の文字の案内文として表され、また庭では、キューピッドとその周辺イメージとヴィーナスの館とその周辺イメージという二つのイメージで表される。それは情感に訴える工夫である。女神の仕事を遂行するヴィーナスの息子で、「正統な結婚」を表象するキューピッドが王として君臨する場所では緑樹、川、緑の野辺があり、妙なる調べが聞こえる。このキューピッドに付随したもの、すなわち宮廷風恋愛の諸価値が寓意的存在として観察される。正当な「欲望」Wille や「快楽」Plesaunce や「愛の衝動」Lust「礼儀」Curteysie がいる。*Planctu* ではキューピッドは常に、不義の息子であるマルス Mirth（歓楽、ラテン語では jucunditas、反語的意味としての快楽）と比較される。正統として父ハイメン（Hymen）の教養と礼儀を受け継いでいる（paternæ inurbanitatis urbanitas）のはキューピッドである。彼の居場所は常に輝く春の木々が繁る谷であり、澄みわたった空を見渡すことができる（*PL*, p.460）。

『鳥の議会』　**81**

庭の入り口に黒文字で記述された言葉に「軽蔑」'disdayn'と「危険」'danger'（136）があった。後者の「危険」はまた愛の技巧の一種を意味する気難しさや気位の高さを意味するが、この語は元来主権、王の権威を意味する。この二つの言葉は死の指標としてはたらいている。これらは宮廷風の恋愛の用語でもあるが、*Planctu* では女神に忠実であったヴィーナスが変節する箇所にその照応語「軽蔑して」（indignor）と「気難しい」（fastidiōsus）がある（*PL*, p.459）。この二つの語はヴィーナスが、同じことの繰り返しからの毎日の退屈さから免れたいと欲し、日頃の労働を軽蔑するような気難しさをあらわにする箇所に使用されている。

不義の子「歓楽」マルスの放つ鉄の矢 ferreis jaculis（*PL*, p.460）は、夢の庭では、死へ導く矢 mortal strokes of the spere（135）として表される。*Planctu* では、「歓楽」の居場所は永遠の虚妄の場（loca perenni ariditate damnata indefesse）（*PL*, p.460）であり、それは黒文字の実りがない 'no fruyt'（137）という不毛性と関連し、夢の庭にある不毛の砂地（243）として表現されている。

丘に続いている庭の中で、ヴィーナスの館はこの不毛の砂地の小高い場所にある。館の奥まった場所の黄金の床に身を横たえた女神ヴィーナスの容姿は、『テセイダ』の「好色のヴィーナス」Venus-Luxuria のイメージを採用して描かれ、その上半身は裸体である[21]。下半身は薄い布地で覆われているのを見て「わたし」はほっとするが、それでも露な性的魅力に戸惑う。

And naked from the brest unto the hed
....
The remenaunt was wel kevered to my pay

Ryght with a subtyl converchef of Valence ――
Ther was no thikkere cloth of no defense. (269-73)

　このようなヴィーナスは彼女の別の側面であり、*Planctu* の自然の女神の命に背き、夫ハイメンを裏切るヴィーナスの本質を表現している。

　この付近にいるプリアーポス (Priapus) は、ギリシャ神話の豊穣、男根の神で、ボッカチオからの借用されている[22]。彼の手にしている杖 sceptre（男根）は肉欲の端的な表現である[23]。それは *Planctu* におけるアンティガマスとその子マルスの肉欲性に相通じる (*PL*, p.460)。さらに主人公は、ヴィーナスの館の壁の絵を見て、そこに描かれた古今の恋人たちの運命が、死にいたる過酷なものとなるのをを学ぶ (294)。この庭の風景は、主人公に愛の二面性、二律背反を教示し、その理解へと導く。心ふさぎ、慰めに緑の野辺に歩みを進める主人公が、ふと見上げる。すると花咲く緑豊かな丘に太陽の光さながらに輝く自然の女神が鎮座するのだ。門の金文字の示すとおり、この地は自然の至福を得られる不思議な場所でもあるようだ。夢の庭には愛の二面性という *Planctu* の女神の教えがそのまま組み込まれている。

3）鳥たちの議論――自然の掟にしたがうこと

　Planctu の自然は愛の諸相を教え、戒めを与えるが、愛の立派なはたらき (Cupidinus naturam in honestate) (*PL*, p.456) に反対しているわけではなく、本能や欲望をあるべき位置におこうとする。女神は人間の身体各部を説明し、宇宙の秩序が上より神、天使、人間と続くように、人間の身体には頭部、心臓部、腰部の順

位があると説く。頭部に知恵、中心に魂があり、魂は知恵にしたがい、腰部は本能的欲望、快楽を身体の周縁に及ばせ、魂にしたがう。知恵は総指令者、魂は指令者、欲望は召使いの役割を担うのである（*PL*, p.444）[24]。

アラヌスでは欲望はあくまでも精神、理性に従属する。神と対立する可能性のある欲望の位置づけは正統的キリスト教の立場を守っており、快楽には留保をつけ、懐疑的態度を示す。一方チョーサーはアラヌスを踏襲しながらも、欲望や快楽の問題を、結婚と産出を司る自然の女神の命令にしたがうという積極的側面からとり上げようとしているかのようである。自然的本性である欲望を、女神の作り出す豊穣性、多様性、大宇宙の調和などに関連する寿ぐべきもの、喜ばしいものとして描いている[25]。

Planctu の自然は種の生成、再生産（procreatrix の役割）を担っているが、それに付随して結婚の仲介役（pronuba）ともなる。そのため人間の性的モラルにも当然介入する[26]。対する *PF* では女神の登場直後に彼女の役割である種の増殖、結合の仲介の側面（procreatrix, pronuba）が強調されて述べられていることがわかる。これをテーマとして、この作品では鳥たちが自然界の代表となり、同時に後半の擬人化により人間界をも表すことになる

女神が生殖への命令を下す日は聖ヴァレンタインの日であり、ありとあらゆる鳥たちが、自分の連れ合いを選ぶときなのだ。数え切れないほど多くの鳥たちが、ものすごい音を立てて地や空や木や湖に群れている。そのため「わたし」が立っていられる場所さえないほどである "So ful was that unethe was there space / For me to stonde, so ful was al the place"（308-15）。

Planctu において結合の原理である女神は異なる四要素からすべてを生成する。このような宇宙の結合の大原理をチョーサー

は、結婚の結合の側面として描き、結合の命令を神の代理人としての権威をもって女神に述べさせている。

　全能の神の端女(はしため)である女神は、熱さ、寒さと重さ、軽さと湿潤、乾燥のすべてを調和させて結びつける存在である。女神は優しい声で「鳥たちよ、願わくば我の命令を遵守せよ、我はおまえたちに呼びかけて（本能の行為を）促すであろう」と言う。

Nature, the vicaire of the almyghty Lord,
That hot, cold, hevy, lyght, moyst, and dreye
Hath knyt by evene noumbres of acord,
In esy voys began to speke and seye,
"Foules, tak hed of my sentence, I preye,
And for youre ese, in fortheryng of youre nede,
As faste as I may speke, I wol yow speede. (379-85)

　この女神は *Planctu* の女神より親しみやすく、鳥たちに配慮深い。彼女は「おまえたちの（性的）安らぎのために、また繁殖の必要のために、喜びをもって生殖活動を促すのだ」'And for youre ese, in fortheryng of youre nede' (384) 'as I prike you with plesaunce' (389) といい、産出活動 'use' 'engendrure' と快楽 'ease' 'plesaunce' を切り離していない。鳥たちはそのような女神に対して恭順であり、彼女の命令にしたがう (306-8)。

　鳥たちの結婚において欲望そのものは是認され、女神のいる場所はやはり至福に満たされている。この庭で女神の掟が守られる世界が展開されていくのを「わたし」は垣間見るのであるが、その描写は快楽に懐疑的な *Planctu* と比較して、肯定的な快楽のイメージを読者に与えている。主人公は同時に、掟を守ることが

『鳥の議会』　85

自由意志に任されている高位の鳥たちの決断を見守ることになるが、問題はその高位の鳥の結婚についてである。

Planctu における鳥たちの描写から、チョーサーは構想上のヒントを得たように思われる。鳥たちは自然の気（naturæ inspiratione）によって恭しく Natura を迎える（*PL*, p.440）。*Planctu* では Natura の衣に描かれた動物たちがアレゴリカルな存在でもあり、現実のもののようにも見えると述べられている[27]。

チョーサーでは鳥たちは自然界と人間界両方を表しているが、*Planctu* と同様にアレゴリー的描写とも、現実描写とも受けとれる。その独自性は、寓話的な夢の話に、自然界の序列と人間界の序列、自然界の調和と人々の間にあるべき社会的調和がたくみに織り込まれている点にある。

Planctu では、堕落した人間が再び宇宙の調和を自己のうちに回復すること、自然本性的欲望と理性が一致すること、肉体性と精神性が結合することが、聖なる結婚として表象される。自然本性が正しくはたらくことが大切なのである。女神から結婚神、ハイメンが遣わされ理性の寓意的存在ジニウスが呼びだされる。ジニウスは悪しき欲望を宗教的視点より問い、破門判決を下す。このような理性のはたらきによって、人間、また自然界、宇宙界に調和が呼び戻される。

ところで 'reason' は元来、「割合」'ratio'「比」'proportion' の意味をもち、他に知的能力 intellectual faculty、頭脳のはたらく過程 mental processes、知恵 wisdom、意志 will、「理解力」understanding の意味がある[28]。

Planctu における聖なる結婚、理性による欲望への対処や克服は、*PF* では世俗の愛の問題の解決、結婚問題への取り組みのな

かで扱われ、収束していく。主人公が目の当たりにする鳥の議会では、鳥たちの議論を通して、あくまでも物事の具体的展開のなかで愛について、理性のはたらきについて考えられている。未婚の鷹 Formel eagle の愛を競って得ようとしている 3 羽の鳥たちの愛の情熱の可否を判断するのは、ジニウスや彼の権威ではなく、各々ごく普通の身分の低い鳥たちである。しかし、彼ら自身の連れ合い選びは高位の鳥とは異なり、序列的に下等の生き物としての本能にしたがっており、それはまったく問題がないことになっている。彼らの議論からは、このケースへの常識的判断やこの世の知恵が提出される。

しかしこの求婚争いの結末はつかず、どの鳥が花婿に決まるかという決着は 1 年後に保留される。人間に模せられた高位の鳥たちには他の鳥と異なり選択の自由があるが、自由を付与されている鳥たちの結婚不成立は、自然的本性から正しく判断することが難しい現実、すなわち与えられた自由において理性を行使することの難しさ、本能と理性の対立や矛盾、不調和を示している。チョーサーは鳥に仮託して現実の具体的なケースを例示し、正しく判断すること、正しく愛するとはどのようなことかという倫理的な問題を扱っている。

Planctu の自然が人間を理性、自由意思を賦与された最高位に創造したと同様（*PL*, p.442）、未婚の鷹 と王族の鷲たち royal tersel は女神の造った傑作であり最高位の鳥たちである（397）。このような理性と意思を備えたものたちに問題が生じる。この鳥たちの求婚の訴えはそれぞれ心からのもの、すなわち偽りの態度 'unkynde' ではないし、女神はどの鷲に対しても励ましを与えている（659-65）。しかし求愛者たちの愛の情熱の抑制はこの際ほとんど不可能に近い。彼らは戦うことすらためらわない（539-40）。

『鳥の議会』 87

3羽の雄鳥の問題、つまり誰が鷲嬢を他より愛しているか、誰が連れ合いに選ばれるべきか（497）という問題は、世俗的身分の低い多様な鳥たちの議論に付される。それは花婿選びというケースをとって、愛の情熱そのものが、常識的にみてどのように判断されるかということである。

Planctu では過度の誤りやすい愛の情熱に対して次の解決策がある。自然の女神の分身であるジニウスは、僧衣をまとって、そのような過誤の愛に対する断罪 excommunication を行う（*PL*, p.481）[29]。自然本性に対してアラヌスの聖なる判断が下されるという設定は、*PF* においては世俗界の判断に取って代わる。またジニウスのような理性的存在が登場せず、最終解決も保留という曖昧な結末となる。

高位の鳥たちの騒動により、下位の鳥たちが自分たちの結婚遂行が遅れると騒然としているのを見た女神は、各種の鳥の代表が自分たちの意見 verdict をまとめるように取り決める（525）。さて貴族の鷲たちの訴えは、この場を目撃している主人公には品位ある訴え 'gentil ple'（485）に聞こえるが、他の鳥にとってはのろうべき嘆き 'cursede plentynge'（494）である。

ところで 'verdict' 'ple' 'plentynge' は問答詩の頻出語である[30]。判断を求められた鳥はつぎのように言う。われわれの意見が決定権もち、下した判決にはしたがってもらおう（545-6）。しかし鳥たちの意見が信頼できるものか疑問は残る。ある鳥たちにとってこの仕事は自分たちの領分ではない 'office uncommytted'（518）かも知れない。心もとないことだが、ともかく世慣れた鳥たちの意見の多様性、相対する見解によって、愛の問題が諸角度から検討されることとなる。女神がこのように議論を促進しているのは、彼女の司どる自然にある生き物の階層性や多様性、多義性総体とし

ての世界が顕現しているといえる。

　最初の代表である鷲は3候補の訴えは優劣がつきにくい（535）が、自分の最終的な結論は最も立派'worthiest'で最高の品位を備えた'gentileste'鷲こそ選ばれるべきであると主張する。ガチョウは自分の知恵witを誇り（565）、もし3羽の望みがかなわない場合は、他の雌鳥を選べばいいことではないか（567）と実際的な忠告する[31]。つばめにとっては 愛の情熱に相対的な秤をあてる愛の相対化は、軽蔑すべき下賤の知恵'parfit resoun of a goos!'（568）であり唾棄すべきという。次に野生の鳩の忠告は、愛の不滅（582）を説く（585）。鳩はアヒルに反駁される。彼は鳩のいう愛の情熱が「理性」'resoun'と相入れないものであるとして、人はわけもなく愛するので、愛には理はないと愛の非合理性を説く（590-1）。ガチョウはアヒルに対してにわが意にかなったりと賛同するが、高位の鷲にとっては、アヒルの意見は愛について盲目同然である（599）。利己的カッコウは、カッコウ自身支障なくつがいたい"may have my make in pes"ため、3羽の鷲たちは解決がないまま独身でいいではないかという（605-7）。ハヤブサはカッコウに、「おまえこそ他の鳥を食いものにするならずものだ、独身でいろ」とつっかかる。

　女神はどんな卑しいものの意見にも耳を貸す存在'which that alwey hadde an ere / To murmur of the lewednesse ...'（519-20）であり、すべての鳥の意見を聞こうとする（618）。女神の世界は異なる種の共存する豊穣の世界であり、すべてがそのまま受容されている'Nature wold enclyne'（325）。ここからは女神が判決を下したり識別できるような「理性」そのものではないことが明らかである。この議論には結論が出ることはない。しかしながら鳥たちの異なる意見が提出され、対置されることによって、愛の情熱

『鳥の議会』　**89**

に対して光があてられているといえる。このような比較対照は、比べることによって何らかの知見を得る方法でもある[32]

　女神は自分のはたらきは「理性」のはたらきではないことを明らかにして、もし「理性」の立場から判断すれば、という留保をつけて、最高位の鷲を選ぶことを忠告する。花婿選びの決定権そのものは、女神に娘と呼ばれ、当事者である鷲嬢に委ねられる。彼女が自己の自然本性にしたがって、正しく選ぶことが課題である。彼女は最高位の被創造物としてそれにふさわしい理性と自由意思をもって選ばなければならない。

　この鷲嬢は選択することを延ばすのを乞う。決定の遅延 'respit' は、現実に当時あったチャールズ２世の結婚問題の反映と思われるが、彼女は理性的であり、冷静さは早急な判断をしたくないのである。鷲嬢自身の言い訳は、まだ愛するための心の準備がないことだが、これは産出、婚姻の女神を説得するには十分の理由である。花嫁が、自然本性の開花、生物的本能の成熟にいたらず、ふさわしい思慮をもつにいたっていないと、自らをみなす一方、花婿候補たちが性急であり、冷静さや理性を失って、血迷っている様は皮肉である[33]。この状況では事実上結婚は成立しないであろう。

　ここでアラヌスの主張するように結婚を宇宙的な企画、自然本性の問題として捉えるならば、結婚の意味するところは精神と肉体、理性と欲望の全き合一、一致である。この結婚の不成立は人間のうちの精神と肉体、理性と欲望の正しい統合の難しさを象徴的に示す。アラヌスは理想的な人間像を『自然の嘆き』では描くことができず、その方向を暗示するに留まったが、*Planctu* を発展させた『アンティクラウディアヌス』において、新しい人間の創造をとり上げた。しかし *PF* においては、問題が結末では解決

されることはなく、作品中の「永遠のいま」においてこの問題は保留されている。

　物語の終わりは、人間の寓意である高位の鷲たちの結婚の不成立と並列して、他の鳥たちが、相互の一致 'evene acord'[34] によってめでたく伴侶を得ていく。結婚の喜びにあずかった下位の鳥たちは自然の女神を讃えるが、彼らの歌は天上のハーモニーを響かせるものではなく、フランス由来の踊りの俗謡である。下位の鳥たちの結婚は、健全ともいえる本能的行為である。それは、そこに大方の基底をおく一般人間社会の社会的調和の寓意であり、チョーサーが貴族社会と区別してとらえた庶民の現実とも考えられる。

　チョーサーの展開した女神の世界には、宗教的権威によって統一された見解もなく、またわけ知り人間の小賢しい知恵や世間知、常識といわれる理性的判断による支配もない。しかし結婚が不成立となる結末は不全感を伴い、同時に、人が自然本性に備わっている理性をもって正しく判断することの難しさや、人の判断の危うさが示されている。しかし今結婚の正しい判断ができないとしても、1年間の保留が認められており、将来的には正しい判断ができる可能性があると考えられる。あるいは不幸にも、雄鳥たちの伴侶獲得バトルがこれから始まるかもしれない。そのような不確定要素を含みつつ、個人に決定が委ねられているのである。そして今後、理性的判断によって正しい選択がなされることもありうるという示唆をも含む。

　この不思議な庭とそこに展開する鳥の議会を夢でみた *PF* の主人公「わたし」は、欲望と理性についてのいくばくかを学び、欲望と理性の相互の関わりを考えることができた。しかし理性と欲望が統合されて一致をみること、すなわち十全たる自然本性が

どのようなものかを知ることはできなかった。愛の問題、欲望の問題はこれからなおも「わたし」を悩ませるであろう。夢から醒めて現実に戻った「わたし」は、さらにこの問題を探求し、良い作品を書こう、それが「わたし」にできることであろうと決意する。

　*PF*は*Planctu*の問題意識と作品構造を取り入れた宇宙論である。小作品でありながら、チョーサー自身の自然観と自然の女神の衣としての世界像が十分に描かれている。アラヌスから取り入れた大宇宙のテーマをもって、この世の風景に近づき、この地球上の自然の光景や小宇宙である世俗世界に焦点を当て、結婚と産出の問題を探求した。結婚と産出の仲介役としての女神のはたらきは、神のはたらきと比較して、多様（multiplex）で不完全であり（deficiens）、うつろいやすく（mutabile）、その世界は不調和に満たされながら調和（concordia discors）している。チョーサーは愛に迷い、欲望のはざまに生きている人間の現実を捉えようとして、その捉えどころの無さ、すなわち現実のありのままを、寓意存在である女神に託して描いた。ありのままの現実界とは、すなわち自然が創造したこの世界である。

注

1)　Donald R. Howard, *Chaucer His Life His Works His World*, NewYork: E. P. Dutton, 1987, pp. 315-316. ハワードによると、王は神が統治をゆだねたこの世の支配者であるので、王の結婚問題は政治的、哲学的な意味をもっている。

2)　J.A. W. Bennet, *The Parlement of Foules*, Oxford: Clarendon Press, 1957.
　　　Charles Muscatine, *Chaucer and the French Traditon A Study in Style and Meaning*, California: University of California Press, 1957, p.122.
　　　Robert M. Jordan, *Chaucer's Poetics and the Modern Reader*, California:

University of California Press, 1987, p.98.
3) Howard, p.316. ハワードは 'quasi-philosophical ideas' を提供していると述べる。
4) Bennet, p.130.
5) Economou, p.58.
6) Judeith Ferster, *Chaucer on Interpretation,* Cambridge: Cambridge University Press, 1985, p.67.
7) 原典ラテン語cum humanæ fragilitatis ignorantiae tenebrosa caligo, admirationis impotens hebetudo, frequensque stuporis coacussio quodam germanitatis fœdere socientur.⋯ humanae naturae fragilitas sit quasi discipulus a disciplinante convictus suorum mores informante. (*PL,* p.447)
8) 『公爵夫人の書』おいても書き出しでは主人公の、愛の意念に対して抱く気持ちを不可思議 'gret wonder' (1) としている。
9) MED の lust と lore の項目参照。lust の意味は、desire, wish bodily appetite, the feeling of pleasure, enjoyment, physical pleasure, sexual gratification である。また Lore の意味は、the action or process of teaching, instruction, the action or process of learning, studying, that which is taught by a person or personification of reason である。
10) science は、元来知識の意味となり、MED の1の項目には、実証的、または確実な知識、人の心中や記憶にある知識とある。この語の使用は、当時、ギリシャの文献の伝播より新しい知識が到来していること、その知識の多くが自然哲学的知識であることにも関連しているではないかと思われる。
11) この箇所の原文の英訳は以下のとおり。
 "and regard not yourself but only this body as mortal; . . . . Know, therefore,that you are a god if, indeed, a god is that which quickens, feels, remembers, foresees, and in the same manner rules, restrains, and impels the body . . . ." (I. viii2) Macrobius, *Commentary on the Dream of Scipio,* trans. William Harris Stahl, p.76.
12) Macrobius を引用 (Macrobius, p.77)。チョーサーはこの書を作品中に紹介し地上の肉体性の軽視を翻訳して表現している。この考えに満足できない主人公にはチョーサーの肉体に対しての新しい感受性がうかがえる。
13) Hæc hominen in bestiam degenerando transmutat, ista hominem in deum potentialiter transfigurat.Haec concupiscentiæ nocte mentis lumen eliminat;illa contemplationis lumine mentis noctem illuminat, (*PL,* p.443)
14) Si tu persegueris, sequitur; fugiendo fugatur; Si cedis, cedit; se fuguis, illa fuguit.
15) Non enim originalem Cupidinis naturam in honestate, redarguo, si circumsribatur frenis modestiæ si habenis temperantiæ castigetur;si non germen excursionis limites deputatos evadat. (*PL,* p.456)

16)　*Curtius*, pp.195-200.
17)　Cupid と周辺の光景は『テセイダ』7 章に基づくが、付近の娘の Will は、イタリア語 'Volutta' からであり、肉欲を表現する。ボッカチオの 'deggiadria'「端正な美しさ」や 'affabilitate'「柔和な」はチョーサーでは lust「愉悦」Pleasaunce「悦楽」に変えている。Benson, p. 997. それによって自然の女神との関連性をより強めているといえる。N.R. Harvely, *Chaucer's Boccaccio Sources for Troilus and the Knight's and Franklin's Tales Translations from the Filostrato, Teseida and Filocolo*, Cambridge: D.S. Brewer, 1980, pp.129-130. 参照。
18)　Connyng(conninge) は、MED では 1. 能力、2. 知識・理解・情報・識別、3. ある領域の知識・術、4. 知性・知恵・頭脳の力、5. 賢明さなどの意味になる。理性、知性と連携をもつ語であり、次の mater, matter, 物、内容、中身、という肉体との連携語との対になっている。第Ⅱ部 6 章『誉の館』注 20 参照。
19)　この場合は擬人化されているが、Cytherea は惑星の金星（ヴィーナス）であり、神話上のヴィーナスとは区別される。金星は植物の豊穣、動物や人の生殖活動に恩恵を与えると同時に学識や雄弁に関与している。アラヌスでは、ヴィーナスが、正しく描写する道よりはずれないように、女神はヴィーナスに葦の筆を与えたとある（*PL*, p.457）。
20)　Ubi ventrorum rixa serenitatis pacem non permit, ubi accidentalis nox nubium ætheris indefessum non sepelit, ubi nulla tempestatis sævit injuria . . . . （*PL*, p.454）
21)　『テセイダ』VII. 64-65.
22)　『テセイダ』VII. 60.
23)　この語はチョーサーが原典に付け加えて、性的意味合いを強めるはたらきをしている。Benson, p.998.
24)　In hac ergo republica, sapientia imperantis suscipit vicem; magnanimitas operantis sollicitudinem: voluptas obtemperantis usurpat imaginem.（*PL*, p.444）
25)　チョーサーによる自然本性、欲望への積極的側面の評価と欲望についての見解は、アラヌスを基本的には踏まえている。しかしすべてが神を志向するという新プラトン主義の自然本性の見方や、トマス・アクィナスの自然法の見方などが、作品中に複雑に絡み融合していると思われる。

　　アクィナスの欲望についての見解は、自然本性、欲望を「真正善」「有用善」「快適善」の概念のもとに、善を志向するものとして扱っている。自然本性を、自然的傾向、欲求運動として、最終点が「真正善」であり、神、無限へいたる超越の能力であり、他の二つ「有用善」「快適善」はその中間で、厳密には善に付帯するものとみなされる。「自然にしたがう」ということは自然本性の正しい使用であり、そこにはそれに先だって優先的に「快適善」があると考えられる。稲垣良典『トマス・アクィナス哲学の研究』創

文社、1977年、280-285頁、316頁参照。「有用善」「快適善」の考え方は、チョーサーにおいて、自然の女神が、鳥たちの用途である生殖活動 use と快楽 ease のためにはたらくとしている (384) 箇所に見出される。

26) Economou, p.84.
27) Hæc animalia, quamvis illic allegorice viverent, ibi tamen esse videbantur ad literam. (*PL*, p.436)
28) MED の resoun の項参照。
29) Tunc Genius post vulgaris vestimenti depositionem sacerdotalis indumenti ornamentis celebrioribus infulatus, prætaxatam excommunicationis....
30) D.S.Brewer, *Geoffrey Chaucer The Parlement of Foules*, Manchester: Manchester University Press, 1972, p.122.
31) 愛の相対化という考え、すなわち愛する人の代替ができるという考えはチョーサーの他の作品にも見られる。『公爵夫人の書』 1049-1051 行の「わたし」と『トロイルスとクリセイダ』におけるパンダラスの考えである。
32) 比較対照によって学ぶことは『トロイロスとクリセイダ』(I. 637, 645) にもある。
33) Brewer によれば、宮廷愛の核心として絶対的忠誠を愛する人に誓うということがあり、そのためこの場合の花婿候補たちの立場を危うくしていると考えられる。Brewer, p.120.
34) Bennett, p. 133.

2　『公爵夫人の書』——生と死を司る自然

　チョーサーはこの作品では、愛する人の死をどのように受け入れるかという人間の生と死の問題を扱っている。そしてその問題を自然の女神による生成と消滅のはたらきとして読者に印象づけている。『公爵夫人の書』（*The Book of Duchess*、以降 *BD*）は、中世フランスの宮廷文学の諸作品からテーマ、筋書き、語彙を借用してそれらの各部を模倣した習作的性格をもつ。ラテン文学的伝統を踏襲し、当時のフランス風文学の時流の枠に入るものであり、宮廷愛物語における描写の常套手段である修辞を多く使っている[1]。この作品はまた彼の仕えたランカスター公爵ジョン・オブ・ゴーントの妻ブランチの死後、彼女を偲んで創作されたといわれている[2]。しかし単なる宮廷愛物語でもなく、死を悼む鎮魂歌でもない不思議なトーンをもっている。この作品は『鳥の議会』同様に、作者とおぼしき主人公が見た夢をそのまま語るという設定である。主人公自身は貴族ではなく、宮廷愛のふるまいにはあまり関係のないような身分の低い「わたし」であり、嘆きの当事者でもない「わたし」が見聞したことを通して、「嘆き」と「慰め」の哲学的探求がなされる[3]。

　物語のあらすじは語り手である「わたし」が自らの悩みからくる不眠に苦しみ、昔話を読んで眠りにつくと、不思議な夢を見ることから始まる。その夢の中で、愛する人を失って嘆き悲しむ黒衣をまとった、狩りの最中である騎士と出会い、彼の告白を聞く。騎士は愛する人との思い出を詳しく語る。騎士の語りの一部始終が終わったところで、狩りの終わりのラッパが響き、騎士は

家路につく。「わたし」は目覚めて、日常に戻っていく。

　この作品は愛と死と再生を主題にしている。騎士が思い出す亡くなったブランチの生前の容姿は、生き生きとしたイメージで描かれており、鎮魂の哀悼として作られたにもかかわらず、彼女の明るさや生命力を印象づけている。騎士が彼女を回想する経過のうちに、死という事実は彼女の生をより照らし出し、不思議な光輝で騎士の現在の生を包む。回想は独白に近いが、目の前にいる主人公「わたし」に語ることによって、騎士は慰めを得ることができた。このような嘆きと慰めのテーマを展開するにあたって、チョーサーは自然のモチーフを使い、語彙の工夫をしている。自然に関する語彙としては nature が 2 回、Nature が 4 回、kinde kynde が 4 回、kyndely が 2 回が使用されている。また直接的ではなくても、文脈として nature や kind のはたらきが示唆されている箇所がある。これらの語の文学的コンテキストに注意を払うことによって、騎士がどのように愛する人の死を受け入れたかについての理解を試みたい。

　次の点にしたがって物語を考察することにしたい。

1) ブランチと自然の女神 Nature
2) 自然の掟に背く「わたし」と「黒衣の騎士」
3) 黄金時代の昔話
4) 騎士の再生と癒し

　全編をつらぬく底流には、想像することや想起することがテーマとしてある。騎士は、ブランチの生前を思い出し、心に描き、そして「わたし」が騎士の話を想像して聞いている事実がある。この想像するという認知のはたらきは自然のはたらきと関連があ

ると思われる。

1）ブランチと自然の女神

　騎士はブランチのことを語り、彼女が自然の女神が自分の作品の最良の見本（ensample）として、また美を守護する人（chef patron of beaute）として作った人間であり、それほど美しいのだと吹聴する（908-911）。これは美しい女性に対する常套の修辞表現と考えられる。彼女と同様に、女神の最高の作品として形容されるのが「医者の話」（『カンタベリー物語』）のヴァージニアという乙女である[4]。チョーサーの作品のなかで、この二人の女性は、特に被造物として自然の意にかなった人間という修辞で飾られ、その意味するところは、人として全き存在である。

　このことは、チョーサーが、前述したギリシャ、ラテンの思想家や12世紀のアラヌスからの影響を受けていることから説明できる。アラヌスの女神は全世界の創造を神から委託され、美しく調和ある自然界を作った。また人間を創造し、人間は自然界の最高位にあるもので、元来宇宙の秩序、調和にかなっている存在となった。元来創造物としての人は、そのような美しさをもつのである。女神の嘆く欠陥人間ではなく、地上で生きる人間で女神の賞賛に値する美と完全性を備えていると騎士が宣言するブランチを、チョーサーは具体的にどのように描いているのだろうか。騎士が回想しつつ「わたし」に語ったブランチ像をもう少し見ていくことにする。

　ブランチ像は、フランスの当時活躍したマショーの『傷心の王への判決』（*Judgement du Roy de Behaigne*）（1342?）（以下『判決』）に登場する貴婦人の描写に負うところが多い。ブランチは宮廷愛

の典型的貴婦人的であるが、フランスの貴婦人特有の冷たさやよそよそしさはなく、天上的、宗教性を帯びた資質がある点が特に異なる。両者を比較するとブランチには天上的資質を内にもつ穏やかな人間性が目立っている。

　宮廷愛文学では貴婦人を「太陽」に譬えることがよくみられるが、『判決』では月より明るい太陽のように貴婦人が輝くという修辞がある[5]。チョーサーでは他の7つの惑星とも比較される。そこでは、太陽に他の惑星が照らし出されるようであるとされ、太陽はどの星にまして光輝を放つという表現が見られる。中世では太陽は宇宙の精神であり、また人々を賢明にすることや慶事が起こること、黄金に関連している[6]。ブランチは太陽であり、聡明で快活な心、優雅で落ち着いた物腰の持ち主である（826-829）。髪は金髪で、喜びにあふれ、よく歌いまた踊り、誰にも親しみある無邪気なまなざしを向ける。

　宮廷愛の様式によると騎士が恋におちいるのは、貴婦人のまなざしの虜になるからである。ブランチの目の描写にも『判決』の貴婦人の言葉が借用されている。貴婦人のまなざしは、特定の想い人に向けられるもので、その人の心を得るための技巧的なものである。しかしブランチのまなざしは、偽りない純真さを宿して人々へ向けられ、それは女神から与えられた自然のものである。貴婦人の目は、甘いうずき'duce pointure'を男に与えて迷わせるが、ブランチの目には善良さ'goode'、誠実さ'sadde'純真さ'symple'がある。貴婦人がその心のままに、目によって人を惑わせ魅了するなら[7]、ブランチの目は女神 Nature の力によって節度を保っている。「思い図り」'mesure'という言葉はブランチでは自然の節度、秩序を表現している。貴婦人がある男に心をかける、情け'mercy'を与えるという表現は、ブランチでは友愛の情

けになる。ブランチのまなざしによって片思いの苦しみを抱いている男がいるが、それを知ってか知らずか、彼女は多くの人々に対して兄弟愛のような態度をもって接する（874-894）。このようにフランス風貴婦人の官能性や技巧性が、ブランチでは自然、生得的な魅力と改められ、人々や男性を惹きつけている。

　ブランチはまた輝く「灯火」や「鏡」に喩えられ、鏡の比喩はマショーの『判決』から援用されている[8]。マショー場合鏡は見本という意味であり、騎士が貴婦人を行動の規範としてみなすことを示す。一方のチョーサーでは、むしろアリストテレスに始まる哲学的な思惟に由来する「鏡」として考えられる。その比喩には、「灯火」とともに宇宙を映し出す、完全なる見本、光、この世の調和などが暗示されている。これらの比喩は同時に、ブランチがすでに亡くなっている喪の徴でもあると受け止められる。

　騎士は彼女が何千もの人々の間にいようとも、彼女はすべての賑わいのなかで、「主たる鏡」'chef myrour'（974）であったと述べる。実際の宮廷の一場面として、ひときわ目立つ彼女を先頭に列をなして着飾って宴会へ向かう人々、または人々の集いのなかでブランチにスポットライトが当てられているといった光景を思い起こさせるであろう。これは新プラトン主義の用語であり、天上よりの光がすべてを照らし出し、この光が列をなした鏡につぎつぎと反映していくというイメージや、黄金の鎖によって、天上界と地上界が結ばれている観念に関連づけることもできる[9]。ブランチは神ともなり、または神に一番近い存在としてあり、他のすべての者が神を模倣する、そのような神の似姿を写しているのである。この鏡のイメージは、世にあったときのブランチと天上のブランチ像の両方を想像させるものである。

　騎士は宮廷愛の形式に則ってブランチに求愛したが、最初は拒

絶され打ちひしがれた。しかしついに彼女の「情け」'mercy' を得て、彼女の配下に仕えることを得たのであるが、いまやその経過を語る。マショーの『判決』では、貴婦人の情けが得られるのは運命の偶然によるのではなく、騎士の徳を積む行為によってであるとしている[10]。このように世俗的愛を擬似宗教化し、精神的価値を重要視するマショーの傾向は、チョーサーにも引き継がれている[11]。

この作品では、騎士の視点、特に世俗愛のもつ精神性や道徳的な側面の強調が顕著である。マショーの愛の一体感、愛の成就の描写は、チョーサーでは「わたしたちの魂はぴったりと一体となって、しっかりと結びついたと」(Our herte wern so evene a payre / That never nas that oon contrayre / To that other for no woo.)(1289-1291)となる。お互いは同じ喜びと悲しみを味わうのである(1293)。

このような修辞を支えているのは、女神のはたらきの1つが、すなわち前章でみてきたアラヌスの主張——ヴィーナスの正統的なはたらきによって、正当な結合、聖なる結婚への仲介人となること、また女神はすべての被造物を結びあわせ、すべてのものが唯一の神へと秩序正しく連なるという考えである。騎士とブランチの結びつきは、フランス的な宮廷愛の形式をとりながらも、自然によって祝福されたものとして、宇宙的調和のハーモニーを奏でるものである[12]。

ここでは、この物語の進展は恋する騎士の目を通して、彼より身分の低い主人公「わたし」に向けて語られたものであり、ブランチのイメージは騎士に想起されたものであることを念頭においておきたい。

2）自然の掟に背く「わたし」と「黒衣の騎士」

　騎士によれば、ブランチが自然の女神の作品であり、自然の掟にしたがって美しくその生を生きたとすると、登場する男性、「わたし」と騎士の心身の状況は自然の掟に背いているという。それは一体どのようなことであろうか。

　主人公である「わたし」の病（36）は8年にわたる何らかの心身の不調であり、「ただ1人の救い主」しか癒すことができないものである。ただ1人の救い主とは自分が求愛する人のことである。またこれはキリストの暗示とも考えられる[13]。一見するとチョーサーはこの悩みを、宮廷愛詩人のフロワサール Froissant の『愛の天国』（*Le Paradis d'Amour*）を参考にして、恋の悩みとして描いているようである。ここでは、チョーサーがこの悩みを、さらに自然に背くと表現していることに注目したい。アラヌスの思想から見れば、この悩みは、欲望と理性の判断の狭間に揺れ動く、自然の調和から外れた人間の悩みである。主人公の嘆きを通して、アラヌスの女神の人間への嘆きが聞こえてくる。すなわち、人間は自然から付与されている自然本性を正しく用いることができないでいる。主人公「わたし」は、究極的には、被造物として自然本性に背いている故に、心身ともに危うい状況にあるといえる。恋の悩みや苦しみが、理性を曇らせ判断をゆがめ、自身の存在の基盤を揺るがしているといえよう。

　「わたし」は森で狩りをしていた騎士に会い、彼を見て自分と同じような悩みを抱いていると直感した。そしてそのひどい悲しみ方は、彼の心身状況を危うくして死にいたらせるかも知れないと思っている。主人公には嘆き悲しむ黒衣の騎士は、自然から逸脱していて、同じ自然に背く病 'agaynes kynde'（16）である

ことがわかる。騎士はこの自然の周辺にいる生殖の神であるパンの神 'god of kynde' の怒りをかう状態にある。片や「わたし」といえば不眠で悩み、何か心沈むような幻影 'sorowful ymaginacion' 'fantasies' がちらつき、理性を失っている。では細部を考えてみよう。

　この騎士が自然に背いている状態であるが、ここでチョーサーが参照したのは、同時代の宮廷愛物語『緑の夢』(*Le Songe Vert*) である。しかしその作品では、恋人を失った悲しみの騎士に愛の女神が約束してくれるのは新しい恋人であり、その恋人によって騎士は回復することになる[14]。チョーサーの騎士には、このような代替の恋人という解決は用意されていない。

　マショーの『判決』では、悲しみに沈む騎士がある夫人から声をかけられるものの、悲しみのあまりそれに気がつかず、非礼を責められる。この騎士が「わたし」に気がつかないという非礼は、身分の低い「わたし」が責めるのではなく、チョーサーの自然のモチーフの表れとして、生殖の神であるパンの神が彼を責めるという形で示される。騎士は自然本性に背き、生命力が衰えた状態にあるからである。

　また騎士の病的な状態は当時の医学知識のもとづいて描写されている。彼が絶望のただ中にあるのは、身体的にみると、心臓が極度に弱くなっているためである。彼の青ざめた表情は、血液が心臓部へ向かい、弱った心臓を助けようとしていることを表す（490-499）。このような病理現象は当時 'cardiaca passio' としての、極度の、すなわち自然の秩序を超えた、悲しみや涙や心の混乱から起こっていると説明されていた[15]。アラヌスは、心臓部は宇宙の太陽にも似たはたらきをすると述べ、心臓 heart、精気 spirit、血液 blood を擬人化し、肉体にとってもっとも中心的なも

のを心臓としている[16]。心臓が弱くなっても人間の身体は本能的に調整能力をもっている。自然本性、By kynd によって騎士の血が心臓部へ回り、心臓を助けるという有様になっていると考えられた。当時の医学的な考えによると、この病状から回復するために大切なことは、心に慰めを得ること、物事を咀嚼することである[17]。

ところでこの夢の物語では「わたし」は狩りの場面に遭遇している。鹿をあらわす hart は三重の意味になっている。その狩り hunt は、獲物を追うことが愛しい人の魂 hart（heart）や面影を追うことと重なり、かつ、ここで騎士の内心が追われる。つまり狩りは、騎士自身の心が突き止められる経験、自己省察に導かれる経験である。チョーサーはこの言語的重層性を巧みに用いて、人間の心理洞察をしている[18]。

では騎士自身が話すことによって、彼がどのように自己省察に導かれるのか。嘆く騎士は今、運命の女神による人生の流転に囚われている。『判決』では、愛人の心変わりを嘆き、心を風に舞う葉に喩えられているところを、チョーサーでは、騎士は愛人の死を嘆き、死を運命の打撃として捉える。すなわち運命の歯車の上から下に下降すること、その約束の虚しさ、欺瞞性、運命の変化によってもたらされる喜びの消失である。どのように癒されるかについては、模倣した『報い』では愛する人によってとしているが[19]、チョーサーでは、騎士自身によって問題が解決されるというプロットにしている。

中世には運命 Fortune の逆風をどう捉えるかについては、ボエティウスの『哲学の慰め』の思想の影響があった。『哲学の慰め』によると、ボエティウスは最初、運命の変化の背後にある、神の摂理や自然の司る宇宙の進行ということを理解できずに嘆いてい

るが、哲学夫人に導かれて、人間の状況をより理解するようになる。苦境にあって、その苦境には神の恩寵があるということを学ぶのである[20]。騎士は、ブランチとの出会いや愛の交歓は、幸運のためであったと思うあまり、彼女を失った今、運命の下降、不運から立ちあがれず、自らの運命を責めている。「わたしが彼女に出会ったことは、偶然というか神の恵みというか、いやそれは常にあざむく運命の技だった」(810-811)。彼はボエティウスがそうであったように、今の苦境を神の恵みとして受け止めることができないでいる。騎士は、人生の出来事の背後にはたらく、神の摂理に気がついていない。しかし実は、騎士自身それとは知らずに、語ることで自分自身や自己の人生を理解していくのである。

　騎士はどのように語ったのか。彼はブランチを愛するようになった経過を詳しく披露する。最初は、若い青年が愛することについて目覚めていく過程であった。彼は自分の愛する心を発見して、その自覚を 'kyndely understondyng' といい、また宮廷愛の形式を踏襲して、愛の神への忠誠を誓うようになり、「自然にそのようになった」'hit cam me kyndely' (778) という。マショーの『報い』でも同様の表現「心は自然に彼女のほうへ心が傾く。自然がそのように教えたのだ」[21]があるが、フランスの物語とチョーサーが異なる点は、「自然に」が意味するところである。チョーサーでは、まだブランチと出会っておらず、彼女を具体的に対象化しているのではなく、自然は人間の一般性、人間の状況として示される。つまり愛、本能への傾きは、自然本性であるという暗示である。マショーの物語でも、それは自然本性を暗示しているが、具体的であり、個別の対象に対してであると捉えられている。騎士に用いられているのは一般的、普遍的な意味での kyndely

であり、それは自然本性的、自然の理という意味である[22]。そう考えれば、自然はブランチとの出会いという経験によって騎士に、人を愛することへの洞察の機を与えている。

3）黄金時代の昔話

　チョーサーはアルシオネとセシウスの昔話を主人公「わたし」に語らせる。それは人が堕落する以前に、人が神と自然にしたがって生きていた黄金時代の話であるが、騎士の嘆きとどんな関係があるのだろうか。

　この話の前半部で不眠に苦しむ「わたし」は、この昔話を夜半の慰めに読み、本で知った眠りの神、モルシウスの助けを乞うて寝入る。夢の中の黒衣の騎士の話と、本で知った昔話が不思議に共振する。主人公には昔話と夢の騎士の話が重なるのである。読者は主人公とともに、その過程をたどることになる[23]。

　この昔話は、オウヴィディウスの『変身物語』（XI. 410-749 行）やマショーの『愛の泉の物語』（543-698 行）に由来している。チョーサーはアルシオネとセシウスの夫妻を黒衣の騎士とブランチのペアと対置させている。昔話には、夫を愛する妻が、夫の死をどう捉えるかが描かれている。これが後半の騎士が妻の死をどう受容するべきかという展開につながり、騎士の心の転回を暗示する布石となる。

　チョーサーは愛の永続性を表すとされる、夫妻が鳥に変身するオウヴィディウスのプロットを、あくまで人間の物語としている。夫セシウスの死の事実に直面し、悲しみに満ちたアルシオネを描き、夫の死が判明したのち、3 日にして彼女も亡くなると書き換えている。またアルシオネの夢に出てくる亡き夫の姿を、オ

ウヴィディウスやマショーが死人の様と形容しているところを、完全に書き換えている。夫は慈悲深いユノーの恵みによって、生前と同じ姿で妻に話しかけるのである（150-51）[24]。これは騎士によるブランチ像が、生前と同じ鮮やかな容姿であることと似通っている。そのためブランチは生きているようであり、おろかな「わたし」には騎士が何を嘆いているかをなかなか理解できないままになる。

　昔話では、夫セシウスは彼の死の事実を知らず、不在を嘆き衰弱している妻アルシオネの前に、生前の姿で現れて「目覚めなさい、もう悲しむのはやめなさい」「わたしはまさに死んでしまったのだ」と、悲しみを捨てて死の事実に目を向けるようにいう。また葬礼を依頼して、別れの言葉を述べ、この世の幸せの短さを告げる。彼は「さようなら、わたしのこの世の祝福であったおまえ」(my worldes blysse!)（209）、「われわれの幸せがつづくのは何と短い間であるのだろう」(To lytel while oure blysse lasteth)（211）という。自然の掟にしたがって被造物として生きる人間の定めが、慰めに満ちた夫の言葉で語られている。自然の掟にしたがう人間には、出会って愛し合うことは天の祝福である。しかし同時に地上の幸せはほんのわずかしか続かないこと、人間は、自然の掟から、当然、消滅としての死から逃れられないことは紛れない真実である。妻が、夫の言葉を受け止め、悲しみながらも死の事実を受け入れ、夫に愛された幸せに心を馳せたなら、慰めを得ただろう。しかしチョーサーのこの物語では、アルシオネは夫の言葉に反して、嘆き続けて、3日後に死ぬ。このように彼女は夫が示した自然の掟を理解できなかった。逆に夫の死を不条理として自ら死にいたるのである。この昔話は主人公に悲痛な人の情け伝え、それ以上に主人公の心深くに何かを残すのである。

4）騎士の再生と癒し

　チョーサーでは喪にある黒衣の騎士は、狩りが終わり家路に急ぐ。絶望のあまり死を選ぶようなことしないで、生き続けていくのである。それでは騎士はどのようにして愛する人を失った痛手を癒されていくのであろうか。騎士が最後に慰めを得て癒されたことを、自然のはたらき、特に自然本性の一部とされる人の想像力や知覚、想起力という点から考えたい。

　アルシオネは生前の夫を夢で見るが、騎士は生前のブランチに心を馳せ、いわば心の目で彼女を想起している。セシウスは妻にメッセージを与えるが、それに対して騎士の心に浮かび、「わたし」に語るブランチ像は、「わたし」にも彼にも何かを告げているようである。アルシオネには夫のメッセージ「わたしは死んでしまった」という言葉を受け入れ難く、さらに悲嘆するが、一方の騎士は「わたし」に語る過程を経て、最後には「あの人は本当に亡くなったのだ」（She ys ded）（1309）と「わたし」に吐露する。

　すくなくともその言葉は、騎士が愛人の死の事実を受容できたことを意味するのではないか。主人公「わたし」に対して、彼らの愛の至福が永遠の相のもとに語られた。そして急転して、死という事実認識の言葉が騎士の口から出てくる。そのような瞬間、愛の高揚感と死の不条理が騎士の内面を駆け巡ったのであろう。

　狩りを行っている騎士にとっては、この狩りは鹿を追うことにまして、ブランチの面影を追うことであり、そしてそれは自らの苦しみに追われることでもあった。ブランチの死という事実を確かに認識することになって、この騎士自身による内省としての「心の狩り」は終わる。騎士は、アルシオネのように死ぬのでは

なく、狩りの終わりには落ち着きを取り戻し、家路に向かうのである。

どのような自己省察が騎士の内面でなされたのか。またどのようにして、騎士が混乱と絶望から理性を取り戻すことができたのか。おそらく騎士がブランチ像を想起するという行為そのもの、すなわちそこにはたらく想像力が、騎士を癒しに導いたように思われる。換言すると、騎士は愛する人との愛の体験を、自ら語り、思い出を再編成することによって自己回復するのである。このことは想像力や想起による自然本性のはたらきとみなすことができる。

騎士の悲しみの体験は二重の心理状態から語られているようである。苦渋に満ちた、最初は拒否されたブランチへの求愛のプロセスを語ったが、語る時点においてブランチは亡くなっている。その語りには、喪失感という心理が重なり、自己憐憫はさらに深くなる。しかし死という事実に圧倒されながらも、ブランチの愛すべき姿や愛の成就を語る騎士にとって、思い出の甘美さは何倍かであろう。その幸福感は、語る騎士自身の心の痛手を忘れさせるものである。ブランチは、自然の女神の自慢の作品であると語られ、彼女は人を癒す「太陽」、神の「鏡」、地上に降り立つ女神ともされる。ついに彼女の心を得られた喜びは、騎士には「まるで突如死から蘇った」（I was as blyve / Reysed as fro deth to lyve）（1277-1278）ように思われた。

チョーサーが、騎士の思い描くという行為を、見る行為、すなわち視覚的な行為として、描いていることに注目したい。「ブランチがとても上手に踊っているのを見た」「髪の色は金色だったと思った」「どんな暗闇でもわたしはいつも彼女が見えた」「あの人を見ているとき、想っているときはいつもわたしの心は弾

『公爵夫人の書』 *109*

んだ」などと、see や think の過去形 sawgh と thoghte が多用されている。中世では見るという行為は不可視のものを見るという想像力に関連づけられ、重要視された。想像力は感性より上位、理性より下位の知的能力のひとつとされる。また、それは理性と密接につながっているものでもある。例えば皮膚が身体を覆い、身体から切り離すことが難しいように、想像力は理性と切り離すことができない[25]。

　アラヌスによると、想像力は、理性が欲望を制御して、理性の支配下におくようにするために、自然から人間に賦与されたものである[26]。自然の掟に背く状態は、この理性へと繋がる想像の機能がはたらいていないことでもある。

　想像力が正しくはたらけば理性の回復につながるが、その機能には二つの矛盾したはたらきがある。想像力が正しくはたらくかどうかは、機能がどのように作用するかによるのである。想像力 imagination という言葉は理性 genius と関連し、ラテン語 ingenium は二つの意味をもつ。一つは本能的な機能を司る神 god of nature（of human sex）であり、他方は非本能的側面である精神性の機能を司る神 god of imagination（of super nature. a priest. a miracle worker）である。後者が前者を監督していると考えられていた[27]。アラヌスのジニウスが、僧のはたらきをすることは前述した。このようにはたらく想像力とは、人間の自然本性に根ざし、同時にその本能的側面、欲望を正しく位置づけるものであるといえる。

　騎士の語る愛の成就、愛による一体化は、自然の秩序に沿った結びつきであり、宇宙の調和へと導く秘蹟としての結婚であるとすると、それは象徴的に再生へとつながるのである。アラヌスにおいて、自然は結婚と産出を支配する。新プラトン主義の伝統で

は、究極的には神のイデア idea と物質 matter の結びつきが重要となっている。そこで起こることは、創造と産出の秘儀であり、再生の秘儀でもある（動物や植物、人間の再生は種の存続にある）。それは、自己の心身が乱れ自然本性から逸脱している人間にとっては、癒しにつながり、大宇宙への調和に参加する契機である。このような契機をとおして、被造物は創造された状態に復元、再生されうると理解できるのである。

このようにみていくと、騎士の内面において、過去を想起しているそのただ中で、想像力がはたらいており、そのような想像力 imagination は理性 genius のはたらきに関与している。騎士の語る内容は、結婚の秘儀であり、騎士の内面において今また秘儀がとり行われる。語りのうちに、乱れた精神と肉体は再び正しい結合へと向かい、再生、蘇りへと向かう。

チョーサーは作品の底流として、騎士の語りの行為すべてのうちに理性の回復、すなわち人としての全体性の回復が志向されているということを、密かに示唆している。それは自然本性のはたらきである。騎士は身分が低い、想像力の欠けた「わたし」にわからせようと、十分に語って聞かせる。ブランチを想起する想像力の技を通して——それはブランチを新たに言葉によって蘇らせることであったのだが——騎士は癒されたといえる。そうして騎士は自己をも新たにすることとなった。人間の本性的な知 'kindely understanding' を得たのである。彼は自然の女神の掟、すなわち人は生と死、生成と消滅の運命の下にあることを深く心に留めることになった。

黒衣の騎士は自然のもつ二面性、すなわち肯定的側面と否定的側面、生きることと死ぬことを同時に味わった。地上の祝福された瞬間とその幸福の消滅による空虚が彼を圧倒した。最後になっ

て、主人公「わたし」のおろかな質問、「彼女はいまどこに」という言葉に対して、「彼女は亡くなってしまったのだ」と吐露する。その響きは深い哀切感を持っている。聞き役である「わたし」は、やっと話の肝要な点を理解した。彼自身が対して想像力がなくおろかであること故に、意図せず騎士を助けたのである。

　騎士の愛するブランチがたとえ、女神のごとき存在であっても、天上の輝きを帯びていようとも、彼女は自然に支配された変化する世界の被造物である。たとえ騎士と彼女との結びつきが宇宙的なハーモニーを奏でようとも、この愛はあくまでも世俗的な愛であり、永続はしない。しかし滅びる肉体をもつ生身の人間が、永遠的なもの、神について垣間みる瞬間はあり得る。そしてそれは、この地上で生きているという具体性のただ中にある。
主人公が見た夢の世界は自然の領土である。生と死の狭間、人間本性の無意識の場である。主人公がさまよった自然の領土において、喪に服す黒衣の騎士は、生と死にまつわる知識を得た。主人公は愛することについて学んだ。

　この自然の領土は、花の神フローラと風の神ゼフィウスが花々を開花させ、あたかも地上が天上と競い、地上に咲かせる花々が天上の星に増して輝く（405-9）ところである。しかし夢は覚める。おろかで迷える主人公の見た夢は、自然本性について深く省察できた数奇なもの（queynt）であった。逸脱した人間の自然本性からは、真実はぼんやりとした夢のうちに奇妙な幻のようにたち現れるものであり、またすぐに姿をくらましてしまう。主人公「わたし」はこの夢が告げていることを全力で書き留めようと考える。

　チョーサーはフランスの宮廷愛物語から愛の作法、表現、物語の成り立ちなど多くを学んでいる。彼は宮廷愛の形式にある華や

かな修辞を駆使するとともに、宮廷愛物語の領域を超えて、この作品を鎮魂歌として作り上げ、そして独自の世界を切り開いた。彼は宮廷愛の世界において、現実の人間の具体的な問題を捉えようとした。それは自然、自然本性の問題を探求することでもあった。チョーサーにとっては、宮廷愛形式で飾られる佳人はすでに死しており、この作品は宮廷愛形式の詩作への崇敬であり挽歌でもある。

注

1) チョーサーが模倣をした各作品は、1.『薔薇物語』導入部、2. マショーの『傷心の王への判決』(*Le Judgement du Roy de Behaingne* 以下『判決』)、3. マショー『幸運の報い』(*Remede de Fortune* 以下『報い』)、4. フロワサール『愛の天国』(*Le Paradis d'Amours*)、5. マショー『愛の泉の物語』(*Le Dit de la Fonteinne Amoureuse*) などの作品であり、それらのテーマである「嘆きと慰め」を取り入れている。J.I.Wimsatt, *Chaucer and the French Love Poets*, Chapel Hill: University of North Carolina Press, 1968, p.103.

2) 公爵夫人ブランチの死は1369年9月であり、この作品はジョン・オブ・ゴーントの命令によってブランチ夫人の死後書かれたものらしく、1369年から1370年の作であると推定できる。黒衣の騎士はジョン・オブ・ゴーントと暗示されている。1318 行にある 'a long castel with walls white' にはランカスター公爵の名と夫人ブランチの名(白)が読み取れる。

3) D.Bethurum, "Chaucer's Point of View as Narrator in the Love Poems," *PMLA* LXXIV(1959), pp.511-520.; Sadler, Chaucer's the Book of Duchess and the 'Law of Kynd'," *Annuale Mediaevale* Vol.XI(1970), pp.51-64.; John M. Fyler, *Chaucer and Ovid*, New Haven and London: Yale University Press, 1979, pp.65-81.; Judith Ferster, *Chaucer on Interpretation*, Cambridge: Cambridge University Press, 1985. を参照。

4) "The Physician's Tale", 7-28.

5) Si en choisi entre les autres une
   Qui tout aussi com li solaus la lune
   Vaint de Clarté
   Avoit elle les autres surmonté.
   De pris, d'onneur, de grace, et de beauté (仏語原文)
   Guillaume de Machaunt, *Le Judgement du Roy de Behaigne and Remede de*

Fortune, ed. James Wimsatt, and William W. Kibler, Athens and London: The University of Georgia Press, 1988, p.75. これ以降の『判決』と『報い』の原文引用はこの書による。

6) C.S. Lewis, *The Discarded Image*, Cambridge: Cambridge University Press, 1964, pp.102-112.

7) Et s'estoient clingnetans par mesure,
   Fendus a point, sanz trop grant ouverture,
   Tout acquerans par leur douce pointare; Machaunt, *Le Judgement*, p.77.

8) 'Et aussi ma tres douce dame, . . . / M'estoit miroiret examplaire / De tous biens disirer et faire.' Machaunt, *Le Jugement*, p.177.

9) 鏡はまた産出過程のシンボルである。『薔薇物語』では鏡については「自然」夫人に語らせている。シルヴェストリス『宇宙形状誌』では鏡に映るものは天上のものとしている。Economou, p.66.

10) 'les bians de vertu' Machaunt, *Le Jugement*, p. 325.

11) Wimsatt, *Chaucer and the French Love Poets*, pp. 111-112. Douglas Kelly, *Medieval Imagination*, Wisconsin: University of Wisconsin Press, 1978, pp.130-148. Kelly は『薔薇物語』の宮廷愛'fin amour'とマショーのそれとを比較して、その相違について述べている。マショーは、想像することを通して、愛の精神化に到達したとしている。他の作品ではさらにマショーは、宮廷愛に関わる自然性のはたらきも否定する(Kelly, p.142)。『薔薇物語』の後半の発展において、情けを得られることが、単なる性的行為を意味するようになり、愛の擬似宗教性や精神性から離れていく傾向が強い。マショーの精神性に向かう愛とマンの世俗的、現実的な性愛へ向かう二つの傾向は、ともにチョーサーの作品に見られる。

12) 愛の結びつきと宇宙の調和についての記述はチョーサーの他の作品では『トロイルスとクリセイダ』(III. 1744-1754)にあり、自然の完全性についてはボエティウス『哲学の慰め』(III. pr. x , 25-35)にある。

13) この解釈はチョーサーの伝記的事実にもとづくとするか、キリスト教のアレゴリー的な表現としてか、単なる宮廷愛の恋わずらいとしてかに分かれるが、重層的な意味合いをもつとすることが妥当であろう。Benson, p.967. さらに自然性の問題としてチョーサーは発展させている。

14) J. Burks Severs, "Mediaevalia The Sources of the Book of the Duchess," *Mediaeval Studies* XXV (1963) Pontifical Institute of Mediaeval Studies, pp.355-362. 新しい恋人というのは、愛の対象や愛を相対化する視点である。*BD* ではチョーサーでは、主人公が、騎士の恋人の絶対視に同意しつつ、それは騎士の目で見た限りでというような相対化や留保の言葉を述べる。このようにチョーサーは宮廷愛の伝統を踏まえながらも、愛の絶対化については常に避け、留保するところが見受けられる。

15) Joseph E. Grennen, "Hert-hunting in *the Book of Duchess*," *Modern Language Quaterly* XXV (1964), pp.131-139. H. シッパーゲス／大橋博司他訳『中世の医学——治療と養成の文化史』人文書院、1988 年、参照。
16) *PL*, p.444.
17) Grennen, p.135. グレネンは Jacopo Berengario Da Carpi の *Short Introduction to Anatomy*, trans. L.R. Lind, Chicago: 1959, p.93. によって説明している。
18) グレネンはこの心の狩りを、嘆きに捉えられた騎士の心身症の過程とみなした。Grennen, p.131. Akiyuki Jimura, "Chaucer's use of 'Herte' in *the Book of the Duchess*," *Language and Style in English Literature Essays in Honor of Michio Matsui*, Hiroshima: The Eihōsha Ltd, 1991, pp.289-305.
19) Machaunt, *Jugement*, p.115. 及び p.249
　　'Qu'en monde n'a home ne fame / Qui medicine / Y sceüst, se ce n'est ma dame, /
20) 第 1 部参照。
21) Machaunt, *Jugement*, p.171.
22) MED kind の項目 1 参照。
23) Fyler は、黄金郷時代の神話によって、自然のはたらき、その生成と消滅が教えられているとする。John M. Fyler, *Chaucer and Ovid*, p.66.
24) Ovid, *Metamorphoses*, trans. A.D. Melville, Oxford: Oxford University Press, 1987, p.269. B.A. Windeatt, ed and trans., *Chaucer's Dream Poetry: Sources and Analogues*, Cambridge: D.S. Brewer, Rowman & Littlefield, 1982, p.32.
25) 海老久人「ゴシック的知のヒエラルキーと想像力——中世イギリス神秘文学をめぐって」、美学会編『美學』第 35 巻第 4 号、1985 年、39-51 頁。
26) アラヌスでは自然の女神は記憶、想起する力を人間の生来の力として与えたとする。*PL*, p.443.
27) Kathryn L. Lynch, *The High Medieval Dream Vision*, Stanford, California: Stanford University Press, 1988, p.100. OED Genius 1 の項目参照。Genius は人の誕生時に付いて天からおりてくる、人を教示する古典時代の異教神であった。

3 「医者の話」(『カンタベリー物語』)
——自然に背くこと 病むこと

　批評家の多くは「医者の話」(The Physician's Tale)を、高くは評価していない。ディレイニーは、原典の話がもつ政治的抗争の背景をチョーサーは捨ててしまい、安物のポルノ的作品にしてしまっていると指摘する[1]。一方でこの作品を評価する批評家ミドルトンは、物語のもつ矛盾について、矛盾は故意のもので、読者に作品世界に含まれる道徳的な複雑さを認識させるためであるとして、作品に扱われている道徳訓めいた要素を、読者が自身で再考して、再定義することになると述べている[2]。

　さまざまな読みが可能だが、乙女の死をめぐる話に織り込まれている混乱や結末の不条理などに注目して、ノワール小説のようなこの作品の魅力がどこにあるのかをみていきたい。チョーサーはこの作品においても、欲望と愛の問題に取り組んでいる。医者の語りの矛盾や首尾一貫性のなさ、やりきれない結末などについては、書き手であるチョーサー自身のこだわり hung up を表現しているのではないかと推測される。そして作品中の錯綜は、批評家がどういおうと確信犯的に行われていると思われる。

　物語のあらすじはつぎのようなものである。語り手の医者は子弟のしつけについて述べ、昔話からの例え話を引用する。それはローマ時代の不幸な事件の顛末である。ヴァージニア (Virginia) は神の被造物として理想的乙女であった。悪徳裁判官アピウス (Apius) は自らの欲望のままに、この純白のヴァージニアを手中に入れようとクローデウス (Claudius) と共謀する。父ヴァージニウス (Virginius) は、アピウスによる偽裁判の判決で、娘を彼

らに奪われることになる。父は苦しみ、娘をアピウスに引き渡し娘の堕落をみるより、自分の監督下にある娘を殺害することを考え、娘の同意を得る。娘は父の手によって死に、アピウスの計画は無になる。後にこの事件の全容がわかり、アピウスは捕らえられ自ら死ぬ。医者の話が終わり、皆の話をとりしきる宿屋の亭主は、ヴァージニアが美人に生まれたことこそがこの不幸と死を招いたと嘆く。

　罪のない美しい乙女が父により殺されるという話をどのように理解すればよいのだろうか。始めに、典拠となった二つの作品を参考にして、チョーサーが物語の原材料をどのように扱おうとしたか、どの点が特に「医者の話」に取り入れられたかについて考え、次に物語中の登場人物たち、語り手の医者がどう描写されているかを論じる。特に乙女を描くための修辞表現である自然の女神（Nature）について言及し、その背景にある思想がこの作品の随所に関連づけられていることを明らかにしていきたい[3]

１）原典との比較

　始めに、チョーサーが典拠としたリヴィウス Livius（紀元前59-17年）の『ローマの歴史』とマンの『薔薇物語』のなかで、このエピソードが紹介されている箇所をとり上げる[4]。

　リヴィウス、マンのいずれの作品においても中心人物は父であり、乙女の描写はほとんどない。またリヴィウスの記述では、ヴァージニウスの子どもはヴァージニア以外にもおり、ヴァージニアには婚約者があった。リヴィウスの話は政治抗争を描いたノンフィクション風である。マンはリヴィウスの長い話の骨組みの部分のみを紹介して、教訓を引き出すための例話にしている。

チョーサーの作品が両者を参考にしていることは確かであるが、物語の強調点やトーンは両者とはまったく異なっている。チョーサーはリヴィウスの政治的視点やマンの文明批評をとり入れていない。チョーサーがヒントを得たのは、リヴィウスの叙述の端々や、マンの教訓という枠組みである。また両作品にある、愛について何らかの示唆をしている箇所にもチョーサーは注目したと思われる。

　チョーサーはマンの枠組みにもとづき、各場面の肉付けを工夫して細部を付加している。冒頭ではヴァージニウスとその妻について、次にヴァージニアについてくわしい叙述が加わり、娘殺害にいたる経過では、家での父と娘の会話や行動を細かく描写している。また悪徳裁判官の娘に対する心の動き方や裁判の様子を劇的に展開している。

　リヴィウスの原典では乙女ヴァージニアはすでに婚約しているが、父と政治的に反目している一派であるアピウスが、彼女によこしまな欲望を抱くことに物語は端を発する。リヴィウスにおいてはアピウスの欲望によって（ab libidine）、一連の事件がひき起こされている[5]。

　裁判にまで持ちこんだアピウスの愛の狂気は次のように説明されている。

色々な状況があって、アピウスはかたくなになった。恋情というよりも激しい感情がわきおこって彼の理性が吹きとんでしまった。
In the face of all these things Appius hardened his heart ---
so violent was the madness, as it may more truly be called than love, that had overthrown his reason---and amounted the tribunal.[6]

（下線は筆者、以下同じ）

　マンの『薔薇物語』では、正しい愛について語ろうとしている寓意的人物「理性」(Reason) が、「恋する男」(Lover) に、悪徳裁判官が恋のために正義をねじまげた一例として、この話を紹介している。マンではこの話は、愛が堕落した結果の例である。「理性」によると、愛は正義にまさるものである (mes sanz Amor, Joitice non. / Por ce Amor a meilleur reson.)（*Roman*, 5501-5502）(. . . But Justice without Love? / No. it is for this reason that I call Love the / better.)（*The Romance of the Rose*, p.113）。堕落以前の黄金郷の時代では、人々は互いに愛しあうことができた。それ故に不正義はなかった。もともと、人間が正しく愛することができるならば、今いるような裁判官等の職業をもち、人の上に立ち、世の中を治める人間も必要ではないはずである。

　その議論をもとにして、この話に出てくるような愛なき不正義は存在するべきでないという。これは「理性」の主張であり、愛をテーマとして語っているというよりも、不正義を問題にして、権力を濫用する者への社会的弾劾として読むことができる。マンの「理性」の立場は、正しい愛について語る。しかし理性から外れている人の愛欲の問題については関与しないので、「恋する者」に、彼の衝動を止めさせることができない。『薔薇物語』のこの例話ではそんな「理性」が、愛欲の問題に立ち入らず、さらりと事の成り行きを語るのは当然である。

　チョーサーは、リヴィウスとマンから伝えられたこの話を、医者から提供された昔話として設定して、中心を父ヴァージニウスと娘ヴァージニアの話として再現する。その際、前述のしたリヴィウスの愛の狂気についてのいくつかの言及、マンのいう正し

い愛からの堕落という点を、特にとり上げようとしたと考えられる。原典にある政治的、社会的要素にまして、そのような点にこそ緊急性、重要性を見出したように思われる。政治抗争の事件として記憶されたこの話を、彼は人間性に関わる愛の探求の物語へと組み換えている。

2）乙女ヴァージニア像

ヴァージニアはどのような娘であろうか。チョーサーは、ヴァージニアを、その名前どおりの理想の乙女として、医者の口より「自然の女神」を引き合いに出して描いている。ここでは、純潔である点、「自然の女神」が彼女を造ったと描かれる点（yformed hire）（10）の二つの側面から考えたいが、特に新プラトン主義の修辞を借りた表現に注目する。

ヴァージニアは、神から創造を委託された自然の女神が、神と協力して神の栄光を表すように造った人間である（My lord and I been ful of oon accord. / I made hire to the worshipe of my lord）（25-6）。

医者は、

「彼女の賞賛に値する素質にはどうみても何ら欠けはなく、霊肉ともに清らかで、純潔（virginite）のうるわしさに花咲く乙女でした」と言う。

In her ne lakked no condicioun
That is to preyse, as by discrecioun.
As wel in goost as body chast was she,
For which she floured in virginite;（41-44）

「霊肉ともに清らかで、純潔のうるわしさに花咲く」というような表現は、教父たちの著作にしばしば見出される。聖書や神学書の影響の下、創世記の最初に造られた女性、イブに代表されるように、女性は「罪の門口」であり、女性の弱さが罪と結びつくというのが当時の一般の女性観であった。しかしその反対の極では、女性にキリストやマリアの聖性を付与しようとした。教父ヒエロニムス（St. Jerome）はキリストにならい、純潔（virgin）であることが人間の最高の身分であると教え、純潔の徳というものは女性のほうにより輝くとしている。

「死はイブを通して生命はマリアによってもたらされたので、純潔の徳はより多く女性にあらわれる。何故なら（死が入ったことは）女性からはじまったからだ」
Death came through Eve, life through Mary
and therefore a richer gift of virginity has flowed upon women,
because it began with a woman. (*The Letters of St. Jerome*, Letter 22, 21-27) [7]

　また、アムブロシウス（St. Ambrose of Milan）は、処女であり母なる（Virgin Mother）マリアの徳とは、霊肉ともに純潔であることだと誉め称えている。

「神の母は霊肉ともに純潔で心はへりくだり、言葉は少なくおごそかにつつましく語る」
Mother of God was a virgin in mind as well as in body,
humble in heart, sparing of words, in discourse grave and modest.[8]

「医者の話」（『カンタベリー物語』）　121

ヴァージニアの純潔は、マリアにも似せられており、それは人間としての最高の位を意味しており、彼女が聖性や精神性を与えられていることを示す。

　次にヴァージニアについて自然の女神が「造った」（Yform）とあるが、それはどのような意味があるか、このformという語を当時の哲学的、思想的な潮流から考えてみよう。

　リヴィウスの原文では、ヴァージニアの容姿の美しさを'forme excellentem'（Livy, p.402）としているが、チョーサーはこの部分で、女神が力を尽くして、この乙女を大変美しい姿として造ったとしている（For Nature hath with sovereyn diligence / Yformed hire in so greet excellence . . .）（9-10）。さらに、自ら望むままに生きものを創造する'forme and peynte'（12）と述べる[9]。

　ここでform（fōrma）という語が自然の伝統ではどのように使用されているかを考える。プラトンではイデア（idea）としてものごとの本質を表し、キリスト教の思想と結びついて創造に顕現する神の本質を意味する。しばしばmatter（māteria）という語とともに用いられ、その場合のmatterは物質であり、神の創造の際に材料となるものである。

　一方、中世に知られていたアリストテレスの学説に代表される考えでは、formは「形相」であり、matterは「質料」という概念である。そしてこの両者によって物の生成が行われるとする。アリストテレス学説を、男と女という両性間にあてはめると、formは男性で魂、一方のmatterは受け身的な存在の女性であり、材料としての肉体を示す。matterはそれ自体ではあくまで十全の存在ではなく、formこそが人間を人間とするものである。[10]

　シルヴェストリスは、『宇宙形状誌』のなかで創造の始まりの

様子を神の形相（form）とこの世の粗野な混沌との結婚としており、またアラヌスは『アンティクラウディアヌス』において、神のformを、不純さを取り除いたmatterと合一させて、新しい人間が創造されていく過程を描いた[11]。

　新プラトン主義的作品では、他の中世的特色と違っている点があることに注目したい。中世の哲学的議論では、一般には精神に関わるformを男性、肉体の弱さや物質的不純さを示すmatterを女性とするが、シルヴェストリスやアラヌスでは、彼らの作品において、神に近い存在、「形相」であるformに関わる存在を、女性性として扱っている箇所が見受けられる。男性性であるジニウスの存在があるとしても、女性性としての寓意の存在が神に近くあるという特異な点をもつ[12]。

　「自然の女神」をとりいれたチョーサーは、この語formを新プラトン主義的に使用しているようである。この場合、女性であるヴァージニアがformとして描かれることに注目しなければならない。チョーサーによっても、formが女性に適用されているのである。それならばこの乙女に、神の原理、精神が具現化していると考えてもよいだろう[13]。以上のような自然伝統においてのformの使用法から考えると、この作品にチョーサーは、アラヌスなどと同様に何らかの形而上学的な視点をもって、倫理的問題に取り組もうとしていると理解できるのではないか。

　さて一連のヴァージニア賛歌のあとに、医者の語りでは彼女がまだヴィーナスの支配をうけていないと示唆されていることを重視しなければならない。ヴァージニアはその名前が表すように性の問題が派生する領域には、まだ踏み入らないでいる[14]。医者の語りは、ヴァージニアについて言及した直後、子弟の性的放縦を戒めるように、親の監督、（governance）の重要性を説く。医

者は子弟を監督するのに適した理想的な人物とは、純潔を自身が守り通す人、もしくは色恋の道（olde daunce）を熟知していて、しかもそのような「災い」、「悪行」、（meschaunce）からはすでに離れた人だという（75-80）。ヴァージニアの完全性についての文脈が、ここからは性についての話に変わり、若者の性をどう管理するかという文脈になる。

　ここで考えるべきことは、中世において、処女の純潔が極端に賞賛される一方、性への抑圧傾向があったことである。医者の話は、文脈がヴァージニアから「災い」「悪行」としての性の問題に逸脱する傾向をみせ、性的悪行の問題が前面に出てくる。中世において、性の問題をどうみるかは、曖昧なままであった。

　中世のキリスト教——アウグスティヌスの教えとしての正当な教義では、結婚における性を必ずしも罪であるとはしていない。同時にイエス・キリストが純潔、ヴァージンであり、また処女がキリストの花嫁の資格をもつという聖書に基づいた処女讃美があり、しばしば性行為と罪が結びつく。それは肉体や性行為に、神の意図に反する人間の欲望の問題が深く関わるとみなしているからである[15]。新プラトン主義においても、欲望についての問題提起がある。人間は地上材質からできた存在として地の混沌、不純をあわせもつという考えである。

3）「自然の法」に背くこと——アピウス、クローデウス

　裁判官アピウス（Apius）はその名前から Ape 野獣と暗示されている人物であるが、この物語において悪行をはたらき、ヴァージニアを愛欲の対象として不当に自分のものにしようとする。またクローデウス（Claudius）は、おのれの欲得、悪しき欲望に支

配されてアピウスの協力者となった。では彼らの言葉と行動から、欲望の問題を考察しよう。

欲望の問題について考えるため、アラヌスにおいて「自然の女神」が人間の造反について嘆いている描写を再度みておきたい。女神の衣には地上の全生き物たちが描かれているが、その衣の中心部に人間がみえる。人間は天上の導きを得ているにもかかわらず肉体の感覚のうちに横たわっていて 'man laid aside the idleness of sensuality'、その部分は衣の破れ、損傷 'abuses and injuries' となっている。ここで明らかなのは人間にのみある理性（reason）と欲望（lust）の対立である[16]。

ヴァージニアが自然の女神の申し子であるならば、反対にアピウス、クローデウスはいわば自然の女神に造反している人間である。アピウスが寺院でヴァージニアに目をとめた時、その美しさに心奪われ、自分のものにしたいと考える。悪魔（feend）が彼の心に飛びこみ、彼女の肉体に罪を犯す（As for to make hire with hir body synne）ようにささやく（123-129）。ここには、視覚という肉体に根ざす感覚 sense がはたらいている。彼の罪は好色（lecherie）（150）の罪である。

彼を助けて共犯になるクローデウスは、マンにおいては書生（serjant）である。その訳としては 'clerk' ということになるが、チョーサーはつづり字の遊びと意味の変化をねらったのか、clerkのlとkをhとlに変更して悪漢（cherl）として訳して紹介している。裁判官はクローデウスに高価なものを与えた（145-148）とあり、悪巧みで金品をせしめようとするクローデウスの罪は強欲である。大胆巧妙なクローデウスは、彼の「たくらみ」（reed）（146）を気に入った裁判官からおおいにもてなされた（greet cheere）のだが、reed、greet の語からは greed が暗示され

ており、実際に当該の 2 行を、つづけて音読すると greed（強欲）の音が響くように聞こえる。作品は読み聞かせの話として聞かれる工夫もこのようなところでみられる。

彼（アピウス）は自分の知っている
街にいる大胆で悪知恵をもつ悪漢に使いを出したところ
このたくらみは同意されたのでこの裁判官は喜び
彼をもてなして高価な物を贈った。

He sente after a cherl, was in the toun,
Which that he knew for subtil and for boold....
Whan that assented was this cursed <u>reed</u>,
Glad was this juge, and maked him <u>greet</u> cheere,
And yaf hym yiftes preciouse and deere.（140 -147）

　ヴァージニウスを陥れるための裁判の場面では、ヴァージニアが実は幼い時に奪われたクローデウスの奴隷であるので、今返してほしいとクローデウスが虚偽の訴えをするが、ここでアピウス、クローデウスのしきりに用いる will と sentence の意味に注目したい。言葉が重層性を帯びて、表面上の意味と隠された意味が二重に伝達されている。Will（名詞）は OED によると同時代的な意味として次のようになっている。

1. 欲すること desire, wish, longing; liking, inclination, ... 2. 肉欲 carnal desire, or appetite; 3. 欲するもの That which one desire (one's) 'desire'. 4. 快楽 Pleasure, delight, joy. 5. 欲する行為 The action of willing or choosing to do something; .... 9. 身勝手な我意 undue

assertion of one's own will, willfulness, self-will.

　クローデウスが裁判官に訴状を差し出し「もしあなたのお心でしたら、この訴状通りにしていただきたい」(if that be youre wille) (165) と述べる箇所と、ヴァージニウスが「裁判官の意向を知るために来た」という箇所の (to wite juges wille) (175) の wille は、クローデウスとアピウスの悪だくみを知っている聞き手や読者には、表向きの意味とともに、will のほかの意味、「(乙女を) 欲すること」(carnal desire) または「私意、恣意」(self-will) としてもうけとめられる。

　クローデウスはヴァージニウスが自分の奴隷を自分の意向に反して、また法に反して所有しているというが (agayn the wyle of me) 182)、この wyle も「私意、恣意」である。またこれらの will は、「快楽」(pleasure) という意味も隠されているようである。

　Sentence はこの裁判の場面では単に判決文としての意味とも受けとめられるが、MED の sentence の項目によると、他に幅広い意味の領域をもつ。

1.個人の意見、考え、助言 personal opinion, way of thinking; advice, counsel; consent; 2.教え、権威による宣言 doctrine, authoritative pronouncement on teaching; 3.神の裁き、神の意図 a judgment rendered by God; one in authority, a coart, etc.; 4.理解すること understanding, intelligence, knowledge, wisdom; 5.(b)物事、(c)字句 a passage of prose or verse . . . ; 文章の内容 subject matter . . . .

　クローデウスが証拠の証書について、「これが証書の文面」(this

was al the sentence of his bille）というが、しかしこの証書の文（sentence）はこの悪漢の「助言」による偽のものである。アピウスの判決（sentence）を聞いたヴァージニウスが、娘が力ずくで裁判官に奪われることになると考え、家路につく場面では、次のようである。

裁判官アピウスの下した判決によって、わが愛する娘を好色な裁判官にひきわたさざるをえない（と思った）。

Though sentence of this justice Apius
Moste by force his deere doghter yiven
Unto the juge, in lecherie to lyven,（204-06）

　表向きには裁判官の権威による判決ではあるが、この法を傘にきた暴虐は、娘に対しての色欲のためであることが父には明らかである。つまり、sentence はこの場合、判決の「内容」であると同時に、本当は、世に公正であるべき裁判官の「私的、個人的な考え」であることを暗示している。
　また law の使用も注意をひく。クローデウスの言い分はヴァージニウスが「法に違反している」（Agayns the lawe）というものであった。この法は社会の順守するべきルールを意味する。しかしこの法を人間の守るべき規範、自然の法として考える時、アピウスとクローデウスこそ、あるべき自然の法（law of nature）に違反している人間である。この「法に違反している」（Agayns the lawe）という言葉は、皮肉にも、逆に彼らの状況をあらわす。アピウスとクローデウスは、理性を失った人間としてまさに、女神の衣の破れにある自己の快楽に身をおく人とみなされる。

4)「自然の法」に背くこと、──ヴァージニウス

　父は自分の娘を殺害するが、これは何を意味するのか。この事件の成り行きとして、父として本当に苦しんだことであろう。それとともに娘の名誉や家の名誉への懸念もあっただろう。この話を聞く者には、殺害以外に手だてはなかったのかという疑問も生まれる。

　マンとリヴィウスが娘を殺害するのは裁判の場であるが、チョーサーは家庭という場にしている。これは父の行動がヴァージニウス一家の家長としてのものであることを鮮明にしている。同時に社会的背景を遠景において、問題を社会や政治のコンテキストでとらえず、より普遍的な倫理的コンテキストにおいてとらえようと試みている。

　ここでアピウス、クローデウスが sentence や will をしきりに用いて、聞く人に彼らの内面をさらけ出す面があったと同様に、これらの言葉が、今度はヴァージニウスによってどのように用いられるか調べてみる。

　一家を治める長としてヴァージニウスは決断を迫られるが、ここで彼は自分の判断（sentence）を「おまえが死んでくれ、それが愛情ゆえのわたしの命令だ」と述べる。

Take thou thy deeth for this is my <u>sentence</u>.
For love, and nat for hate, thou most be deed;（223-259）

　この場合の sentence は、家督の責任者としての権限から下す判断である。父の判断は、いわば家庭における神の声ともいえる。神の sentence とは宇宙を統べ治める神の決定、審判である。

また、語 will の使用とあわせて考えると、死に際して父の意（wyl）に服することを娘は「あなたの意のままにしてください」（Dooth with youre child youre wyl, a Goddes name?）（250）と述べている。父がまさに殺害の行為におよぶ場面では「悲嘆の心と決意をもって」（Hir fader, with ful sorweful herte and wil,）（254）とある。どちらの will も心が欲すること、つまり意図のことである。しかし先のアピウス、クローデウスの場合同様、will に、自分勝手な意図、恣意（wilfulness）（self-will）という意味が重なるように考えると、この家庭宇宙を治める父の娘への死の宣告（sentence）は理性的判断のようであるが、その判断にはどこか自分勝手な意図 will が含意されているようにも思われる。

　複雑な父の内面を理解する鍵は名前にある。Virginius という名前はラテン語の vir に関連して、男、勇気ある男（male person）、立派な（worthy）男という意味を含む。また関連語 virlity はかつては男性の性的器官という意味にも用いられ、男性の性的活力あふれる時期、また活力のある人物のもつ力、などを意味する。またそのような人物のもつ特性として徳 virtue がある。この語は徳、品性、高貴さ gentiltity とも関連している[17]。

　このような vir、virility、virtue、の意味領域から考えると、彼は男であり、夫であり、徳高く賢明な騎士である。医者の言葉では何度も立派（worthy）であると述べられている。彼がヴァージニウスであるということと、この出来事に対する判断と行動には何らかの関係があることを意味している。

　父は娘に、死以外に対処する方法（remedy）がないかと聞かれ、すぐさま「もちろんない」（No, certes）（237）と答える。この父にとって、娘殺害がただ一つの悪徳裁判官の暴虐に対抗する方法である。なぜか。彼は娘と自分の名誉のため、その肉体を損

傷することが、娘と自分の救いとなるという判断を下した。そしてアピウスの力ずくの要求に、結局力で応じた。結果として娘は失うがアピウスには勝った。ここにおいて露呈するのは、アピウスの本能的衝動の力と法権力の結合に対抗する、ヴァージニウス側の力の発動である。ヴァージニウスには敵の性的衝動や訴えの違法に対抗するために、彼自身も力の論理によって行動したといえる。そしてその刃は娘に向けられた。この話がアピウス側との直接的な戦いになっていないのは、名誉に関わるからであると思われる。

つぎに娘を殺傷する場面の描写についてみていくが、そこでは父の行動に人間のもつ本能的衝動と破壊力の結びつきが暗示されており、かつそのような本能に身をまかせてしまう人間の状況が描かれているように思われる。

マンにおいて父の殺傷場面は「頭部を切りとる」(tantost a la teste coupee)(*Roman*, 5607)とある。この teste は、男性の生殖器(testicle)を連想させる。それを切りとるということは、去勢(castration)の意味合いを読むこともできる。マンにおいて「理性」が大まじめに語るこの例え話の裏に、まるでそれを帳消しにする性的な言葉遊びの冗談を読みとることができる[18]。

チョーサーにおいて、「彼女の頭を切り落とす」娘の殺傷は、次のようである。

(父は)娘の頭を(刃で)撃ち、切り落とした。

Hir heed of smoot, and by the top it hente,(255)

これを文字通りにいうなら、乙女 maiden から処女性

maidenhead を救うために、maiden と 頭 top である 'heed' を切り離すということになる。チョーサーもマン流にきわどい性的な言葉遊びをしているのだろうか。場面の深刻さからはこのような冗談はグロテスクであるだろう。しかし再びここで新プラトン主義の提起している問題に直面する。人間の創造において、人間は神からの理性と物質からできた肉体からなり、両者は矛盾を引きおこす。頭部 (head) を理性とすると、乙女そのひと (maiden) から頭部を切断することは精神と肉体が分断されることを意味している。

ここではアピウスの色欲の対象になった乙女の肉体 (maidenhead) が問題であった。ヴァージニアの肉体の死は、純潔という(精神的)価値のための死であるといえる。中世的、キリスト教的価値観にとって、「乙女のままで死ぬことは祝福である」。(Blessed be God that shal dye a mayde.) (248) 殺害とは比喩的にみると肉体と精神を切り離し、精神を救うことである。父にとって、このことのみが娘、自分、そして人間をその肉体に起因する罪から救うのである。

言葉遊びと思われる箇所において、チョーサは意図的にある考えを示している。それは何か。

チョーサーの「司祭の話」"The Parson's Tale" のなかで、司祭は好色の罪の一つに処女を奪うこと (bireve a mayden hir maydenhede) を挙げている。司祭によると、それはこの世の最上の身分から彼女を転落させることであり、また尊い純潔の実り、百の徳を彼女から奪うことである ("The Parson's Tale," 868)。またそのような強姦は悪行であり、囲いを壊して入る野獣の狼藉と同類である ("The Parson's Tale," 869)。そうなればもはや彼女は処女であることを取り戻すことはできない。それは身体から腕

を落とされたら、もうくっつけることができないのと同様である（namoore may maydenhede be restored than an arm that is smyten fro the body may retourne agayn to wexe.）("The Parson's Tale," 870)。

ここで、父の行為を再度考えると、父が乙女を殺生することと司祭がいう乙女への強姦行為には、残酷とも思える類似性がある。肉体に関わる maidenhead を奪おうとしたのは、アピウスであるが、maiden から head を奪ったのは父である。

殺害直前の場面では切り離されるイメージが聞く者を圧倒する。父と娘の会話場面では、他の部分から切り離された手、頭、腕、首、などの身体部分のイメージである語句「わたしの哀れな手」'My pitious hand'（226）「お前の頭」'thyn heed'（226）「彼女の腕」'hir armes'（232）「彼の首」'his nekke'（233）という語が散乱している。

また当然のことであるが、娘はその死によって将来の胎の実りを奪われることになる。切り離された娘の頭部はもとに戻ることはなく、娘は生き返らない。このように見ていくと、司祭の説教で明らかなように処女を奪うことが悪行で罪であると同様、父の娘殺害は罪であり、娘の人間としての全体性、肉体と精神の調和を破壊する行為であり、また子孫を断絶する行為といえる。それは自然の女神に対しての反逆である。ここにチョーサーの隠された思いをみることができるのではないか。

アピウスとクローデウス は、その思いと行動において、自然の法に背いて奸計をたくらみ、欲望すなわち肉体に根ざした闇の力に身をまかせた。ヴァージヌスは、娘を殺害する際のジレンマに悩み、精神と肉体の矛盾のさなかで苦しむ人間として描かれる。この場面では「娘の父は悲痛な思いと（殺害を断行する）意思をもって」（Hir fader, with ful sorweful herte and wil,）（254）とあ

る。殺害場面の感傷性をあらわすと同時に、この 'heart' と 'will' の語が切り離されているのは、偶然であるとは思えない。これは父の精神（意思）、と肉体（こころ）、も分裂していることを示唆しているとも考えられる。

　娘はどのように父の判断を受け止めたのか。娘は死に臨んで、自分の死を十分嘆くために、エフタのように少し時間がほしいと、旧約におけるエフタの娘の話をもちだすが、この箇所はチョーサーが独自に加筆したところである。チョーサーは肉体について異なる立場を、ヴァージニアにエフタを重ねることで明らかにしている[19]。

　このエフタの娘の話によって、乙女の死に異なる観点が入ってくる。ヴァージニアは、父の手のより死ぬべき運命にある自分と同じ境遇のエフタを思い起こして、自分とエフタを同一視する。留意すべき点はエフタが嘆いた理由である。それは自分が処女のまま死ぬことを惜しむことであった。エフタを思い出すのは、ヴァージニアの意識下から密かにあらわれた、処女として死ぬことへの抗議のためのようであり、それは父への反旗ではないか。女神によって最高に創られたとされる彼女の内なる声、自然本性のはたらきをここに見出せるのではないか。

　しかし物語では、娘は父からの死の宣言直後、しばしの意識混濁（swownyng）に陥り、目覚めた後は、父の命令に忠実に、処女として死ぬことをむしろ誇りとして死ぬ。

　ここで旧約の神が子孫繁栄を命じたという人間の歴史が立ちあらわれ、もう一度人間が自然の支配をうけており、自然の法によって自然の命令である sentence がはたらいていることが思い起こされる。チョーサーは、『鳥の議会』で、アラヌスの「自然の女神」を登場させることによって、自然の命令（sentence）を

鳥たちに伝えている。それは、本能によって促され、鳥たちが適した相手を選び、つがうことである（*The Parliament of Fowls*, 383-385）。このように、人類をふくむ生き物への命令は、この父の命令を超越したものである。

5）語り手の医者について

　医者は自分のこの話の内容（sentence）は真実である、歴史上の事実である（155-157）と述べている。しかし医者の話は各部分で切断されており、ねじれ、全体の一貫性が欠けているようである。聞く者は勝手な解釈をするだろうが、医者自身は自分が何をいいたいのかをわかっているのかという疑問が生まれる。

　ヴァージニアが自然の支配（governance）のもとにあり、人の監督を必要としないかと述べたすぐあとに、語り手の医者は性的逸脱の罪をさけるために、親が子弟を監督することがいかに必要か、を説いている。ヴァージニアについては、性的逸脱という文脈には当てはまらない。

　また例話の前置きでの発言で、親の監督が甘い場合に、襲ってくる狼によって引き裂かれる羊のように、子弟は滅ぼされると述べる。ヴァージニア親子の話がそのとおりであるならば、話は納得されるであろう。しかし実際展開された話は、監督が甘いからという話とは異なっている。結局娘が滅ぼされたのは、まさに裁判官アピウスと監督者の父によってであり、彼らは世の中、家庭を治める人たち（Governor）である。見方を変えれば、狼というのはまさに彼らのことになる。

　医者は「自分の話を再び続けよう」（I moot turne agayn my matere.）（104）と述べるが、'my matter'の語にも、思想的背景

を見出すことができると思われる。matter は単に話したい事柄という意味であるが、そればかりでなく matter の語源から読みとれることがある。新プラトン主義や自然についての思想においては、それは肉体性を意味しているのである。この話は、肉体性、自然本性についての話であることが密かに示されているのではないか。

また医者が扱う領域は肉体であることも踏まえ、肉体性についての話と考えると、彼の視点は、男性登場人物の視点と重なってくる。'my matter' は医者自身が肉体性どうみるかについての物語となっており、これは医者版ローマの歴史である。

登場人物アピウス、クローデウスは、社会的特権の立場にいて私欲を追求する権力者で、語る医者自身が感情移入できる男たちのようである[20]。またヴァージニウスは、医者の同時代人で家長として騎士として身近にいる人物のように語られ、医者が十分共感できる人物であろう。そのようにみていくと、自然に反する、権力と欲望の問題をかかえた人間として、また頭と心の切り離された人間として、語り手の医者、および彼が語る物語のなかの悪漢たちと父はすべて同一線上に並ぶ。

医者の語りによる悪漢たちと騎士ヴァージニウスの性格造型の背景には、チョーサーの同時代人たちへの鋭い観察眼があると思われる。ヴァージニウスがアピウスたちの暴虐と肉欲に対して「解決策」（remedy）がないといい、殺害行為におよぶが、この物語を語る医者は、医者として当然、肉体の病の治療方法（remedy）はないかという問題に日々取り組んでいるだろう。ヴァージニウスが、remedy はないと断言する言葉の裏からは、語り手の医者自身の本音が聞こえてくるようではないか。すなわち、医者として肉体についての知識はあるが、どこかで肉体の病にたいする治

療はないのだと思っているのではないか。

　最初に、監督不行き届きから子弟が滅びる、狼が羊をねらうという話をするといった医者は、最後にはアピウスとクローデウスの顚末、罪科のための死刑や拘束を語り、「神は何時誰を撃ち滅ぼす（smyte）かわからないので、罪が自分を捨てる前に罪を捨てよ」という教訓で締めくくっている。彼の話の筋からみると、ヴァージニアは罪なき者であるのに、撃たれたということになる。

　しかしまた、この表現 smyte からは罪なきヴァージニアがいわれなく撃たれたことと、撃った側の人間である欲望に狂って、最後に死ななければならなかったアピウス、そして、理由はどうであれ、娘を処女のまま死なせた父の存在とが、微妙に関連していると理解できる。罪科を背負う人間であるアピウスや父は、神がいつ自分を撃つか心配するだろう。この教訓は彼らのような人間へ向けられるものである。

　医者の教訓には、また彼自身の罪意識が投影されているとも思える。心して聞く者には結局、この話の教訓は、色欲と悪行の罪への警告であろう。医者は権力と地位のある立場にあるので、このような教訓の言葉を述べることができる。

　医者は、理性ある職業人として体裁のよい話、子弟の性的逸脱をあたかも監督できるというような話をしているつもりである。同時に意識下では、彼自身が性の問題、自然性、肉体の矛盾をかかえており、そこには何の解決（remedy）も見出せない。彼はそのような人間の立場から語ってしまった。つまり彼の話の論理には理性のレベルと肉体的無意識のレベルでの二重の展開がみられる。

　このようにみていくと、この昔話の語られるスタイル自体がね

じれ、きり裂かれており、また話の内容は、罪のない羊をきり裂く男たちの話である。その意味において、皮肉にもこの話は医者自身がいう通り、歴史的に意義あるもの（historial thyng notable）(156) となっている。

宿屋の亭主にとって、これは心の切り裂かれるような（myn herte to erme）(312) お話であった。さらに、「この話は聞くにもあわれな話だ、やれやれ終わったから　気にするほどのことでもないよ、神があなたの立派なお体をお守りくださるように」(This is a pitious tale for to heere. / But natheless, passse over; is no fors. / I pray to God so save thy gentil cors,) (302-304) と亭主は医者にいう。

医者に向けられたこの言葉には、チョーサーの諧謔がある。医者への皮肉であるとともに、立派な肉体（gentil cors）をもつすべての人間へのメッセージとしても理解できるであろう。

チョーサーはリヴィウス、マンから伝わるこのローマの歴史話を、肉体の癒しを職業とする医者が語る物語とした。乙女の受難についてとり上げ、そこで全体性が損なわれている人間像、すなわち神と自然に背いており、理性と欲望、精神と肉体、頭と身体の切り離された深刻な状況にある人間を描こうとした。そのことを劇的、具体的に読者の目前に展開し、かつ象徴的に示唆したのである。

注

1) "... the text verges on a kind of pornographic or free-floating sadistic sensationalism."
　　Sheila Delany, "Politics and the Paralysis of Poetic Imagination in *The Physician's Tale.*" *Studies in the Age of Chaucer* 3 (1981) p.57.

2) Anne Middleton, "The Physician's Tale and Love's Martyrs: 'Ensample Mo Than Ten' As a Method in *The Canterbury Tales*." *Chaucer Review* VIII (1973), pp. 9-32.

　　Lee Patterson はこの物語を擬似聖者伝のように見えるがそうではないと、述べている。'... as Virginia is betrayed by Claudius, by Apius, and by Virginius, so does the Physician's Tale betray the innocence of its quasi-hagiographical form.' Lee Patterson, *Chaucer and the Subject of History,* Wisconsin: The University of Wisconsin Press, 1991, p.369.

　　Ellis Rogers は、この作品についてローマの歴史家リヴィウス（Livy）とアウグスティヌスによって語りを権威づけることや自然の女神 Nature と擬人的な「嫉妬」（Envy）をともに登場させることは、モラル的、テーマ的な一貫性のなさを露呈していると述べている。Ellis Rogers, *Pattern of Religious Narrative in the Canterbury Tales*, London and Sydney: Croom Helm Ltd, 1986, Chapter 8.

3) 第1部（2）参照

4) リヴィウスからの引用は以下の版による。Livy, *History*, Book III and IV, trans. B.O. Foster, Cambridge, Massachusetts: Harvard University Press, 1953. 物語は Book III, XLIV-XLVIII にある。

　　Guillaune de Lorris et Jean de Meun, *The Romance of the Rose*, trans. Charles Dahberg, Hanover and London: University of New England, 1983.

5) 原文 Sequitur aliud in urbe nefas <u>ab libidine</u> ortum, ... Claudium virginis plebeiæ stuprandæ libido cepit. (Livy, Book III. XLIV. 1-2) （下線は筆者、以下同様）

　　(This outrage was followed by another, committed in Rome, which was <u>inspired by lust</u> ... Appius Claudius was seized with the desire to debauch a certain maiden belonging to the plebs.)

6) Adversus quæ omnia obstinato animo Appius---tanta vis amentieæ verius quam amoris mentem turbaverat---in tribunal escendit, ... (Livy, Book III. XLVII, 4)

7) Jerome, *The Letters of St. Jerome,* Volume I Letters I-22, trans. C.C. Mierow, in *Ancient Christian Writers The works of the Fathers in Translation,* No. 33 ed. J. Quasten and W. J. Burghardt, S.J., London: Longmans, Green And Co, 1963, p.154.

8) 引用の原文は以下のとおりである。

　　Virgo erant non solum corpore, sed etiam mente, quae nullo doli ambitu sincerum adulteraret affectum: corde humilis, verbis gravis, animi prudens, loquendi parcior, legendi studiosior. Edgar F. Shannon, "The Physician's Tale." in *Sources and Analogues of Chaucer's Canterbury Tales*. ed. W.F. Bryan and

Germaine Dempster, Chicago: University of Chicago Press, 1941, p.407.
9) OED は名詞の form, matter を以下のように解説している。

'Form' I. Shape, arrangement of parts. 1. The visible aspect of a thing; 2. An image, representation or likeness (of a body). 3. A body considered in respect to its outward shape and appearance; . . . a person. 4.(哲学用語) a. The essential determinant principle of a thing; 5. The particular character, nature, structure, or constitution of a thing; the particular mode in which thing exists or manifest itself. 6. A grade or degree of rank quality, excellence or eminence; 7. A model type or pattern or example . . . . 8. Due shape, proper figure; . . . .

'Matter' I. In purely physical applications. 1. The substance . . . ,2. A substance used or acted upon a physical operation; 3. In wider sense: Used as a vague designation for any physical substance not definitely particularized, . . . he fluid of the body . . . . 4. Purulent discharge,pus. 5. Physical or corporal substance in general . . . . II. 6. (哲学用語) That component of the essence if any thing or being which has bare existence, but which requires the addition of a particular 'form' to constitute the thing . . . . 7. (神学用語) . . . 8. (哲学用語) III. Material of thought, speech, or action. 9. Material for expression; 10. The subject of a book or discourse; 11. The substance of a book, speech, or the like;

10) Aristotle, *Generation of Animals*. trans. A. L. Peck Cambridge, Massachusetts: Harvard University Press, 1953, p.185.
The female always provides that which fashions the material,
the male provides that which fashions the material into shape;
this, in our view, is the specific characteristic of each of the sexes:
that is what it means to be male or to be female. . . . Thus
the physical part, the body, comes from the female, and the Soul from the male,
since the soul is the essence of a particular body. (*Generation of Animals*, II. iv. 738b 20-29)

11) Nature seeks ideal <u>matter</u> from which to shape an outstanding lodging, a <u>dwelling in the flesh</u> that the spirit from heaven may enter, a shining dwelling worthy of its guest . . . . (Book VII. 1-56) Alan of Lille, *Anticlaudianus or the Good and Perfect Man*, trans. James J. Sheridan, Toronto: Pontifical Institute of Mediaeval Studies, 1973, pp.173-174. *PL*, p.549.

12) たとえば 'form' である神の本質を擬人化した概念 'Noys' を用いるが、これを女性とみなしている。また 'matter' を人間一般、すなわち男性として表現する。Noys は神の理性 'reason' でもある。『宇宙形状誌』では "Porro Nois ego, <u>dei ratio</u> profundius exquisita, quam utique de se , alteram se, Usia primia genuit---non in tempore sed ex quo consistit eterno---Noys ego, scientia et arbitraria divine voluntatis ad dispositionem rerum, . . . " (*Cosmo*, p.99)

英語訳 And I am Noys, the consummate and profound reason of God, whom his prime substance brought forth to itself, a second self not in time but out of that eternal state in which it abides unmoved. I, Noys, am the knowledge and judgment of the divine will in the disposition of things. (*The Cosmographia*, p.69)

アラヌスにおいても、*Anticlaudianus* では、理想の人間をつくるために、神の形相 (form) すなわち魂 (soul) を求める冒険をして、神から魂をあずかってくる「知慮」(Prudence) を女性としている。また新生する人間は肉体としての男性 (matter, body) として描いている。

13) 西洋哲学、神学において、普通女性が占める位置は男性の下位であるが、新プラトン主義では、美しさや知恵などが女性性として表現され、称揚されている。また聖書にある女性の美しさと罪をむすびつける考えとは異なり、美しさは魂の美しさとして、神の愛にいたるまでの一段階としてみなされる。

マクリーンは西洋において女性が哲学的、思想史においてどのようにみなされてきたかを論じている。Ian Maclean, *The Renaissance Notion of Woman A Study in the Fortunes of Scholasticism and Medical Science in European Intellectual Life*, Cambridge: Cambridge University Press, 1980. 新プラトン主義について 'Neoplatonism is influential in the promotion of new ideas on women in two domains: the theory of love and politics.' (p.85) と述べている。Joan M. Ferrante, *Women As Image In Medieval Literature From the Twelfth Century to Dante*, New York and London: Columbia University Press, 1975. 参照。

チョーサーでは『善女伝』において、精神性を女性、肉体性を男性としている箇所がみられる (*The Legend of Good Women*, 1582-88)。

14) ヴァージニアがバッカス、や ヴィーナスの影響を受けないで、友とのお祭り騒ぎなどの機会を避けていると医者は言及する (65-70)。ヴァージニアと同様な処女的性格は「騎士の話」のエミリー ("The Knight's Tale", 2051-55) や『鳥の議会』の鷲嬢の描写 (*The Parliament of Fowls*, 442-45, 652-3) に見られる。

15) Augustine, *De trinitate* XLLL. xii, [16]

『三位一体論』においてアウグスティヌスは、自然は神によって正しくつくられているとする一方、自然は罪によってけがされたとしている。『薔薇物語』の老婆 La veille の語りにおける「自然」は、人がまぬがれることができない自然の力であり、この女性は、アウグスティヌスのいう堕落後の自然の支配について述べている。それは人間が欲望からまぬがれることができないことを示唆している。

16) In hujus vestis parte primaria, homo sensualitatis deponens segnitiem, ducta ratiocinationis aurigatione, cœli penetrabat arcana. In qua parte, tunica suarum partium passa dissidium, suarum injuriarum contumelias demonstrabat. (*PL*,

p.437)

(In its principal part man laid aside the idleness of sensuality, and by the direct guidance of reason penetrated the secrets of the heavens. Here the tunic had undergone a <u>rending of its parts</u>, and showed <u>abuses</u> and <u>injuries</u>.) (*The Complaint of Nature*, p. 15)

17) OED virlity の 1. 2. 3. virtue の 1. 2. 3. 項目を参照。
18) David F. Hult, "Language and Dismenberment : Abelard, Origen,and the Romance of the Rose" *Rethinking the Romance of the Rose Text, Image, Reception*, ed. Kevin Brownlee and Sylvia Huot, Philadelphia: University of Pennsylvania Press, 1992, p.121. Hult はこの論文で『薔薇物語』におけるマンの言葉の用い方を論じ、去勢の問題 castration を象徴的に堕落以後の言葉の問題としてとらえ、実体を離れた言語に豊かな可能性が生まれたとした。The negative aspects of man's fallen condition seem nonetheless to find their positive counterparts: from Saturn's castration, Venus is born. From those of Abelard and Origen, scholarship is advanced. Similarly, the loosing of ties between words and things betokens the possibility of figuration in a variety of dimensions. (pp.121-22)
19) 旧約聖書　師士記　第 11 章
　　ガウワーは「エフタの娘の物語」として『恋する男の告解』のなかでとり上げている。ガウワー『恋する男の告解』伊藤正義訳、篠崎書林、328-329 頁。
　　Hoffman はエフタとヴァージニアを比較して、前者は処女であることを嘆き惜しんで死ぬが、後者は処女であるための死であり、単に死ぬことを嘆いており、結局娘も父も、死ぬほうが処女でなくなるよりよいと判断していると論じている。Richard L. Hoffman, "Jephthah's Daughter and Chaucer's Virginia", *Chaucer Review* II (1967-68), pp.20-31.
20) 『カンタベリー物語　序文』にある医者の描写によると、医者は薬剤師と組んで儲ける男であり倹約家で金を職業柄からもたくわえている (The General Prologue, 425-428)。

4 「バースの女房の前口上」(『カンタベリー物語』)
──反撃する自然の娘

　「バースの女房の前口上」"The Wife of Bath's Prologue"において、チョーサーはバースから来た女房アリソンに、女房独自の結婚観を披露させている。それは聖書、神学書、世俗の女性嫌悪論、反結婚論等の異なる文学伝統から引用したさまざまな言辞を女房に語らせて、そのような議論をくつがえすべく、自身の体験（experince）から権威に挑ませるという試みである。宗教的、世俗的権威に対して女房は生きる活力でもって対抗する。男性側視点からの女性の「悪徳」を体現するかのような女房の性格造型になっているが、そこにはチョーサー独自の工夫がなされている[1]。

　女房は自身の結婚観を主張する。「結婚の苦しみをお話するのでしたら、わたしには、お偉い方々の学説より経験だけで十分ですわ、聞いて下さる皆さま方、ありがたいことにわたしは12歳から教会で正式な結婚をして、いままで5人の主人に嫁ぎましたよ。5人ともそれぞれご立派な御仁でしたわ」という。

　　Experience, though noon acuctoritee
　　Were in this world, is right ynogh for me
　　To speke of wo that is in marriage;
　　For, lordynges, sith I twelve yeer was of age,
　　Thonked be God that is eterne on lyve,
　　Housbondes at chirche dore I have had five---
　　If so ofte myghte have ywedded bee . . .

And alle were worthy men in hir degree. (1-8)

　聖書にあるカナの結婚にふれ、またサマリアの女にキリストがいう言葉「いまの5人目はお前の夫ではない」からは、一体全体何人まで結婚できるのか、聖書からは教えられていないと主張する。自身の5回の結婚が正当なものであること雄弁に主張する女房であるが、彼女にとって神の人間への命令、「生めよ、ふえよ」（創世記1. 28）という言葉はありがたく納得のいく聖句である。この後、5回の結婚の苦しみがどのようであったかという彼女の独白が続く。

　女房は自分の過去の経験を次のように語る。若いときに結婚した3人の夫は、年老いた金持ちであり、奔放な女房は若さや抜け目なさで、彼らを思うままに操縦した。4人目の夫は浮気者であったが、女房は負けずに相応の復讐をする。その夫は女房がイスラエル巡礼に出かけている間になぜか亡くなる。5人目は、4人目の夫との仲が不和であったとき、目をつけて誘惑した金髪巻き毛の学僧、20歳の若さで女房より20歳年下である。彼は亡くなった4人目の夫の葬儀のときに棺を担ぐが、そのとき女房は若く美しい彼の脚を見て魅了された。しかし彼との結婚生活では、女房は辛酸をなめることになる。もともと女房はこの若い夫を愛して結婚したが、結婚生活では夫の学識によって責められつづけ、がまんできず彼の貴重な書物を破る行為に出た。そして彼からの一撃を受け片耳の聴力を失う。しかし女房はこの夫婦喧嘩の後、再び主導権を取り戻し、以降は仲良く暮らしたという。しかし今その連れ合いがいる気配はなく、女房は6人目を物色中のようである。

　バースの女房アリソンの性格形成をめぐっては中世の女性と性

に対する極端な見方が反映されている。それは楽園で過失を犯した人類最初の女性イブに代表される「悪女」を攻撃する反女性論と、聖母マリア崇拝に代表される聖なる女性への賛美である。

また女房の性格造型にはキリスト教的な権威に対抗する伝統的自然観がある。チョーサーは、女性側の視点および自然伝統の視点に立って女房の独白を通して物語を展開しようとした。

また女房は中世の新興階級で、機織産業に従事する英国庶民である。この主人公にはチョーサーの宮廷愛形式などの精神主義的貴族文化への対抗や屈折した気持ちをうかがうこともできる。チョーサーは中世社会の権威、すなわちカトリック教会、学僧、貴族、世俗の男性支配社会に対峙して、なりふりかまわず人生を謳歌している無学な、せいぜい耳学問で知識を得たと思われる庶民女性を登場させた。この女性にまるで自己を投影するかのように彼女の反撃を楽しみながら、彼女の身上を真剣に描いていると思われる。

女房の描き方は近代的な写実方法によるのではない。ピアソルが指摘しているとおり、登場人物があるテーマをもちそのテーマに焦点をあてる方法によると思われる[2]。マスカティーンは『薔薇物語』に登場する老婆を女房の原型と見なしている[3]。

老婆の言動は女房に直接関連するところが多いが、同様にそこに登場する寓意的人物「自然」夫人も女房に近い人物である。彼女は、人間にとって「気高い品性」(Gentilesse)が最も大切であると説く。この「気高い品性」という言葉は、女房が後に語る結婚譚「バースの女房の話」の核心的な場面で、貴族の若い夫の妻となった老婆が述べる[4]。高貴な生まれによる徳ではなく、真の人徳としての「気高い品性」を主張する『薔薇物語』の「自然」夫人は、女房の見逃すことのできない一面を反映する人物であ

る。

　ここで MED によってこの Gentilesse の語の意味を明らかにおきたい。その形容詞形 gentil がその特質を表現しているので形容詞をとり上げる。1. 高貴な生まれである（a）Of noble rank, or birth, belonging to the gentry, noble; 2. 騎士道やキリスト教的な気高い心をもつ（a）having the character or the manners prescribed by the ideals of chivalry or Christianity;noble, kind, gracious,etc.;（b）礼節正しい、優雅、高雅、美しい courteous, polite, well-bred, charm-ing, graceful, beautiful, handsome; 3.（a）地位に属する性質として Belonging to a person of rank;（b）動物に属する性質として優秀な種 of animals, birds, bees, fish: of excellent breed or kind;（c）秀でたものごととして of things: excellent, superior;（d）言動として品格がある、優雅な、誠実な、寛大な of qualities, actions, words, behavior, noble, gracious, kind, generous; . . . , 4. 異教の Pagan, heathen.

　このような意味をもつ Gentil なこと、すなわち Gentilesse はこの「バースの女房の前口上」では直接には出てこないが、女房が後に語る物語との関連から考えると、前口上を理解するための鍵ではないかと思われる[5]。

　この小論では女房の性格の造られ方を、主に自然の文学伝統である『薔薇物語』の「自然」夫人「理性」「ジニウス」「老婆」という寓意的人物の関連性においてとらえ、チョーサーがどのような工夫をしているかについて考察したい[6]。まず女房の結婚観について扱い、ついで女房の結婚生活の戦略と『薔薇物語』の元娼婦である老婆の戦略を比較する。そこには欲望のままに生きるという共通点があるが、異なっている点がありその相違点が重要である。最後に、5回にわたる結婚生活で、特に5回目において味

わった苦難が女房に変化をもたらしたと思われるが、それはどのような変化かを考えたい。

1）結婚観

　女房の結婚観は、反結婚論を展開するヒエロニムス（Jerome）（347 年-419 年頃）の書簡『ヨウィニアヌスへの反駁』（*Epistola adversus Jovinianum*）と鮮やかに対比されている[7]。女房は5回の結婚が正当と見なされる根拠を述べ、既婚女性としての身分の正当性を処女性対結婚、純潔対子孫存続の議論から主張する。結婚をめぐって、教父たちは新約聖書の霊的メッセージを強調する。女房はそのような言辞を否定しない。この点において女房は正統的な考えの持ち主である。しかし女房は、自分の体験にもとづいて人間の性、肉体性、欲望の問題を正面からとり上げる。旧約聖書創世記の神や旧約の血の通った人間の物語が、女房にはいっそう興味深いものなのである。

　教父ヒエロニムスは「生めよ、ふえよ」（創世記 1. 28）という神の命令による生殖活動の正当性を認めつつ、パウロの結婚と性に対する序列を堅持している。それは純潔を人間の選択のうち最高のもの、寡婦であることを次善のもの、結婚を最も低いものとみなす考えである。結婚はあくまでも人間の性衝動という弱さのための譲歩としてある[8]。教父はこれについて、牛の糞（淫行）を食べるより、大麦パン（結婚）を食べるべきであると喩える。しかし白パン（純潔）はもっと良いと喩えて、見習うべきはキリストの純潔であると教える[9]。教父たちにとって、結婚はまた秘蹟であり、キリストと教会の霊的関係を象徴している以上、重婚は否定される[10]。

一方で女房にとっては、教父の説のように結婚が一度のみの秘蹟であるとしても、結婚回数の問題は聖書からはまったく確定できない。聖書をどのように解釈をしても、最も明白なことは、神が「生めよ、ふえよ」と命令されたことである（God bad us for to wexe and multiplye;）(28)。この命令と、彼女にとって夫は父母を離れて妻、わたしと一体になる（…myn housbonde / Sholde lete fader and mooder and take to me）というキリストの言葉（マタイ伝 19. 5）こそより重要であり、それは彼女によく理解できる、神の恵みに満ちた立派な教え 'That gentil text' である（29-31）。

　教父は多妻であったソロモンがどれだけ結婚に苦しんだかと述べ、妻の愛を地獄にたとえるが[11]、この話が女房にアピールするのは、ソロモン王が、尊い王 'this noble kyng' (41) として新床の喜び 'myrie' (42) をもたらす神からの贈り物、性的能力 'yifte of God' (39) をもつという点である。

　使徒の助言によると、結婚は「情が燃えるよりはよい」という譲歩であって、それ故に再婚（重婚）はさしつかえないということになり、この聖句が女房に結婚と再婚を文句なく保証する[12]。女房は付け加えていう。「だから夫が亡くなったらすぐに信仰深い人がわたしと結婚してくれることになるのよ、だって使徒は夫亡きあとは自由の身分とおしゃっているわ。自分の思うとおりに再婚できるのよ。再婚は罪でないし、情が燃えるよりいいともね (47-52)」。

To wedde, a Goddes half, where it liketh me. Whan myn housbonde is fro the world ygon,
Some Cristen man shal wedde me anon,

For thanne the apostle seith that I am free
He seith that to be wedded is no synne;
Bet is to be wedded than to brynne.

　女房はまた教父の教えである純潔の優越を認めつつ、それを逆手にとって、さらに故意の読みこみをくわえて自分の立場を正当化する。すなわち、賞賛されるべき「金の器」や「白パン」（純潔）でなく「木の器」や「大麦パン」（既婚）であっても、神の用に役立つ 'doon hir lord servyse' (101)。それは神から各自に応じて与えられている「賜物」 'propre yifte' (103) である。イエスがパンを分け与えて人々を喜ばせたように、彼女（妻）は「黒パン」 'barly-breed' であることによって、多くの男を回復させ 'refresh' 喜ばせることができるという。まさにそれが妻としてのつとめである (147-148)。彼女が追い求めるものは完全な純潔ではない。結婚に自分のもつ最上部分、若さや美を注いで、その実りを楽しむ（I wol bistowe the flour of almyn age / In the actes and in fruyt of marriage）(113-14) というのが彼女の結婚信条である。

　女房、既婚女性であるアリソンはきわどい言葉をずばずばといってのける。夫たちの生殖器は「ありがたいお道具」 'sely instrument' (132)、妻たちのものを「ほかほかの大麦パン」 'hoten barly breed' (145) とする。そして女房はそれらの役割を次のようにいう。

「わたしならこう言うわ、あれってね、神さまに怠慢を叱られないように、人が子作りを楽しくかつお仕事としてやっていけるように、神さまがそうお造りになったお道具だわ」

「バースの女房の前口上」（『カンタベリー物語』）　*149*

I sey this: that they maked ben for bothe;

That is to seye, for <u>office</u> and for <u>ese</u>

Of engendrue, ther we nat God displese.（126-28）（下線は筆者）

　ここで生殖器は子孫存続のためのはたらき、機能（office）と快楽（ease）のためのものであるとされる。

　女房のこの発言は教会の公的結婚観と矛盾しない。アウグスティヌスの穏健な結婚観によれば、結婚は悪ではない。そして人間の性的能力そのものは、堕落しているわけではない。また子孫存続の行為に伴う快楽は罪ではない。しかし快楽が子孫存続の神の用（office）ではない場合、それはすなわち罪となる[13]。快楽に対しての中立的な意見が正統的結婚観とされる。

　ここで、キリスト（純潔な「白パン」）が人々を霊的に蘇らせるという霊的な新生に、自分が「黒パン」で、男たちを蘇らせること（reflesh）をかけて語るところは興味深い。女房は性による再生行為について語っている。野卑な冗談とも聞こえるこの言葉には、伝統的な自然の思想を見出すことができる。12世紀の自然観において、人間は死に抗する道具としての生殖器を供えているとみなされていた[14]。

　アウグスティヌスは、性欲そのものの良し悪しは判断できないという視点をもつ。伝統的自然観が性欲をどのようにみなすかの点について、特に『薔薇物語』の理性の語るところをここでとり上げたい。生殖と快楽の関係、そして子孫存続の営みについて『薔薇物語』にひきつがれた伝統的自然観ではどのように考えられたであろうか。

　マンの『薔薇物語』では「自然」と「理性」が切り離されて、別に寓意的人物「理性」が登場し、本来の「自然」が語るべきこ

とを語っている。主人公である恋人に対して、薔薇を摘むことを愛の狂気として説明している。

寓意的人物「理性」の考えというのは、アウグスティヌスとほぼ同じである。欲望、衝動性や性欲そのものは良し悪しの判断ができないものとする。人間も動物も等しく自然本性によってそのように仕向けられているからである。もし自然によって人に備えられている営みを放棄するならば、それは責められるべきことだと「理性」はいう[15]。自然は人が死滅しないように子孫存続の営みを意思しており、そのため快楽を備え、人がこの仕事を嫌悪して逃れることがないようにするためである[16]。

しかしながら「理性」はいう。若い青年である「恋する男」Amantの求める愛は、子孫存続へのためとはいえず、もっと愚かしい企て'fole emprise'(*Roman*, 5761)であると。それは異性の間に起こる思い煩いに浸り、ひたすら快楽をむさぼることである。彼らは神の用や子孫存続ということはまったく関心がない[17]。

ここで、マンの「実りを結ぶことを心にかけず、快楽のみを追い求める」(De fruit avoir ne fet il force, / au deliter sanz plus s'esforce.) というこの2行にここで注目したい。チョーサーはこの作品を翻訳したとされているが、チョーサー訳の『薔薇物語』*Romaunt* の訳では同じ個所の2行の訳として9行が用いられている。マンが単に「快楽」としているところを、「本来生殖の実りを得るための快楽であるが、実りに心を向けないで、もっぱら心を喜悦させることや遊蕩にかたむけさせることのみを追う」と加筆して、彼は「理性」の主張をより詳しく説明している[18]。ここにチョーサーの関心と彼の基本的な人間観があらわれていないだろうか。それは欲望へ向かう心のはたらきを観察していることである。すなわちチョーサーは人が生きることを、欲望のはたら

きと関連づけようとしているようである。そこにまた理性の光を当てようとしている。

　教父の極端な禁欲性に対して、バースの女房は現世の快楽をきわめたいという、その対極に向かう人物である。チョーサーはこのように対比と例示という方法をとる。バースの女房は、欲望のはたらきを実体験し、例示する人物として作られている。

　5回の結婚体験があり結婚生活のエキスパートである女房が、快楽へ向かう大義名分を掲げている。しかしその彼女が結婚の「苦難」を述べる。肉体にある人間の問題は何か。その問題には解決が見出せるか否か。女房は生涯を通して解決のない問題を抱えていくのであろうか。

　結婚の用と快楽（. . . for office and for ese / Of engendrure）(127-28)と述べる時、豊穣としての子孫存続（神の用）と快楽は切り離されてはいない。しかしこの 'office' と 'ese' について女房自身はどのように考えているのであろうか。また、結婚の「実り」とは女房にとってどういうことであるのか。チョーサーは女房を自然の女神の系譜にあるカリスマ的人物として描き、肉体的存在である人間の問題を探求しているようである。

2）バースの女房と「老婆」

　純潔や宗教的反結婚論に対して欲望や性の営為が対比されたが、次に女房は具体的な結婚の有様を語り、世俗的な反女性論、反結婚論に対して欲望や本能、自由の議論を展開する。

　チョーサーの生きた14世紀後半期には社会の世俗化、都市化、市場経済の発達が起こり、社会の変化に伴って反女性、反結婚論が議論されるようになった[19]。当時ローマの風刺詩人ユヴェナ

リス Juvenal（50頃－130頃）の伝統に由来する、日常生活の次元の女性嫌悪論や、ギリシャ・ローマの古典文献にある反女性論が流布していた[20]。ローマのユヴェナリス時代（1世紀）は、女性の法的地位の向上にともなって、貴族や上流階級の女性に対して男性からの揶揄の文句がとなえられたが、中世後期にも、同様の女性の経済的向上、社会地位向上が起こりつつあり、それに対して男性から反感が向けられていた[21]。女性嫌悪や反結婚論を展開し、女性を抑圧していく勢力としての知識人たちは、女性の肉体性や女性の言動の不安定性 instability を攻撃していた。

チョーサーは、バースの女房が父権制男性社会と商業原理をもつ初期資本主義社会にどう対抗し対処したかを、女房自身に語らせている。彼女の側からすると、女房は単に自己の本能や欲望にもとづいて行動したにすぎなかったのであろう。それは、実にこの女性が身体のうちに、社会を脅かす爆弾を抱えているということになる。

ともあれ彼女の口をついて出てくる議論はまたもや、敵方の反女性論、女性嫌悪論の文脈をひっくり返し、反女性論は敵を攻撃する材料となる。女房の赤裸々な告白において、権力と金、欲望の問題がさらけ出される。しかし彼女の率直でときに喜劇的な語りの裏には彼女自身の、また社会における男女関係の現状の暗さや悲惨さが示唆されている。

女房にとって結婚生活の秘訣は、『薔薇物語』の「老婆」の戦略そのものといえる。しかし生涯を娼婦として恋の取引き love-game（geus d'Amors）(*Roman*, 12972) に生きてきた「老婆」と女房は決定的に異なる側面がある。女房は「老婆」と同様、欲望のままに本能的行動をとり、自由を求めて行動し、結婚の形をとりながら男性遍歴を重ねていく。しかし5回目の結婚によっ

て、自分の内面を知るようになる。欲望にとらわれている人間の悲哀を知って嘆くのである。これは『薔薇物語』の「自然」夫人が嘆いていることでもある。

女房の第1、第2、第3の夫は金持ちで年老いた「良い」夫だった（198）。女房は若さ、ヴィーナスの星座生まれの女性の魅力（609）と、虚言、甘言、叱責等の武器を駆使して、家庭の主導権と富を「良い」夫から次第に奪っていった。この女房の率直な語りは聞く男性を震え上がらせるに十分である。

嘘を上手に用いる術は「老婆」にとって女の生得の知恵であり（*Roman*, 18106-07）、嘘をつく正当な理由は、「男はすべて女を騙すものであるから、女も男を騙すべきである」（*Roman*, 13235-36）という。「老婆」の娼婦として時には冷たく、時には愛想よく振る舞い男性を操縦していく術（*Roman*, 13240-48）男性を搾取し最後の羽をも残さずむしり取っていく術（*Roman*, 13665-79）を、女房も熟知している。「老婆」は薔薇を求める「恋人」に対して、人間は動物と同じように本能的に行動するものである（*Roman*, 13911-22）と述べる。

女房はいう。若い妻として隣の妻の衣装を羨み（235-38）、夫に機嫌をとってほしい（295-96）、夫以外の若い男にも、ちやほやされたい（303-08）、夫に見張られるのは真平御免で、何でも気ままにしたい（... we wol ben at oure large.）（321-22）のである。女房の行動は、本能のままであり動物的である。それはまるで毛色の美しい雌猫が家にいつかないで出歩くようである（349-56）。

女房は、いななく牝馬のごとく（byte and whyne）（386）女房を責める夫を逆に叱責するが、ふと「自分が引き裂かれないためにそうせざるを得なかったの」（Or elles often tyme hadde I been spilt)（388）と内心を漏らす。

　女房は「自分の掟」'after my law' によって（219）夫を支配し主導権を得ていく。この掟は宇宙的な自然の掟ではなく、世間の掟でもなく快楽に駆られた女房の自然の掟である。

　また女房は「老婆」のように女性の性を商品化する。夫とベッド上で取引して富や実権を得ていくのである。女房は自分の肉体とお宝 'bele chose' の価値をよく知っており（446-47）、婚姻のベッドにおいても、「売る」という市場の商業原理に従って振る舞う。この結婚には真の相互性はなく、取引として商品化された性である（416-18）。

「誰だっていつだってだけれど、すべて売れるのものよ、手ぶらで、誰も獲物はおびきよせられないでしょう」。

Whnne whoso may, for al is for to selle;
With empty hand men may none haukes lure.（404-5）

　結婚の豊穣として子孫をもつことは、このような結婚には望むべくもない。女房に子どもがいるかどうかはこの話では不問になっていて、子どもは女房の関心外である。

　このような第1から第3までの結婚生活においては、反女性論が女性の性を地獄、荒地、野火などとする（371-77）見方がそのまま当てはまる。第4の夫は女房を裏切り、彼女は裏切りには裏切りをもって（*Roman*, 14187-90）あたる「老婆」の術に倣って、夫に「煉獄の苦しみ」（489）を与えた。

　「老婆」は最上の年齢である若い時期に、時を逸することなく、悦楽の実りを追い求めて生きること(Le fruiz d'amors, se fame est

「バースの女房の前口上」(『カンタベリー物語』)　**155**

sage / cueille an la fleur de son age, . . .）(*Roman*, 13453-54) を若い娘に勧めている。また人間は欲望、本能のままに行動するものであり、篭の鳥が自然のなかで放たれるのを喜ぶように、女性（人間）も本来の自由を求めている（*Roman*, 13911-36）という。また人間における本能のはたらきは動物と同様であり、結婚の結合はすべての男がすべての女と可能であるし（*Roman*, 13856）、自由 franchises に返ることを女たち（人間）は求めている（*Roman*, 13865-66）と主張する。

女房は「老婆」に教えられたかのように、明らかに彼女の戦略を用い、欲望のままに、自然性の側面である奔放な本能にしたがって行動している。しかし、欲望に対して「老婆」と彼女は異なる見解をもつようになった。女房は結婚生活の「苦しみ」を語るというように、欲望に支配されていることの苦しさや災いを知っている。女房は「老婆」と似た点をもつが、他方の寓意的人物「自然」夫人のほうがより女房の内心をあらわしている。

「自然」夫人は自分の配下、生殖活動のはたらき手のヴィーナスを手なずけることができないでいる。彼女はヴィーナスに主導権を握られてしまい、欲望のままにはたらき、本来「自然」のお目付け役としてはたらく「ジニウス」まで迷走してしまう。アラヌスの自然の女神が人間の迷走を嘆き、「自然」夫人が自らの迷走を嘆いたように、女房は結婚にある矛盾や自己の弱さを嘆いている。

こうして、女房は強気の主張のなかで自分の内面を少しずつ漏らし始める。第5の夫となるジャンキン Jankyn について述べ始めた時、新たな心の動きがあった。誕生のときの星座の配置がヴィーナスとマルスにあるために、自分を色好み（likerousnesse）であり、激しい気質（sturdy hardynesse）の持ち主であると自認

する女房、その彼女が嘆く。

「ああ、愛が罪だなんて！　わたしは自分の心に忠実にやってきたまでなのに。なぜ愛することが罪なの」

Allas, allas! That evere love was synne! I folwed myn inclinacioun
By vertu of my constellacion（614-616）

　この言葉の背後には自然の伝統にあるヴィーナス神話がある。この２つの星の配置は婚姻における夫と妻の関係に関連づけて理解できる[22]。『薔薇物語』において、ヴィーナスは、日々の労働のために黒く醜い夫ダンカン Dunkan を捨て、愛人マース Mars に身を任せるが、このことを「老婆」は当然のことであり自然の要求であると是認する（*Roman*, 13817-14156）。一方の女房の第４の結婚では、夫には愛人があった。女房はすでにジャンキンと知り合っている。ヴィーナス神話の３角関係を夫と妻それぞれが壮絶に生きていた。なぜか第４の夫は、女房がエルサレム巡礼をしている間に亡くなってしまっている。夫と妻のこのような関係には謎が残る[23]。

　ともあれ、女房は自身の愛欲的性格を認めつつ「人を愛することが罪であったなんて」(614)と語り、愛すること（自然本性のはたらき）が罪となってしまったのを自覚し嘆いている[24]。

　かたやアラヌスの女神の系譜にある「自然」夫人は、理性と切り離されて弱い女性となり、子孫存続のみを役目とする。夫人は自分が創った人間が期待をはずれて自然の掟に背き、この世に苦しみや悪が蔓延していると嘆く（*Roman*, 19293-304）。正しい理性を欠く夫人は矛盾を抱えたままで人の再生産を行う。よって

この世には相変わらず混乱と苦しみが続き、彼女の嘆きは止まることなく、自分のおろかなはたらきを自責する[25]。女房が分別によってではなく心の欲求のままに愛したといい、愛が罪になったなんてと述べる時、そこに「自然」夫人の嘆きを聞く。薔薇を摘むこと、快楽のみを目指す寓意的集団に対して夫人は無力であり、自分の本当の意図ではないと嘆くが、女房は欲望のまま生きていると自覚し、自己の罪過を悲嘆している。

3）結婚の実り

　第1から第3までの結婚の苦難とは夫の苦難であったが、第4、第5の結婚は、女房自身にとっての苦難である。この経験を通して女房は結婚の教え 'scoleyng'（44）を受けたという。第5の結婚の屈辱と苦難によって女房に心境の変化があったのではないかと考えられる。女房はこの第5の夫との関係をとおして、半ば無意識でありながらも、内なる自然本性の正しいあり方を志向しはじめた。それは古い自己の死であり、再生の体験でもあったのではないか。換言すれば成熟の体験である。女房が結婚の苦難を通して一瞬の真実を垣間みたことが、わずかに示されている。それは彼女の心の深層での出来事であり、彼女の真の思いはヴェールに隠されたままである

　第5番目の夫は書生であり、書物を渉猟すること 'glose' とベッドで女房の肉体を喜ばせること 'glose' の両方を心得ている（509）。彼が悪い夫であるのは、女房にはかなり冷淡で、愛を出し惜しみするからでもある。また水星の知恵と術 'wysdam and science'（699）を体現する知識人であり、反結婚、反女性思想を集体成した本に没頭して、妻の振る舞いを責めたて続ける[26]。女

房は、彼の非難はすべて男性である書生側の視点であると知って怒る。しかし夫の読み聞かせによって、女房の思いがさまざまに揺れ動くさまがみえる。

　夫ジャンキンがローマの物語や聖書の格言によって女房の出歩きを戒めても、彼女はなかなか矯正されない（661）が、しかし女房は自分のそのような行いは悪いもの 'vice'（662）であるという見方をするようになる。夫は最初に罪を犯した創世記のイブや古今の悪妻たちの悪行をならべたて熱心に読み聞かせ面白がっているが（733-34）、女房には話は残酷で心痛むものである（772）。

　女性の性 sexuality に対する夫の軽蔑の言葉、「貞節を欠く美しい女性は豚の鼻に金輪を掛けているようなもの」(784-85) が、女房には我慢できない。「わたしの心にある悲嘆 wo 心痛 pyne を誰がわかるでしょう」(786-77) という。

　夫が女房に読み聞かせる本は反女性思想を伝えると同時に、愛欲の抗争を描いており、両性間の抑圧関係や男女の戦い話で満ちている。話の視点は男性側にあるが、女房は以前のように文脈を転倒させて、自分に有利な方向に導くことはできないでいる。

　夫の権威的な書物にある人間の弱さや愚かさについての物語は、結局欲望や快楽を追求し惨憺たる結果を記憶した両性間の歴史である。女房には十分に理解できる話であるが、その歴史は理性を喪失した人間、堕落した自然本性のありさまが明確に示されている。女房は夫の読み聞かせを我慢できず、ついに衝動的に本のページを破る。その理由は、権威のある書物は男性側視点から書かれているからであるが、それ以上に注目すべきことは、女房が無意識の内に、自分自身や自分の人生を反映させて聞いていたことである。

　一見、この本の読み聞かせは夫の無知な年上の妻に対する「洗

脳」、馴致作戦として受けとれる。しかし彼によって洗脳されるのではなく、女房は主体的に学んだのである。夫からの与えられた知識は、女房に自分の体験にもとづく自然性の問題に直面させることになったのだ。

　書物を引き裂くという行為とは、そこに描かれている女性観と、それにもまして両性の抗争の歴史（話）に対する女房からの異議申し立てではないだろうか。夫とその分身のような権威であり、知識である本に対決して、女房は自分の内面を省みることができたのではないか。本によって自分のもつ矛盾、自然性の問題を自分の問題として自覚できたのであり、本を破壊して実力行使におよんだことは、女房の複雑な思いを反映しているのである。

　まず、女房は本に呼応しながら、本に描かれたものとは異なる自分自身の立場や女性観（人間観）を自覚した。また彼女は同時に、混乱した愛の闘争の歴史から、そのようではない両性の正しい相互関係を激しく希求したかも知れない。ここに書物、および権威側の書生と、もっぱら肉体、実体験で学んできた女房との、知識の主導権争いがある。実体験では何もわかってはいないが、学問の権威を信じる書生の夫が盾にした言説を、女房は最後に拒否し、その言説は正しくないと主張した。その言説どおりの世界ではないとして、女房は抗議の実力行使をしたのだ。

　激しい夫婦喧嘩のあと完全に和解したと女房はいう。本を焼き捨てた夫は彼女の意のままになってもよいといい、一方の彼女はこの若い夫へ最初に贈った財産もちゃっかりと取り戻し、自分は「優しく親身な」'kynde'（823-25）妻になったと述べている。女房にとってはハッピーエンドの結婚譚である。

　これまでの話の経過から、全面的にこの言葉を信じるのは難しい。しかし最後に主導権を得た女房の口から出た「優しく親身

な」kynde の言葉は注目すべきであり、また幾分の真実を含んでいるように思われる。

　女房には変化がおとずれたのであろうか。女房の本当の思いや結婚において希求する理想は、後から述べられる「女房の話」のなかで両性の支配、被支配関係のなかった黄金時代の虚構、すなわちキリスト教伝来以前のアーサー王伝説時代をとおしてのみ語られる[27]。前口上では、女房の心の深層は、女房自身が結婚前に未来の夫になるジャンキンに語った不思議な夢の作り話のなかで示唆されているにすぎない[28]。女房は第5の夫となるジャンキンの心を射止めるため自分の夢を話す。これは作り話のようであるが、女房は母らしき人物から教えられたという。

「わたしの母さんはあの秘術を教えてくれたのよ。それでわたしは彼に言ったのよ。一晩中彼の夢を見たと。その夢のなか、彼はベッドに横たわっているわたしを刺そうとしたの。それからベッドは血でいっぱいになって、でも、彼はわたしにいいことをしてくれるのだとわたしは思うの。血は黄金を招くというでしょう、そう教わったのよ」

My dame taughte me that soutiltee---
And eek I seyde I mette of hym al nyght, He wolde han <u>slayn</u> me as I lay upright,
And al my bed was ful of verray <u>blood</u>;
'But yet I hope that ye shal do me good,
For blood bitokeneth <u>gold</u>, as me was taught.（577-581）（下線は筆者）

　この夢は魅了される（enchanted）関係をのべており、この関

「バースの女房の前口上」（『カンタベリー物語』）　**161**

係のなかで、刃を向けられ（slay）、血が流され、その血は黄金色（gold）であるところに注目するならば、それは結婚の性的な比喩を端的にあらわしている。

この結婚の比喩である夢には、幾層もの意味が含まれている。第一に女房の過去の結婚生活と今後展開しようとする第 5 の結婚生活に関わる。この点で、女房が見たというこの短く挿入された夢の箇所は前口上全体を支えている。同時にこの夢は人間の自然性、欲望、性の営為についてその原初の出発点に戻って考えることを可能にしてくれる。

まず、「金」についてみる。結婚とお金（ゴールド）の関係である。女房は 12 歳で初めて結婚し、年老いた夫をもったが、それは乙女の純潔にひきかえ金銭が動いた可能性を暗示する。また第 3 までの結婚生活では、女房は性を売り物にして財を得たようである。ここから第 5 の結婚生活に入るが、今度は若い夫に対して女房の財産が与えられる（631）。他方、「金」の解釈には、豊穣神話が関連する。この夢は人間の性の営みの知恵として母（dame）より娘に教えられる秘術（soutiltee）を示している。古代の豊穣神話において、土地を鍬で耕作し、種をまき実り（gold）を得ていくことは、性の儀式と密接なつながりをもっていた[29]。古代農耕文化における生殖をめぐる slay, blood, gold の関係は、季節のめぐりや豊穣と死と再生などのテーマにかかわる。

シルヴェストリスは『宇宙形状誌』の最後に、大宇宙の自足性や完全性と、小宇宙である人とを対照して、人が個の生命体としてとして滅びるにもかかわらず種として存続していく様を、大宇宙のとどまることのないサイクルのなかで捉え描いている。

人はまったく異なる理由によって変化をうける。（性の営みは）

肉体が崩れる時、人そのものが流れ出す。人は自足していないので自分以外の引き寄せられるものを必要としている。そこにおいて人は命を注ぎ日々に打ち勝つ。[30]

　大宇宙の営みのなかに人間の生と性の営為が位置し、人は上記のようにして死を乗り越え再生し生き続ける。人は自足していないので生きるために慈養をとり性的渇望が満たされる必要がある。性（欲望）の充足は死につながり、その死は子孫存続、再生への契機であるという思想が表明されている。自然の領域である死と再生のテーマは女房の夢の話では刺す slay、血 blood、黄金 gold、という語によってこのように意味深く表現されていることがわかる。

　これはまた、女房の第5の結婚生活を予言したものになっている。「彼はわたしを刺すでしょう」（He wolde han slayn me...）は性行為の比喩であると同時に、夫の言葉の刃により自分の人格的存在が否定されることも意味するであろう。人格と人格の抗争である。事実、女房は夫と全人格的に格闘した。夫の本を破棄するという大喧嘩の末に夫からの一撃で気絶、あわや死んだかのように装い、最後に仲良くなった。このような夫妻の関係は、いわば象徴的に、女房の古い自己の死と破滅を暗示する。女房は殺されたといえる。

　古い自己の死は新しい自己の再生につながる。女房は自然本性にある本能的自己を徹底して否定された。それは自分の内なる自然性に目を向けざるを得ない契機であり、彼女が新たな自己を獲得できる状況にあることを意味する。古い自己をリセットせざるを得ない変化が女房の心の深層で起こったのである。

　この夢の話はまた、キリスト教の教えと接点をもつ。この

slay, blood, gold は性的比喩であるとともに霊的、信仰の比喩としてのイエスの死と血による贖いを読みとる事もできる。あるところで夫から女性は人類の過失（20）であることやイブをはじめとする女性の罪を列挙して聞かせられるが、そこで何気なしにイエスの死について次のように漏らしている。「主なるイエスさまがそのためにお亡くなりになったのね。彼の心臓の血潮によってわたしたちを贖われたのよね」(For which that Jhesu Crist hymself was slayn / That boughte us with his herte blood again.)（717-18）と。

　第5の結婚は女房の内面に変化をもたらした。アラヌスとシルヴェストリスが人の再生を描いたように、第5の結婚では、女房は死と再生を経験する。利害なしに初めて夫として愛するようになったジャンキンとの関係において、この変化が起こったのだ。苦難を通して、女房には自然本性の正しいあり方、新しい人間のあり方が胚胎したかのようである。

　その胚胎を推測できるのは、女房が夫に「優しく親身な」妻になったという表現からのみである。ここには女房の結婚の実り、現実の胎の実としての子どもではなく、象徴的な実りが示唆されている。それは「気高い品性」'gentiltity' という、後の「女房の話」のテーマとなる観念である。

　チョーサーは自然神話を取り入れて、女房の内面の変化を描こうとしたが、しかしここでチョーサーは留保している。女房にとっての正しい自然性、つまり肉体性と理性の正当な結びつき、両者の比喩的結婚、肉体側の女房と、理性側のジャンキンとの調和のとれた関係は、現実のなかでは具現化することはまったく難しい。生きている現実において女房は、処世術や亭主操縦にたけた女性であることに変わりがない。この世にあってあくまで生き残るために。

女房は自分の結婚の苦難を語る際、それを「戯言を語った」(speke after my fantasye)（190）といっており、女房の心の深層を表している夢についても「見ていない」と取り消し、人を煙に巻く。

　チョーサーは結婚を語る女房の内面を描くために、先人から受け継いだ思想の独自の展開を試みた。そして女房の性格造型によって、人間が自然本性によって条件づけられた存在であることを具体的に示した。しかも、そのような自然本性の問題を超える可能性も示唆しようとした。あくまで生きることの現実、肉体に依拠しながら、世俗の磨かれた知恵を示し、本来的に理性を備えている人間の、いわば心身（女房からは「身心」としてとらえられるだろうが）の品性をもって超えようとした。つまり異教徒的な文脈で、自然本性そのものからこの問題を超えようと考えたのである。この作品ではバースの女房はあくまでも「自然」の母 dame に教えられた「自然」の娘である。同時に、チョーサーは手落ちなくキリストの救いという信仰の文脈でも問題の解決を示唆している。バースの女房はカンタベリ寺院参拝への途上にあるのだ。

注

1) 「バースの女房の前口上」は文学史上でさまざまの議論をまきおこしてきた作品である。女房アリソンの性格に占星学を当てはめる議論、彼女の言い分をキリスト教教義からは異端的であるか、それとも正統的かという議論、文学史上もっとも喜劇的な性格をもつ人物ととらえるか、それとも性格を個人の性格というより、寓意的や図像学的にとらえるべきかと議論などあり、最近では社会的、経済的な背景からまたフェミニズムの立場から論じられている。池上忠弘・斉藤勇・繁尾久・都留久夫人監修『シリーズ中世英文学シンポジウム第2集「バースの女房」をめぐって――チョーサーカンタベリ物語』学書房、1985 年参照。この作品のもつ多様な問題を各分野から論じる論文集。

2) Derek Pearsall, *The Canterbury Tales*, London: Georege Allen & Unwin, 1985, pp.78-79. このなかでピアソルはロバートソン (*Preface to Chaucer*, Princeton, New Jersey: Princeton University Press, 1962, pp.317-30) と同様に近代的感覚をもって女房の性格に無意識の分析を用いることや、性格の自立性を信じることは妥当ではないと考える。

ジョルドンは女房の性格をテーマ的 themtic とすることに賛同しているが、女房を全面的に図象学的な象徴と受け取るべきとは考えないで、人間的な弱さや矛盾のある性格とみる。R.M. Jordan, *Chaucer and the Shape of Creation*, Cambridge: Harvard University Press, 1967, p.208.

3) Charles Muscatine, *Chaucer and the French Tradition*, Berkeley and Los Angeles: University of California, 1957, p.205.

4) "Thy gentilesse cometh fro God allone.Thanne comth oure verray gentilesse of grace; It was no thyng biquethe us with oure place." ("The Wife of Bath's Tale", 1162-64)

5) 女房はバースという異教 (gentil) のローマ時代の駐屯地の出身である。女房は性遍歴、結婚生活の体験を披露するがそれは女房にとってはあからさまに自己の欲望を追求していく体験である。女房は中世の自然観における自然本性を体現しているのである。彼女の異教的な見識は後の「バースの女房の話」において黄金時代の伝説のなかにより明らかに示されることになる。

6) 第1章、ジャン・ド・マンの「自然」天人の項参照。

7) *Epistola* は下記より引用する。W. F. Bryan, and Germaine Dempster, ed. *Sources and Analogues of Chaucer's Canterbury Tales*, Chicago: University of Chicago Press, 1958, pp.208-12. 以降 *Epistola* とする。

8) コリント人への第一の手紙第7章32-34節
マタイ伝第19章12節
教父たちの宗教的反結婚論の根拠として終末論、価値の二重性 (dualism)、純潔の重要視がある。Katharina M. Wilson and Elizabeth M.Makowski, *Wykked Wyves and the Woes of Marriage*, New York: State University of New York Press, 1990, p.36.

9) Velut si definiat: Bonum est triticeopane vesci, et edere purissimam similam.Tamen ne quis compulsus fame comedat stercus bubulum, concedo ei, ut vescaturet hordeo. Num idecirco frumentum non habebit puritatem suam, si fimo hordeum praeferatur? *Epistola*, i.7.col.219.

10) *Epistola*, i.14. col. 233.0

11) *Epistola*, i.36.col.260.

12) コリント人への第一の手紙第7章9節参照。
コリント人への第一の手紙第7章39節参照。

13) Katharina M. Wilson and Elizabeth M. Makouski, 1990, p.113. 加藤武訳『アウグスティヌス著作集第 6 巻——キリスト教の教え』教文館、1988 年、第 I 巻第 3 章。
14) 第 1 部シルヴェストリスの項参照。
15) A ceste amor sunt presz et prestes ausinc li home com les bestes.
    Ceste amor, conbien qu'el profite,
    n'a los me blame ne merite, n'en font n'a blamer n'a loer.
    Nature les i fet voer, force leur fet, c'est chose voire, n'el n'a seur nul vice victoire; mes sanz faille, s'il nel fesoient, blasme recevoir en devroient. (*Roman*, 5744-54)
16) Nature veust que li filz saillent pour recontinuer ceste euvre, si que par l'un l'autre requeuvre.
    Pour ce i mist Nature delit, pour ce veust que l'en si delit que cist ovrier ne s'en foïssent et que ceste euvre ne haïssent, ... (*Roman*, 4382-88)
17) Amors,se bien sui apensee, c'est maladie de pensee antre .II. persones annexe, franches entr'els, de divers sexe, venans a genz par ardeur nee de vision desordenee, pour acoler et pour besier pour els charnelment aesier.
    Amant autre chose n'entant, ainz s'art et se delite en tant.
    <u>De fruit avoir ne fet il force</u>, au deliter sanz plus s'esforce. (*Roman*, 4347-58)
    (下線は筆者)
18) Of other thynge loue retcheth nought, / But setteth her herte and al her thought
    More for delectation / Than any procreatioun
    Of other fruite by engendrure
    Whiche loue to God is nat pleasure
    For of her body fruyte to gette
    They yeue no force, they are so sette
    Vpon delyte, to playe in-fere. (*Romaunt*, 4819) Sutherland, ed. p.96.
19) 三好洋子「なぜ「バースの女房」の物語なのか」『シリーズ中世文学シンポジウム第 2 集「バースの女房」をめぐって——チョーサーカンタベリ物語』学書房、1985 年、30-47 頁。
20) Wilson and Makowski, pp.1-11.
21) Wilson and Makowski, pp. 109-10.
22) Venus his furiis aculeata lethalibus in suum conjugem hymenaeum, tori castitatem peste adulterationis incestans, cum Antigamo coepit concubinarie fornicari, suique adulteri suggestionibus irretitallethiferis, liberale opus in mechanicum" *PL*, p.459. 第 I 部 2) 参照。
23) それを夫殺害の暗示として受け取る批評家がいる。D. Palomo, "The Fate of the Wife of Bath's 'Bad Husbands'", *The Chaucer Review* IX 4 (1975) pp.

303-319. 参照。
24) San faille, de l'antandemant connois je bien que vraiemant celui ne li donai je mie.
　　La ne s'estant pas ma baillie, ne fui pas sage ne poissant de fere riens si connoissant.（*Roman*, 19025-30）
　　. . . c'est Diex, qui createur se nome.
　　Cil fist l'antandemant de l'ome, et, an fesant, le li donna.（*Roman*, 19115-17）
25) et tretout mon travaill é mis
　　en essaucier mes anemis! Ma debonereté m'afole.（*Roman*, 16239-41）
26) セオフラテス（Theophrastus）の断片、またマップ（Walter Map）のウァレリウス（*Valerius*）とヒロエニムスの *Adversus Jovinianum* が集大成された哲学的反女性、反結婚主義の文献はかなりあった。Wilson and Makowski, p.51.29. この夫が読んでいたのは女性嫌悪論を集大成した『悪妻物語集』（685年）で、彼は女の道徳的な弱さ、最初の悪女イブのためにキリストは十字架にかけられたこと、サムソンとヘラクレスの妻、ソラテスの妻、ベッドで夫を殺した妻たちなど古今の女の悪行に対しての博識を披露している。
27) ラテン世界の黄金時代については、Ovid, *Metamorphoses*, I.89-115, 127-50 と *Roman*, 8325-8424 を参照。
28) 『薔薇物語』では誘惑術の一つとして男の歌に魅了されたと男の心を引くやりかたがある。*Roman*, 13661-2.
29) たとえば、ギリシャ神話における豊穣の女神デーメーテールと冥府のハデスに略奪されたその娘ペルセポネーの話、そのなかにある「エルシウスの密議」、や女神が穀類、麦の種を授けることが関連性をもって考えられる。参照、R. グレーブス／高杉一郎訳『ギリシャ神話上巻』紀伊国屋書店、1973年、pp.75-81.
30) Longe disparibus causis mutandus inhoras, Effluit occiduo corpore totus homo. Sic sibi deficiens, peregrinis indiget escis, Sudat in hoc vitam denichilatque dies.（*Cosmo*, XIV. 175-78）*The Cosmographia* ed. Peter Dronke, p.48-49.

5 『トロイルスとクリセイダ』——恋の心変わり

『トロイルスとクリセイダ』（以下『トロイルス』とする）(*Troilus and Criseyde*, 1385 ?) [1] において、チョーサーはトロイ物語という歴史的素材を扱っている。この物語のある箇所で語り手を通して、自分がウェルギリウス、オウヴィディウス、ホメロスなどの古典文学の伝統につらなる創作者であるとの自負を述べている（V. 1786-92）。この作品には先行するトロイ物語群があるが[2]、チョーサーには『トロイルス』を歴史として描くのではなく、歴史的背景の中に文学的世界（poesye）を作り出そうとした。トロイは非日常的な文学空間として描かれ、読者は語り手を媒介として、時間、空間を越えた世界へいざなわれる。

チョーサーがこの大作に取り組んだのは40代、すでにギヨーム、マンによる『薔薇物語』の一部を翻訳し、フランス風の習作を書いていた。これまでチョーサーが学んだ詩作についての技法や文学思想が、詩人の内面において熟成して、衆知のトロイ物語がチョーサーの物語として新たに生み出された。語り手が物語を展開するとき先行する文学的コンテクストが語りのコンテクストに溶け込んでいるのが注目される。

終生彼に影響を及ぼしていた『薔薇物語』とキリスト教宇宙創造神話や異教神話の文学伝統が素材を飾り、それらは華やかな中世の絵巻物のようなトロイルスの物語の基調となっている。伝統からチョーサーは重要な概念をあらわす言語を引き継ぎ、彼の時代において、新たなコンテクストにおく。それによって彼独自の文学空間を生み出すことに成功したと思われる[3]。

物語のあらすじを簡単に述べると次のようになる。トロイの騎士トロイルスが、トロイを裏切りギリシャに逃げた占い師カルカスの娘、クリセイダに恋をし、恋の成就のためにクリセイダの叔父、パンダラスの助力を借りる。二人は愛し合うようになり至福の時を過ごすが、トロイとギリシャの捕虜交換の取り決めで、クリセイダがギリシャ軍にわたされると決まり、突然恋は終わる。ギリシャ陣営で、クリセイダはギリシャの騎士、ディオメーデの求愛を受け、これに応じる。そのためにトロイルスは絶望のうちに戦死する。死後トロイルスの魂は天に昇る。

　この悲恋物語はボッカチオの作品『恋のとりこ』(*Il Filostrato*, 1330?) のプロットに基づくが[4]、3つの重要な先行する文学的枠組みが援用されていると考えられる。第一にウェルギリウス、ダンテからの叙事詩的枠組み、第二に『薔薇物語』に代表されるロマンスの枠組、そして第三にボエシウスなどの新プラトン主義伝統の枠組みである。この内で主たるものはロマンスと新プラトン主義伝統である。

　宮廷愛文学でもある『薔薇物語』は、作品自体が新プラトン主義の自然伝統を受け継いでいるが、13世紀という時代を反映して、その伝統の変容がみられる。ここでは新プラトン主義の伝統と宮廷愛文学の伝統について検討したい。『薔薇物語』にある宮廷愛様式と、新プラトン主義的文学伝統に共通している概念であり、また物語の鍵を握っているのは nature と kind である。まず、概観的に主人公トロイルスの性格と語 nature と kind、女主人公、クリセイダの性格と主に kind との関連をとり上げ、自然本性をあらわす両語がどのように具体的に適用されているかを論じる。また特にクリセイダの性格の曖昧性について詳細に検討して、彼女の心変わりが必然的なものであったのかどうかを考えよう。

1)『薔薇物語』の宮廷愛形式

　まず『薔薇物語』が『トロイルス』の場面展開において、基調音を奏でている箇所を概観しよう。

　トロイルスが最初にクリセイダを見出す場面は、『薔薇物語』のなかの——いまだ恋を知らない男が夢を見て、緑と花々が咲き乱れる春の庭園で、美しい薔薇に恋をする——ロマンスの設定にしたがっている。春のおとずれをトロイの人々が祝うパラディオンの祭りには多くの着飾った若い男女が集っているが、トロイルスは最初、恋の熱にうかされている他の人々を軽蔑している。しかし異教神をあがめる祝祭的雰囲気の中で、クリセイダを一目みるなり愛の神の矢に打たれてしまう（Ⅰ. 206-10）。

　『薔薇物語』の庭では、主人公は喜びと悲しみ、幸いと災い、熱さと冷たさといった恋愛の心理を、愛の両義性として、愛の神から教えられる。このような両義性は、自然の伝統における愛の神の属性である。擬人的人物である「歓楽」(Mirth)、「警戒心」(Danger)、「歓迎」(Fair-welcoming) などが主人公の目前に現れ、恋の進行を助けたり、妨げたりする。また「理性」(Reason) は肉なる愛より神への愛の優位を説く。「友」(Friend) が「警戒心」をうまくなだめてくれる。前半部の終わりでは主人公は苦しみが報われ、ついに薔薇に接吻する。「悪い噂」(Evil Tongue)、「嫉妬」(Jealousy) がそれ以上の恋の進行を妨げるところで、ギヨームの筆による物語前半部は途切れる。

　『トロイルス』ではⅠ部、Ⅱ部、Ⅲ部それぞれの愛の成就の部分で、恋する男トロイルスの心理が、語り手とトロイルスの独白によって、明らかにされる。また助け手「友」の原型を発展させて、仲介役としての性格を付与されたパンダラスが活躍する[5]。

薔薇ではなく女人のクリセイダは、トロイにおいて社会的に不安定な身分である。彼女の警戒心がどのように解かれていくのか、彼女がどのようにトロイルスを受け入れるようになるかという変化は微妙な心理描写になっている。『薔薇物語』の擬人的人物のはたらきが、現実的な女性の心のありようとして述べられているのである。擬人的人物である「警戒心」はクリセイダの心の惑いとなって表現される。パンダラスがクリセイダに、これ以上トロイルスに冷たいそぶり（forme of daunger）（Ⅱ. 1243）をしないように忠告する。一方、クリセイダ自身にトロイルスを迎えようとする気持ちが芽生えていくが、それは『薔薇物語』の擬人的人物「歓迎」が活躍する場面を思わせる。結局宮廷愛様式ではトロイルスに恋の主導権があるのではなく、クリセイダが「ようこそ、わたしの騎士、わたしの平安、わたしの満足」(Welcome my knight, my pees, my suffisunce)（Ⅲ.1309）といって、ようやく二人が結ばれるのである。

　クリセイダが、愛の成就までに、『薔薇物語』の庭を思わせる屋敷の緑深い庭園で、侍女たちにとり囲まれて、恋の歌を聞き、少しずつ心を開くという成り行きがあるが、同時に叔父のパンダラスの策略が効を奏した。パンダラスはトロイルスとクリセイダを近づけるために、二つの嘘で恋を発展させたのである。

　一つはクリセイダが法的に脅かされているという悪い噂（『薔薇物語』では擬人）を捏造して、トロイルスの兄弟の保護を求めるという想定で、兄弟の屋敷で二人を出会わせる。また他の一つは、トロイルスが、クリセイダが他の男に心を移したという噂を聞いて嫉妬（『薔薇物語』では擬人）にかられるという想定を作り、二人を会わせるというものである。この恋の成り行きには自然も味方するようであるが、突然の雨で、兄弟の屋敷で足止めに

なっているクリセイダのところに、トロイルスがパンダラスの屋敷から人目を偲んでやってくる。このようにⅠ部、Ⅱ部における恋の始まりと発展に描かれている心理と状況は、『薔薇物語』の前半部分とうまく呼応していて、そのモチーフや語句を十分活用していることがわかる。

　マンの筆による『薔薇物語』後半部は、主人公が薔薇を手に入れようとあれこれ試みる過程を描いている。ギヨームの前半の宮廷愛的な叙情感がうすれ、マンの辛口の文明批評が行われ、愛についての様々な議論が、薔薇を得るという恋の成就（現実の行為）に至るまでに延々と展開する。ギヨームから引き継いだ擬人的人物「理性」「自然」「老婆」「運命」が、各自の立場で、欲望（Kind）、自然（Nature）、運命（Fortune）というようなテーマについて語り、その語りが交差して愛についての議論が展開されるといった様相をとっている。『トロイルス』は、この『薔薇物語』後半部で展開される議論のスタイルをとらないが、そのような批判的精神を引き継いでいる。

　『トロイルス』における批評的精神とはどのようなものであろうか。語り手は、自らを恋の下僕に仕える者（God of Loves servantz serve）（Ⅰ. 15）と述べ、愛のテーマを例示しようとしている。彼は愛に苦しむ主人公トロイルスに思い入れをしているようである。しかし実は、人物によって異なるさまざまな視点を自在に扱い、客観的視点を保っている。語り手をとおして登場人物たちの具体的行動や発言があざやかに対比されているのである。また、一つの視点は他の視点と平行的に扱われている。読者側は異なる複数の視点から物語をながめることになる。

　トロイルスは主人公であるが、パンダラスとクリセイダも、先行作品よりはるかに工夫された性格として造型されており、悲劇

のプロットを導く重要な要素となっている。さらに語り手は読者に対して、この愛の物語はトロイの時代のことであるという時代の制約に気づかせ、当世風に物語を自由に解釈してもよいとしている。読者は、物語を解釈するために自らの判断することを期待される。さらに、先行作品にはないトロイルス昇天の場面が、物語の最後に加筆されたことで、現世の愛の物語のコンテクストが、まったく異なるコンテクストにおかれる[6]。その際にもまたこの物語をどう読むかについて読者の判断が求められている。

　『トロイルス』は先行する作品のもつプロットの面白さに加えて、『薔薇物語』にある中世宮廷愛様式を具体的な人物描写に役立たせ、また中世の弁論的、批判的精神を反映させている。このように伝統に強く裏打ちされている半面、矛盾するようだが、それらに支えられて、作品には写実主義的小説や近代の観念小説に似た様相も帯びている。

2）自然の伝統

　ここで自然概念について簡単に、再度紹介しておく。nature（Nature）は、ギリシャ・ラテン世界に語源をもち、第一に宇宙の秩序を表す概念である。この概念は神の愛によって天上界と地上界が繋がっており、この世のすべては神へと向かっていると考える新プラトン主義の伝統において重要な役割を担っている。ここでの自然は、神と人、天上界と地上界をむすぶ自然なのである。

　kind（Kind）は nature と類似の意味領域であるが、ゲルマンの古英語を語源としており、基本的には、ローカルな意味領域をもち、種や血筋、家族、男女の性、欲望を意味する。nature と比較

して、どちらかというと地上的な方向を指し示す語である。いずれにしても、人に備わった自然本性「自然の法」にしたがうのが人のあるべき姿である。

では『トロイルス』のⅠ部からⅤ部にわたって、人間の自然本性の問題にかかわる nature と kind の概念がどのように適用されているかを考えたい。クリセイダについては後で詳細に見ていくが、3人の主要登場人物たちに関連して、この2語がどのように用いられているか、自然の伝統が彼らの性格にどのように取り入れられているかを概観しておきたい。

トロイルスについては、クリセイダを見て一瞬のうちに恋に落ちる場面で、人間の本能をあらわす kind の語の使用がみられる。また kind と同じ表現として馬のベイヤードという比喩を用いて、トロイルスの愛への衝動を描いている（Ⅰ. 218-225）。しかしこの理想の騎士に関しては nature の語の使用が多く、その概念の適用がより顕著である。

彼は異教の人間であるが、クリセイダとの恋により、有徳の騎士となる。彼はこの恋の成就によって、天上的な至福の世界を垣間みる（Ⅲ.8-19）（Ⅲ.1744-72）。トロイルスの愛の賛歌は、ボエティウスの『哲学の慰め』における、世界は愛によって結び合うと書かれた一連の箇所（Ⅱ. metre. viii）から採用したものである[7]。

地と海をその手に治めたもう愛の神よ
天の高みでお命じになる愛の神よ
あなたの御心のままに
すべてをつなぎ、民と民を結ばれる愛の神よ
友なることの掟を編み、

『トロイルスとクリセイダ』 *175*

男と女を純愛の徳に住まわせられる愛の神よ
今語ったこのような合一を、さらにこれからも結びたまわんことを

Love , that of erthe and se hath governaunce,
Love, that his hestes hath in hevene hye,
Love, that with an holsom alliaunce
Halt peples joined, as hym lest hem gye,
Love, that knetteth lawe of compaingnie,
And coupes doth in vertu for to dwell,
Bynd this accord, that I have told and tell.（III.1744-1750）

　彼にとって愛人との合一とは宇宙的な合一であり、宇宙的秩序に参与することである。また、天と地を結ぶ愛の鎖につながることである。

　物語後半、クリセイダがギリシャ陣営に行くことが決まったあと、トロイルスはそのような運命の変転を嘆き悲しみ、人間が運命に対しての自由意志をもつかどうかを自問自答する。運命の変転を嘆いた『哲学の慰め』のボエティウスは最終的に慰めと答えを得たが、トロイルスの苦悩はこの世では解決をみないままである。

　クリセイダを失い苦悩うちに戦死するトロイルスに、チョーサーは後から、彼の魂が死後天上の第八天に昇る描写を付け加えた。そこでは天上の音楽が聞こえ、トロイルスはちっぽけな地上（litel spot）を眺め、天上の至福にくらべてむなしくくだらない世を見て笑う。その笑いはトロイルスの死を嘆く人々に向けられ、彼は、盲目の欲望からくる労苦のすべてをこの移ろう世にうち棄

て、水星（理性を象徴）に伴われて天へ昇る（V. 1813-1827）。

　トロイルスが真実な人間であり、不誠実（unkind）ではないことはクリセイダの言葉である。彼は地上においては、愛の掟に忠実な完全な騎士であった。愛の掟にしたがうこと、それは彼にとっては天上的価値を目指すことであった。チョーサーが付加したトロイルスの昇天の箇所はその帰結であり、それは彼の魂のさらなる崇高化をあらわす。彼が地上で知りえなかったボエティウス的解決、すなわち神の愛を知るということが、天上の第八天でなされたのである。

　この重要な場面をどのようにうけとめるかについては多くの議論がある。物語が宮廷愛や世俗の愛を否定するために、また人間の弱さを強調するがゆえに、最後に神の愛を説いているという説や[8]、この加筆をチョーサーの失敗であるとして、あくまでも人間の愛の悲劇の物語として終わるべきであるという説[9]などがあるが、双方とも説得的ではない。トロイルスについては自然伝統から考えると、自然本性が本来はよいものとされた上で作られたものであり、そこに人間の尊厳があるという点が見逃されているからである[10]。問題は序列である[11]。自然伝統においては、愛すること、欲望は、本来よいものをめざすとされていて、宇宙をむすぶ絆であり、世俗の愛はよいものでもありうる。しかし神をめざす愛を最高のものであるとすると、それは下位におかれて、下に見て笑うべきものである。ボエティウスは哲学夫人に導かれてその結論を得た。一方でトロイルスは自らの死後地上での愛の経験をその地上的価値を、別の展望からみるという境地、ボエティウスの境地に達し、神の愛に向かうことになった。

　キリスト教的考えにおいては神への愛が第一とされ、性愛はそれ自体罪ではないが、人を罪へおちいらせる可能性をもつもので

あるために軽蔑される。チョーサーは、キリスト教的な性愛の否定ではなく、自然の伝統を念頭において、前半ではトロイルスを欠けのない宮廷愛の騎士として描き、愛の崇高化というテーマを展開した。そして最後に、トロイルスに異教的救いを与えた。トロイルスが天で得ることができたのは、ボエティウス的な自由と解放であった。そしてチョーサーは、語り手の言葉を通して最後にキリスト教的愛の視点を新プラトン主義に代表される自然観とブレンドしてみせたのではないか。

トロイルスは天に昇るが、クリセイダは地にとどまる。ダンテに天空を案内したベアトリーチェのようではなかったといえる。クリセイダがトロイルスを愛するのは、地上的な時間や空間に規定された地上性、物質性をその由来とする愛故であり、彼女にはkindの概念がよりあてはまる。

トロイルスが至福において天上界を垣間見たなら、クリセイダにとっての至福は心身の充足であった。彼女は別れることになったとき、トロイルスなしで生きることができないとし、それは草木は養分なしで生きることができず、緑は根がないと枯れるのと同様である（Ⅳ. 766-770）という。ダンテの恋人のベアトリーチェは天上を指し示すが、彼女はあくまで地上に生きる女性（lyves creature）（Ⅳ. 767）である。トロイルスが彼女に変わらない永遠性やユートピア的な理想を求めたとしても、実際のクリセイダは、ときの移ろいにしたがって生きのびていく。その点は後で詳細にみていく。

パンダラスについては、元来の好き者で人の恋のとりもち役（the kynde bysynesse）（Ⅳ. 1610）であるが、自身は愛することに不器用のまま、愛にあこがれている。しかしトロイルスと違って

彼は現実派であり、その愛とは本能 kind の発露としての愛である。それは愛の対象を代替できる愛のゲームやダンスに譬えられ、操作可能なもの、時と場所によって移ろうものである。『薔薇物語』の後半に登場するジニウスは、若い男の恋の進行を助ける。彼はヴィーナス軍団を応援し、「自然」夫人のはたらきを促し裁可する役割をもつが、彼はパンダラスの原型でもあるだろう。以上のように三者が愛について各々異なる視点をもちながら物語は進行し、最後には悲劇として終わるのである。

3）クリセイダの心変わり

　語り手は彼女の背信行為について語る際に、その筋書きを述べるのさえ苦痛の様子であり、無念、哀切の調子となる。結局、語り手による話の展開は古典の筋書き通りであるが、チョーサーはクリセイダに共感的な語り手をとおして、クリセイダの内面を繊細に、またどのようにもとれるように描く。彼女の性格は曖昧さを帯びて読者に提供される。トロイルスに対して「不実の女」であったとの汚名を残すと彼女自身が嘆いていることも描く。後のシェイクスピアの同名の作品では、そのような彼女の嘆きを引き継ぎ、さらに彼女は「悪女」として描かれるようになる。

　語り手がいうトロイルスの「二重の悲痛」(double sorrow)、すなわち愛の成就にいたる苦しみと、愛を失う苦しみはクリセイダによってもたらされるが、「二重」double の語はチョーサーにはなぜか重要のようである。クリセイダの性格にもこの語が不思議な呼応をしているようである。なぜクリセイダはトロイルスを裏切ったのか。彼女の性格について、nature と kind に関連する修辞的な言語を中心に、具体的に探っていきたい[12]。

nature に比べ、地上方向を示す自然性における本能、欲望という意味合いが出る kind が、クリセイダに関しては随所に用いられている。パンダラスはクリセイダの心をトロイルスに向けようと、トロイルスに「満足して頂けるようなやり方で、ご自分でもきっとそうされるような仕方で、私がうまくことを進めましょう」(I shal thi process set in swych a kynde)(Ⅲ. 334) という。この語 kynde の使用は、パンダラスが宮廷愛の進行を受けもつ次の場面に引き継がれる。

　パンダラスはどんな女性でも愛の熱 (loves hete) からは逃れられないものである、それが神に向けた愛か、愛人への愛 (love of kynde)(Ⅰ. 979) か、どちらかであると確信している。姪クリセイダはまだ若く、トロイルスのような立派な騎士に心をかけないのは罪でさえあるので、彼女の心が動くことを確信している。トロイルスは、クリセイダが自分に情けをかけてくれるように心が傾いても (That Kynde wolde done hire to bygnne / To have a manere routhe upon my woo)(Ⅱ. 1374)、それに敵対するような気難しさ (Daunger) も現れるにちがいないと半信半疑である。

　結局、クリセイダの気持ちは、馬上の雄々しいトロイルスを見て以来、ゆるやかに彼へ傾いていき、色恋沙汰 (kind) の信奉者である叔父に自分を委ねる。知ってか知らずか、彼の策略 (bauderye) にのせられてトロイルスとの関係が始まるのであるが、語り手の恋物語を促進させる力も kind であり、パンダラスが姪の心を熱くしようとする力も、またトロイルスの恋を成就させる力も kind である。チョーサーはまた、このような力を kind という語として扱うのみでなく、特にクリセイダに関しては愛の神、生殖の神 (god of kind) ヴィーナスに関与する修辞を用いて表現する。

ここからしばらくは、クリセイダがどのような修辞をもって描かれているかをみておく。そしてそれが、愛の女神ヴィーナスの属性をあらわすことに留意したい。

　語り手はトロイルスが眼をとめたクリセイダを、天使の美しさ（angelik was hir natif beaute）（Ⅰ. 103）を備え、天に住む完璧な生き物（hevenyssh perfit creature）のようであると紹介し、「自然を軽蔑するかのように」(in scornynge of nature)（自然がつくるものよりも美しく）この世につかわされているのではないか（Ⅰ. 102-5）とさえ言う。「自然を軽蔑するかのように」とさりげなく挿入されていることが、物語の伏線ともとれる。ともあれこのように語り手とトロイルスの眼にうつるクリセイダは天国的な美しさを備えた女性である。

　トロイルスが初めてクリセイダに目を留めて恋に落ち、部屋に戻って彼女の面影を再び心に思い描く（make a mirour of his mynd）（Ⅰ. 365）――このクリセイダの面影を思い出す際の鏡のイメージは、新プラトン主義の伝統では、鏡は神からの光を受け、神の似姿をうつすものでもある。パンダラスは、姪のクリセイダの心を動かそうとして幸運（Good aventure）（Ⅱ. 288）をつかむよう進言するが、その時、クリセイダの顔に目をとめて、「このような鏡にこそ、恵みがおとずれるのだ」（On swich a mirour goode grace!）（Ⅱ. 266）と述べている。すなわち好運からの恵みを受ける鏡である。そしてこの恵みは愛の神からの贈り物である。

　鏡は泉の比喩でもあり、泉は愛の泉として、『薔薇物語』では寓意的に扱われている。ナルシスの泉の底には二つの透明な石があるが、石はさまざまなものを映し出す恋人の眼とみなされる。面影を映す泉と恋人の眼は、愛の神が使う、人の心を獲得す

『トロイルスとクリセイダ』　*181*

るために用いる網である。トロイルスはクリセイダに、宮廷愛の様式によって騎士として仕えたいと述べるが、クリセイダに一体何が望みなのかと聞かれ、「その澄んだ眼差し（stremes of youre eyen cleere）を時に親しくわたしへ、向けてくださること」（Ⅲ. 129-30）と答えている。

しかしこのような愛の泉、鏡、眼差しについて、『薔薇物語』では、地上の天国を示すものであると同時に危険なものとしている。その泉は水面に身をうつした者が滅びるナルシスの泉でもあり、恋する者にとって身を滅ぼすもとになる危険な泉である。愛する人の面影と眼差しによって、人はあざむかれるかもしれないのだ。

初めての夜を過ごした後、トロイルスは傍らに横たわる、女神ではない現実の女性クリセイダの眼に接吻して、その眼の不思議さを「澄んだ眼よ、お前がわたしを捕えて、あのような苦しみに合わせたのだ。お前は我が愛する夫人（クリセイダ）の慎ましい網だ」といい、また「どうしてお前は繋ぐものも持たずに、私を夫人へと繋ぐことができたのか」（Ⅲ. 1353-58）という。

クリセイダの澄んだ眼は、またトロイルス以外の騎士、クリセイダが心を移すことになるギリシャのデイオメーデを捉えた。語り手は、敵方であるディオメーデの早急な求愛に応じる箇所において、再度彼女の眼差しの天上的美しさに言及し、それが多くの男の心を奪うものであると示唆している（Ⅴ. 817-19）。このようにクリセイダの謎めいた魅惑を湛えた面影は鏡、眼、泉などの愛の神に関連した暗喩によって描かれている。

次にその愛の神、ヴィーナス像が直接的にクリセイダに関与している箇所を挙げる。

パンダラスが前もって意図したように、クリセイダと彼が窓か

ら街路を見下ろしてトロイルスの凱旋を眺める場面で、クリセイダは金色のクッションが置かれたジャスパーの石に座る。ヴィーナス像の台座は金色である。そしてこの時のクリセイダの内心の変化を、パンダラスは「鉄が熱したようだ」(Felt iren hoot) (Ⅱ, 1276) と思う。神話のヴィーナスの傍らには、夫、鍛冶師であるダンカンがひかえている。また鉄を打つことは性行為をも意味している。

ヴィーナスと火は切り離せないが、そのような赤い火のイメージはルビーの赤と結びつけられている。Ⅲ部でトロイルスはクリセイダの愛を得、クリセイダはその証としてトロイルスに赤い宝石、ルビーのブローチを与えた。

またトロイルスは、パンダラスの策略で架空の嫉妬にかられてクリセイダのベッド脇にやってきたことになっていた。しかしトロイルスは、恋に関しては自分ではまったく行動ができない無力な受身の騎士である。その時、彼は「すべてを愛の女神の手に委ねよう」(Putte al in Goddes hand) (Ⅲ. 1185) と叫ぶ。他力本願で愛の神に首尾を願うトロイルスであるが、それはまた彼がクリセイダの手中にあることを意味する。クリセイダは宮廷愛の様式にみられる貴婦人同様、女神でもある。

建物、扉、灯火などもヴィーナスと関連して挙げられ、性的な意味を帯びている。クリセイダがトロイルスに心を許すようになったとき、それは「喜びで扉が開く」(of alle joie hadde opened hire the yate) (Ⅲ. 469) と表現される。Ⅳ部において、クリセイダのギリシャ行きが決まって、死を思い、途方にくれる二人ではあったが、夜半に燃え尽きようとしているろうそくの燭光 (morter) に導かれるように床に入る。

Ⅳ部で、クリセイダがギリシャに去った後、トロイルスはクリ

『トロイルスとクリセイダ』 **183**

セイダ不在の屋敷を訪れるが、屋敷は、すっかり荒廃しているようにみえる。窓は凍りつき、燭光は消えたようであり、扉は冷たく、ルビーが指輪から抜け落ちたような、聖人のいない宮のようである（Ⅴ. 540-53）。「燭光が消えた」(O thow lanterne of which queynt is the light)（Ⅴ. 543）にある queynt は、消えた（quenched）の意味に加えて、音からの連想によってヴィーナスの秘所（cunt）を思い起こさせる。この屋敷の灯火はヴィーナスのものであり、またクリセイダのものであった。そしていま彼女は不在であり、屋敷は捨て置かれている。

このようにヴィーナス（god of kind）を映している kind なクリセイダ、情あるクリセイダが如何にして非情（unkind）になったのであろうか。最後にクリセイダの性格の曖昧性、両面性についてみていこう。矛盾するのではあるが、クリセイダがなぜ謎めいているかは、彼女には kind であることが unkind であることに連なっている。kind についてさらに深く考察しなければならない。

ところで、クリセイダの顔が変わってしまったと言及されている箇所がある。クリセイダは、父カラカスの申し出によってトロイからギリシャへ人質の交換として送られることが決まり、トロイルスとの別れを悲しんで涙を流すのであるが、パンダラスは、嘆き悲しむ彼女の顔をみて、「天国のような顔がまったく別の顔に変わってしまった」(Hire face, lik of Paradys the image, / Was al ychaunged in another kynde.)（Ⅳ. 864-65）と述べている。面影がすっかり変わってしまったクリセイダの悲しみに、読者は心ゆすぶられる。しかしこの「別の顔」容貌の変化が、彼女がトロイルスと別れる際の起こり、それは、後に心変わりへ至る最初の時点で起きたものであることは意味深い。ここには今までとは異なるクリセイダの別の側面（another kynde）が今後登場することがわず

かに示唆されている。

　ここで異教神ヴィーナスと彼女の性向が、新プラトン主義伝統において、キリスト教的価値観から定義、再把握されていることを簡単に確認したい。ヴィーナスは本来自然の下位にあって自然のはたらきを促進するものである。アラヌスは『自然の嘆き』でヴィーナス神話の両義性を描写している。それは自然の忠実なはたらき手であるはずのヴィーナスが、訳もなく軌道をはずしてしまう箇所に描かれている[13]。

　ヴィーナスは結婚の神（Hymen）と結ばれて、正当な息子キューピッドが生まれる。しかしその結婚の単調さから、ヴィーナスは反結婚（Antigamus）と密通して、結果として不義の息子である歓楽（Mirth）が生まれる。クリセイダにおいて、ヴィーナスの二面性が、現実の人間の一つのあり方として繊細に表現されている。それがチョーサーによる、女主人公の性格の作り方である。

　まず「やぶれ」（rente）という語に注目したい。何故ならそれは自然の女神がまとっている衣の破れを意味する語であり、人間はその破れ目に描かれており（人間の創造）、「やぶれ」は人間の存在の矛盾に深く関係しているからである。

　この rente または rente の関連語句は以下の箇所に使用されている。クリセイダはトロイルスのことをパンダラスから初めて聞かされた夜、夢を見る。白い翼をもつ鷲が、その爪で彼女の胸を裂き（rente）、彼女の心を奪い、代わりに彼の心を置いて飛び去る。しかし、不思議にもクリセイダはまったく苦痛を感じなかった。この点はトロイルスがクリセイダとの愛の合一を宇宙的な絆であるとみなしていること関連して、愛の正当性をあらわすのではないか。

　しかし別離が決まりギリシャへ送られる途中で、早くもディオ

『トロイルスとクリセイダ』　*185*

メーデの求愛の言葉を受けるクリセイダの心は張り裂けんばかりである（Hire thoughte hire sorwful herte brast a-two）(V. 180)。また、トロイルスはクリセイダが去らなければならないと知って魂が裂けるような思いをする（Which that his soule out of his herte rente）(Ⅳ. 17)。

ギリシャに到着した翌日、ディオメーデはトロイルスとトロイを想って嘆き悲しむクリセイダの悲痛の想いを取り除いてやった（He refte hire of the grete of al hire peyne）(V. 1036)。以上の描写から rente とその関連語句の用いられ方は、人間の内奥の不安や苦しみを示唆しているかのようである。この心の内奥という点をさらに考えたい。

クリセイダが悲痛のあまり、「心が張りさけるように思った」(herte brast a - two)（V. 180）という表現から、今のところ意味と切り離して、二つに割れる心を考えてみよう。

彼女は、誰の不興も買いたくないという心情をもっている。ギリシャに来て、父とトロイルスの両者をともに喜ばせることはできない。トロイへ帰ろうとするには父の許しは得がたく、留まればトロイルスとの約束を破ることになる（Thus shal ich have unthonk on every side）(V. 699)。彼女はどのようにすれば、双方に喜んでもらえるのだろうかと悩む。

ここで考えるべきことは、二つに分かれるという語（rente, brast）とその意味するところが、自然の伝統からきているのではないかということである。つまり、自然伝統にあるヴィーナスのもつ二面性や曖昧性と関わりがあるのではないか。ディオメーデはクリセイダの父、占い師カルカスについて述べる場面で、カルカスのトロイ滅亡の予言が意味するところは曖昧であるが、しかし情勢からみてそうなるだろうといって、結局クリセイダの心を

自分に向けさせる。その箇所は以下のようになっている。

「(カルカスは) どうにもとれるような曖昧な言葉で (トロイ滅亡の予言を) 言っているが、それは一語に二つの面をもたせているようなものだ」

. . . with ambages ——
That is to seyn, with double words slye,
Swich as men clepen a word with two visages —（V. 5897-99）

　この「曖昧な」(ambigous)「滑らかな」(sly)「どちらとも取れる言葉」(a word with two visages) というカルカスを形容する語句は、娘であるクリセイダにも当てはまるのではないか。
　クリセイダは、どのようにも受け取れる滑らかで巧みな言葉 (double words slye) を話す父を信じているようには思えない。しかし彼女にとって、そのような言葉づかいはなじみのないものではない。
　デイオメーデの求愛を受け彼とともにいるクリセイダが、トロイルスにあてた手紙も言葉の曖昧さに満ちている。それを読んでトロイルスはついに、クリセイダが彼のもとに戻る気がないこと、すなわち彼女の心変わりを悟る。手紙は「悪い噂のために戻るのが遅れている、また物事はうまくいかずいつ戻れるかわからない」という内容で、終わりに、「自分の思いをうまく言い表すことができない。手紙の長さではなく自分の意図するところこそわかってほしい」(I dar nat, ther I am, wel letters make, / Ne nevere yet ne koude I wel endite. / Ek gret effect men write in place lite, / Th' entente is al, and nat the letters space)（V. 1627-30）とある。

『トロイルスとクリセイダ』　**187**

ここで再度トロイルス側に立つと彼女と彼の違いが判然となる。トロイルスが抱く愛の情熱は、宮廷愛形式とあいまって、異教神、とくに愛の神への信仰に近いもので、キリスト教の神とは一線を画する。しかし愛によって宇宙的秩序に連なる思想をトロイルスは体現している。彼は愛の成就の場面で、正当な結婚神ハイメンに言及して、愛の神に祈り、宇宙を結ぶ絆に繋がる喜びを歌っている。しかしトロイルスは、もともとクリセイダがよく理解できないでいるようだ。彼女が背信するかもしれないような予感を、愛の成就直後に無意識に感じている。クリセイダの眼差し、顔をじっと見つめていたトロイルスは嘆息する。彼にとってクリセイダは読みにくいテクストなのだ（God woot, the text ful hard is, soth, to fynde!）（Ⅲ. 1356-7）[14]。

　語り手は2か月を経て、彼女の心からトロイとトロイルスがするりと縄目が解かれるごとく抜け去っていったことを述べる（…knottteles throughout hire herte slide;）（Ⅴ. 669）。

　また語り手はデイオメーデの性急なクリセイダ攻略を述べた後、クリセイダの容貌と資質などを列挙する。そこで語られるクリセイダは、それまで語られてきた彼女とは微妙に異なっている。人を抜く美しさや、人々をひきつける眼差しは再度強調されるが、明るい色の髪を後方で金色の糸で括っていることや、顔について、眉が少し寄っていること以外には欠点がないという言及が初めて出てくる。それと同時に、情け深く、女性らしい威厳があり、快活で、寛大という資質に、優しく、心が移ろいやすい（Tendre-herted, slydnge of corage）（Ⅴ. 825）とつけ加えられる。巧みな語りによって、女神とまでたとえられたクリセイダに、いまや人間的な欠点や弱さが見出されていく。

　物語は時の流れと運命（Fortune）の皮肉さを強く印象づける

ように進行し、トロイルスに帰るように誓った10日目に、クリセイダはディオメーデに心を許し、手袋を愛の印として彼に与える。

　語り手はトロイルスとディオメーデを比較して、クリセイダの心変わりを明らかにする。トロイルスは、若く、強く、獅子のように精悍で、どんな状況に置かれても鋼鉄のごとく誠実で、最も優れた資質を付与されている。かたやディオメーデは、トロイルスの予知夢のなかに出てくる牙を持った猪（bor）である。トロイルスを想うクリセイダの気持ちを推測しながらも、大胆に、厳然とした声、雄弁をもってクリセイダへ迫る（pressen on, and faste hire mercy preye）（V. 1011）、頑健な足腰の持ち主、衝動的な騎士である。

　夕刻になって、求愛に成功したディオメーデがクリセイダの住居から去るとき、宵の明星が太陽に代わって空に輝く。ギリシャ陣営の美しい夕暮れの景色は、流れゆく時にしたがうクリセイダの心の移ろいの光景でもある。すぐこの後に、クリセイダがあれこれ考えて、ギリシャに留まる決意をしたことが述べられる。

輝く宵の明星ヴィーナスが日輪（太陽）につづいて空に現れ
日輪に沈むべき道筋を示し、そして
月の女神シンシアが馬車を駆り立てて
獅子座から何とか外れようとしている、
黄道帯は星群のきらめく燭光を燦然と投げかけ
暗闇が迫る頃、クリセイダは眠ることにした
明るく輝く父の陣営で、

The brighte Venus folwede and ay taughte

『トロイルスとクリセイダ』　**189**

The wey ther brode Phebus down alighte
And Cynthea hire char-hors overraughte
To whirle out of the Leoun, if she myghte;
And Signifer his candels sheweth brighte
Whan that Criseyde unto hire bedde wente
Inwith hire fadres faire brighte tente,(Ⅴ. 1016-22)
（下線は筆者）

　チョーサーにとっては、この天空の金星ヴィーナス、月シンシアなどの修辞的表現は、単なる景色のためだけでなく、観念を表現する手段ともなっている。ここで、前述した自然の伝統にあるアラヌス的な人間の弱さを示している図式が思い起こされる。ヴィーナスが正しい軌道から外れていく図式である。天空の動きがその図式とどのように関係しているのか。

　天空の金星ヴィーナスは前半においては、トロイルスが祈りを捧げ、語り手が語りを進めるために助けを祈った女神である。またクリセイダの心に恋の火を灯した愛の女神を象徴する星である。このヴィーナスは太陽を沈ませ、夜を招き月（女性性としての象徴、クリセイダ）を誘導する。誘導された月の女神の馬車は、今夜は獅子座の軌道から外れようとしている。

　獅子座はトロイルスの暗喩であり、クリセイダの心がトロイルスから離脱しようとしていることが天球に映されている。

　しかし一方で、この月の動きは、時にしたがった自然界の動きと考えられる。また戦乱の人の世であっても、金星と月は常に夜空に輝き、それも自然界の動きである。この夜空に輝く月や金星は、戦乱の世に生きていくクリセイダの、自然本性のあり方を映すようでもある。トロイルスに必ず戻るといっていたあのクリセ

イダは、その約束の日に、今や獅子であるトロイルスから、ギリシャ陣営のディオメーデに心を移して、父の住居、天空の明かりに照らされた陣営で眠ろうとしている。この景色にはクリセイダの心情と彼女の性の暗喩が込められている。

　クリセイダをギリシャ陣営に見送ったトロイルスは、クリセイダの乗った馬の手綱を迎えに出てきたディオメーデに手渡すが、この場面は象徴的にクリセイダの身上を表している。激動する政治勢力のただ中にあって、父に頼るとはいえ、父は信頼できる人物ではなく、夫は亡くなり、トロイルスとの関係は社会的認知をうけていない。そのような状況下に置かれたクリセイダを、物語の結末より非難することはフェアーであるとはいえない。しかし語り手はフェアーでないことを十分示唆し、クリセイダを哀れみながらもクリセイダを結局、人の道に反する非情、自然に反する（unkind）としている。

　チョーサーは、嘆く語り手をとおして、クリセイダを謎めいた女性として描き、自然本性 kind が unkind に反転するさまを描き、それが被造物 Mankind である人間すべてに共通する弱さ故のものであるとわれわれに示している。またトロイルスがクリセイダに変わらない真実を求めたとしても、クリセイダはこの世に生きる身であり、時はうつろう。チョーサーはこのトロイルスの悲恋物語において、自然の文学伝統に依拠して愛のテーマを掘り下げ、先行する諸作品をはるかにしのいで人間の生きる状況を深く探っているのではないだろうか。

注

1）　チョーサーの傑作として大きな影響力をもつ作品である。後代のヘンリソンの『クリシダの遺言』はクリセイダの末期まで描かれ、シェイ

クスピアは同題の戯曲を書くが、それは悲劇として問題視されている。Robert Henryson, *The Testament of Cresseid and Other Poems,* Selected by Hugh Macdiarmid, London: Penguin Books Ltd., 1993, pp. 19-42. 参照。これまでさまざまな論評が展開されてきた。チョーサーが独自につけ加えたトロイルスの最後の昇天の場面を巡って、作品が悲劇であるか喜劇であるか、この愛のテーマは異教的かキリスト教的か、愛の賛美であるか、それともその否定であるかなどと論じられた。また近代的な写実的小説、心理小説であるかどうか、一人称の語り手の役割は何かの点についての論評、ヒロインであるクリセイダについてのジェンダー論なども挙げられる。

2) 中世において、ウェルギリウス、ディクティス、ダレスなどが描いた作品群がトロイ物語の源流になった。12世紀末のベヌッドサンモールの『トロイ物語』（アングロノルマン語）ではトロイルスとクリセイダの恋の物語となる。13世紀末にはギドーの『トロイ物語』（ラテン語）があり、その後1338年にボッカチオが『恋のとりこ』（*Il Filostrato*）を描き、仲介役パンダロが登場した。チョーサーの語り手は「昔の本によれば」と述べるが、先行作品の著者たちについては曖昧である。またボッカチオの作品からプロットの大半を依存しているにもかかわらず、その権威筋としての著者の名をボッカチオではなく、謎めいた名前のロリウスとしている。ロリウスが何者かは長く論争になっている。先行作品に関してはR. M. Lumiansky, *"The Story of Troilus and Briseida According to Benoit and Guido,"* *Speculum* XXIX (1954). George L. Hamilton, *The Indebtedness of Chaucer's Troilus and Criseyde to Guido Delle Colonne's Historia Trojana*, New York: Ams Press, 1966. 参照。またRobert Kilburn Root ed. *Troilus and Criseyde*, Princeton, New Jersey: Princeton University Press, 1954, pp. xi-xxvi 参照。

3) ウィムサット はチョーサーのこの作品が中世の文学においてある種のrealismの様相をもっていることを指摘し最初の近代小説であるとする。しかしその写実的描写に関して、先行する伝統から「既存の概念」（pre-existing type of conception）を学び、それを「先行作品言及の枠組み」（frame of reference）と受け止めて、そのうえで物語を発展させたのではないかとしている。James Wimsatt, *"Realism in Troilus and Criseyde and the Roman de la Rose"*, *Chaucer Studies III Essays on Troilus and Criseyde*, ed. Mary Salu, Suffolk: St. Edmundsbury Press Ltd, 1991, pp. 43-44.

4) チョーサーがどのようにボッカチオの *Il Firostrato* から影響を受けたかについては Hurbertis M. Coming, *The Indebtedness of Chaucer's Works to the Italian Works of Boccaccio*, Wisconsin: George Banta Publishing Company, 1916. 参照。また原典は Giovanni Boccaccio, *Il Filostorto Italian text edited by Vincenzo Pernicone, translated with an Introduction by Robert P. apRoberts and Anna Bruni Seldis*, Garland Library of Medieval Literature Vol 53 Series A, New

York & London: Garland Publishing, Inc., 1986. 参照。
5) パンダラスは、オウヴィディウスの影響下、中世の宮廷愛文学での「愛の技法」が描かれた作品に登場する恋の仲介役的性格をひきついでいる。ウィムサットは、その原型として12世紀ラテン語で描かれた *Pamphilus* という物語を挙げている。Wimsatt, p.47. p.131.

また『トロイルス』において、愛を崇高化する中世のトゥバードールの愛の詩の伝統、クリスチャン・トロアのロマンス、アンドレカペラヌスの愛の技法、イタリアのIl dolce stil nuovo の文学伝統の影響が見られる。T.A.Kirby, *Chaucer's Troilus: A Study in Courtly Love*, Cambridge, Massachusetts: Harvard University Press, 1915, pp.14-87.

6) 加筆部分はボッカチオの『テセイダ』(*Teseida*) XI. 1-3. にならったものである。

昇天場面はルクレティウス、キケロ、ダンテの文学伝統にあり、その伝統はボエティウスの『哲学の慰め』と類似の表現をもつ。チョーサーはその影響も受けている。J.M. Steadman, *Disembodied Laughter: Troilus and the Apotheosis Tradition*, Los Angeles: University of California Press, 1972, p.4.

7) この箇所はボエティウスが純粋な愛 (chaste love) を描いたもので、それはキリスト教における秘蹟 (sacrament) としてみなされるものである。B.L, Jefferson, p.66. 第Ⅰ部注29参照。

8) この説を強力に主張しているのはロバートソンである。D. W. Robertson, Jr., *A Preface to Chaucer*, NewJersey: Princeton University Press, 1962, p.501.

9) Walter Clyde, Curry, *Chaucer and the Mediaeval Sciences,* 2nd. ed. New York: Barnes & Nobel, Inc, 1960, pp.296-298.

Ian Robinson, *Chaucer and the EnglishTradition*, Cambridge: Cambridge University Press, 1972, p.73.

10) ボエティウスの影響が作品全編をとおしてみられることと昇天を関連させて自然伝統を重要視する説もある。Joseph J. Morgan, Jr., *Chaucer and the Theme of Mutability*, Paris: Mouton, 1969.; Robert M. Jordan, *Chaucer and the Shape of Creation: The Aesthetic Possibilities of Inorganic Structure*, Cambridge, Massachusetts,: Harvard University Press, 1967.; Dorothy Bethurum, *"Chaucer's Point of View as Narrator in the Love Poems"* PMLA LXXIV (1959), pp. 511-520. 参照

11) ハワードはチョーサーがこのような方法で、地上と天上の愛を並べているのは、中世の議論のスタイルであり、その両者間には完全性の序列があると考える。Donald R. Howard, *The Three Temptations: Medieval Man in Search of the World*, Princeton, New Jersey: Princeton University Press, 1966, p. 43. ジョルドンはボエティウスの人の認知の4レベルをあげ、認知能力を下位から感覚、想像、理性、として神の知性を認知することを最高のレベ

ルとした。Jordan, 1967, p.107.
12) クリセイダについて彼女が裏切るのは性格の堕落であるとするのはタトロックである。

　　J.S.P. Tatlock, *The Mind and Art of Chaucer*, New York: Gordian Press, Inc, 1966, p.47.

　　Lewis は彼女が支配されている感情は恐れ（fear）であるとする。C.S.Lewis, *The Allegory of Love*, Oxford: Clarendon Press, 1936, p.185. キトリッジは彼女をその場の状況に影響されやすい性格（impressionable and yielding）とする。G.L.Kittredge, *Chaucer and His Poetry*, Massachusetts: Harvard University Press, 1915. またドッドやキリスト教の保守的立場をとる批評家たちはクリセイダを愛欲的（amourous）とする。W.G.Dodd, *Courtly Love in Chaucer and Gower, Harvard Studies in English* Vol. 1, Boston: Ginn and Company Publishers, 1913, p.167. マスカティーンは彼女の裏切りは心理的というより象徴的であると論じる。C. Muscatine, *Chaucer and the French Tradition*, Los Angeles: University of California Press, 1964, p.164.
13) ヴィーナスの性癖は、「自然の女神」の権威、すなわち自然の掟（law of kind）とも「自然法」ともよばれるものに反するものであり、unkind である。アラヌスが描いたヴィーナスの行動から kind が unkind に反転していく様が見て取れるのではないか。

　　アラヌスにおける自然本性の問題、ヴィーナスの二面性を、チョーサーは『鳥の議会』で、ヴィーナスの輝かしく喜ばしい側面とそれとは逆の暗黒面を、自然の女神が座する丘に連なる庭園に描いた（『鳥の議会』、169-694）。第Ⅱ部3章の注16参照。
14) 「テキスト」（text）はジェンダー論で扱われることが多い。ディンショーはトロイルスのクリセイダの手紙の読み方について、交わされた手紙いくつかをクリセイダに対して好意的に読もうとしているが、彼（男性）自身が読みたいようにしか読めないと、読みのコンテクストの問題を指摘している。Carolyn Dinshaw, "Reading Like a Man: The Critics, the Narrator, Troilus, and Pandarus," *Chaucer's Troilus and Criseyde: "Subgit to alle Poesye" Essays in Criticism*, ed. R.A. Shoaf, Binghamton, New York: Medieval & Renaissance Text & Studies, 1992, p.66.

6　『誉の館』——遺伝子情報と情報

　今日の科学において遺伝子（gene）研究の発展はめざましい。生命、人類の発展進歩は、祖先伝来の種の情報が遺伝子に組み込まれていることと、同時に外部からの偶然性の支配ということに関わっていると考えられる。『誉の館』(*House of Fame* 以下 *HF*) では文学の創造にかかわる遺伝子情報がテーマである。

　この作品は情報をいれる館である建築物 craft を造る、造型する make することが書かれている[1]。「人の手の技（芸術）は自然を模倣する」(craft countrefeteth kynde 1213) という詩作にたいする中世の一般的な考えは中世神学における「自然」、新プラトン主義文学の伝統とその修辞的言語を土台としている[2]。チョーサーはジェフリー（Geoffery of Vinsauf）の『新詩学』(*The New Poetics*) などにある詩作の技法を参考にして[3]、古典作品世界の核心にある思考と語彙を英語に移し替えた。そしてそこに詩人として知的感性的な経験をリンクさせて、自らの作品にあらたな詩的生命を吹き込んだ。

　人間存在の自然性についての形而上学的、神学的考察は、この作品においては、作品世界の創造に関する考察となり、同時にこの作品を作り出す原理として機能する。

　すなわち主人公である詩人は、言語をどのように形象化するかに悩みながら、制作行為をしていく。作品の創作過程、主人公の経験はまさに神が自然を介して世界を創造し、形象化する技に目が開かれていく過程である。また同時に認識と知覚、言語形成の技が神から付与されている力にあずかっていることを知ることで

あった。

　それはまた、チョーサーにとって言語宇宙が生殖行為的、エロス的に生まれることを理解することでもあった。そしてその理解は知的理解であるよりも、実践、行動を伴うものであった。そしてまさに実践が、この作品のスタイルになっている。読者はこの作品を読むと、読み進むにしたがって、作品が一つの世界として造り出されていくと体感していく。

　詩人は実際に描く行為をして書いているのだが、その行為への自己洞察を順次展開し、それも同時に記していく。最後に詩人と読者の目前に、作品は一つの文学的宇宙としてたち現れる。作品の題名「誉」(名誉)の住む「館」とは創造の磁場のことであり、主人公の夢においてその場の具体的なありさまが示されるのである。

　HF は夢という中世文学の伝統的なアレゴリー形式をふまえている。主人公の新参詩人が摩訶不思議な夢を見て、その夢が真実を伝えるものかどうかわからないが、夢を語ろうとする (61-65)[4]。彼は文学的伝統の道筋をたどり、最後に神からの「愛の知らせ」(tyding of love) を聞こうとする。夢の場面を視覚的、聴覚的に描写し、最終部は詩人として覚醒する[5]。

　作品は序、第1部、第2部、第3部から構成され、序は夢論である。夢の唐突さに似て、各部では内容やスタイルが異なり、それは断片的記述としてみなされがちである。しかし断片のような各部は、詩人の内面でかろうじてつながれていく。各部それぞれが、第3部に出てくる「はたらきの家」(Laboryntus) で主人公がたどる迷路(ラビリントス)のようである。しかし主人公の内面のどこかでつながっていて、回廊をまわって順次異なる庭の景色を眺めていくといったような、主人公側の意識の過程をたどって

いるように思われる。結局一つの道筋をたどっている。物語の道筋をアリアドネの糸のように導いているのは自然の伝統とそれと関連する中世の修辞法である[6]。

『誉の館』の3部構成は『宇宙形状誌』から影響をうけている。『宇宙形状誌』では、神から人間をつくる使命をうけている神格「ヌース」Noys は、そのはたらきに参加する擬人的登場人物「ウラニア」Urania、「ネイチャー」Nature、「フィジス」Physis にそれぞれ異なった贈り物を与える[7]。「ネイチャー」には、被創造物としての人間の歴史についての真実が描かれている「運命の板」Tabula Fati が与えられる。「フィジス」には「記録の本」Liber Recordationis と呼ばれる自然の理、実証的真実、自然科学について書かれている本が与えられる。「ウラニア」には「神慮の鏡」Speculum Providentiae が与えられ、これこそが神の真実を写す鏡である。贈り物は、これら擬人的人物が自分の役割を覚えているためのものである。これら歴史、科学、哲学の3つの領域を統合するならば、それは人間にとって必要な総合的な世界の認知となる。

『誉の館』では各々の贈り物によって暗示されている象徴的な事柄を、作品の枠組みとしている。つまりこの3つの事柄が、作品各部の主要テーマになっている。詩人が学ぶ順に事柄を配列して、第1部は歴史の認識（人間の定めが描かれた板）、第2部は実証的、科学的観察による認識（記録の板）、第3部は言葉、神、自己自身の認識（神の鏡）を扱っている。詩人はこの3部を巡ることによって自己と世界を知り、言語の認識にいたろうとする。

それはまた『世界形状誌』の叙事詩的性格を踏襲して、冒険物語となっている。主人公は第1部から第3部を通して、冒険を経験する。トロイの歴史の叙述が書かれた板を読み、天空と天と地

の中間にある「名声の家」(作品中に登場する家の名称)にあっては理性的に観察をし、谷間の低い場所で海近くの「はたらきの家」で、世界の成り立ち、言語、自己自身についての理解を得ていく冒険である。

　新プラトン主義に継承されたプラトンの思想には、第一原理である神と、実体のように見えても現実はただのその影にすぎない、その神を写す鏡として、人間の世界があるという考えが根底にある。この作品では、神の真実(真理)を、言語や文学、芸術という人間の技をとおして、人はどこまで表現できるかという問題が掲げられていることが注目される。

　この伝統の関連語彙として、チョーサーは、第一原理の cause、鏡 mirror、真と偽 true false、見せかけの seem などを物語の要所で用いている[8]。そのような語彙を用いて、物語の直接の文脈の背後に、その文脈に重なって、哲学的思考が主張されているようである[9]。つまり常に、神の認識に対する人の認識と、神の技である自然のはたらきに対する人間の術(音楽、文芸、建築)がアンチ・テーゼになって示されているのであり、そこにあるのは人間の認識や人間の術に対しての懐疑である。

　この夢が中断しているのは、夢としてありうることである。しかし権威があるようにみえる人物が登場して混乱が起こり、そこで筆が止まったのは、主人公である詩人の創作への冒険とその成果をこの人物がご破算にしてしまっているためとも受け止められる。だから当然、この話はそれ以上続かなかった。チョーサーはこのような方法で、芸術家、また主人公の詩人としての営為に対しての懐疑をあらわしている可能性がある。つまり、詩人としての自負と懐疑の双方が、このエンデングに表現されているのではないか。そうであるなら、ここでもチョーサー自身が人間の言葉

や技に対して、根本において懐疑的であることがうかがわれる。

ともあれ、この小論においては、主人公がどのように自然にならい、詩人として出発することができたかを検討したい。それぞれ異なった様相の1部から3部をつなぐ「赤い糸」として、一貫して作品展開上重要な役割を担っているものが「自然」であり、この作品では具体的に、女性像のヴィーナス（Venus）および対として男性像のジニウス（Genius）という形をとっている。両者はともに、主に創造の隠喩として導入されている。ヴィーナスの意味領域は、人間の愛に関しては愛欲、愛の行為、生殖、子孫の存続、詩作に関しては詩作へといざなう女神、詩作の対象や創造、その他にも和合、調和、神への愛というように多様であり、幾つかの意味が重なっている場合もある[10]。

ここでは特に、自然の男性形をとるジニウスをとり上げたい。ジニウスとは何者か、どのようなパワーを秘め、そのはたらきはどのようであるかを論じたい。ジニウスもヴィーナスと同様に、さまざまな形で全編をとおして変幻自在に出現し、しばしば彼の存在は重層的な意味をもつ。語源からみると、ジニウスは前述した現代科学が発見した遺伝子（gene）や情報（gen）の両方に関係し、また「～を生ずる」という根本的概念をもつことが確認されるだろう[11]。「自然にならう」チョーサーに近い人物とされる『誉の館』の主人公にとって、この自然の男性形のジニウスは創作への鍵を握る存在である。

では文学的伝統としてのジニウスとはどのようなものか。新プラトン主義において、ジニウスはヴルカヌス神話とギリシャ神話、当時『ティマイオス註解』によって知られていた『ティマイオス』のダイモンが結びついた神格であり、男性の生殖器に関与している[12]。プラトンによるとジニウスは全面的に善い、悪い

というものではなく、そのどちらへも向かう可能性をもち、そのため教育や導きによって洗練されるとする。

　また、ジニウスは人間の意識において、神にいたる最高の意志と動物的本能をむすびつける役割をとっているとみなされる。『宇宙形状誌』では神はそれぞれの種に、その種にふさわしい形を授けようと、各種の生物の形を作る役割をジニウスに与える。彼は素材に手を加え、神からの天上的な形象と、地上的素材がもつ動物的本能とを融合させる作業をする。彼は神からのデザインを具現する工匠であり、いわば人間の構築に携わる建築技師である[13]。

　人間にとって、ジニウスは清澄な意識の場や思索の場にいるものである。それは天上の記憶に関係している才智や叡智（iguniculas）の活躍の場である。つまり彼によって、人は普通では認識することができない隠されているものを発見し、また迷路をたどるようなことができるようになる[14]。このようにジニウスは天才の語源にも関わっていることがわかる。

　『誉の館』では、主人公の周辺に導きのジニウスが出没して、迷える新参詩人を助け、最後には彼自身がジニウスを体現する創る人間「ヴルカヌス」となるのである。

　ここで作品理解の鍵であるジニウスであるヴルカヌス（Vulcano）が、第1部の夢の入り口から、主人公の前にヴィーナスとキューピット（Cupido）と組んで現われているのを見ておく。

わたしがいる場所について
ここがヴィーナスの館であることが
すぐにわかった。

なぜなら絵画の中には、
ヴィーナスの裸像が海に浮かび
本当に、白と赤の
バラの花輪が彼女の頭をかざり
髪には櫛をさし、
彼女のハトがとびかい、
盲目の息子、キューピットがひかえ、
茶色い顔のヴルカヌスがいたから。(129-39)

. . . but wel wyste I
Hyt was of Venus redely,
The temple; for in portreyture
I sawgh anoon-ryght hir figure
Naked fletynge in a see,
And also on hir hed, pardee,
Hir rose garland whit and red,
And hir comb to kembe hyr hed,
Hir dowves, and daun Cupido
Hir blynde sone, and Vulcano,
That in his face was ful broun.

　ヴルカヌスはジニウスのかたちを変えた存在で、ジニウスを体現しており、芸術創造をする人間である。彼は盲目の息子キューピット（欲望）とともに、夫として常にヴィーナスに伴って考えられている。
　このヴルカヌス像は、創造者としての詩人の原型として最初に出現する。終わり部分の「はたらきの家」で言及される建築家ダ

リウス像も、同様な原型像である。最初から最後まで何らかの形をとって、ジニウスがこの物語に出没しているのである。実は、この作品の序から眠りの神の近くにいる精として、ひっそりとその姿をあらわしていた。第2部では鷲となり、また空の動物として天空で目撃される。第3部では主人公を「はたらきの家」に案内する「友と呼ぶ声」である。このジニウスは、主人公の気がつかない間に、主人公の内面に潜んでいた。「はたらきの家」でいつのまにか主人公自身が槌と火を操るヴルカヌスになっているのである。主人公は、そこで美と芸術の女神ヴィーナスと協同作業をして、創造する人となろうとする。

1）キンメリー族と未生の魂

　主人公に最初にあらわれるジニウスは、キンメリー族の姿をしている。主人公は夢を語る際に地獄の川、レテ河のほとりにある岩の洞穴に住んでいる眠りの神に祈願するが、この神のそばにはキンメリー族が居り、彼の「数多くのまどろむ息子たち」(75) と眠っている。

この眠りの神は、恐ろしい地獄の川、
レテ河の流れのほとりにある
岩のほら穴に住んでいる。
この近くにはキンメリー族（Cymerie）が住んでいる。
この物静かな神は、いつもそこで、
千人のまどろむ息子たち（sleepy thousand sones）と眠っている。
(69-75)

このキンメリー族の息子たちとはジニウスのことである。彼らは天上で浮遊しておりまだ地上には出生していない精たちと同族である（『宇宙形状誌』第3章）[15]。地上でさまざまな姿になるはずであるが、今はまだ地上の姿をとっていない。このジニウスは神がそれぞれの種にその誕生の時、その種の原型を付与する時にはたらく。「数多くのまどろむ息子たち」は夢の神のそばにおり、日常は意識の奥深い洞窟に住むように隠れ住んでいる。

　彼らは『誉の館』の夜の夢において、多様な数々の映像を生じさせるものたちである。作者である主人公がまさに作品を描こうとするとき、意識下において密かにはたらき、彼の目前にさまざまな形象をとって立ち現れて作者の筆を動かす。

２）空中動物

　第2部でジニウスは空の生き物として出現する。主人公は鷲に連れられて天空飛行をする際に、銀河付近でその生物と出会う。そのあたりは人間が上昇できる限界である。そこは月の下であり、「自然」界が終わる境界となるが、まさにその境界において出現するのが「プラトンも言及した」(of which that speketh Daun Plato;)（931）、「空中動物」(the ayerissh bestes) たちである[16]。

それから、私は、下の方を見ようとした。
すると空中動物が見えた
雲、霧、嵐、
雪、霞、雨、風、
そして、そのものたちの子孫（And th'engendrynge in hir kyndes）
が見えた。（964-968）

『誉の館』　203

空中動物は個々の人間に対して、神がその人のために作った固有デザインを伝えるために、神の領域と自然界の境に浮かんでいるのである（『宇宙形状誌』第7章）。

　主人公はこの光景を見て神から形象化された最初の人間アダムを思い出し（971）、また壮大な天空を眺め「思考は哲学の羽をもって高く飛翔する」（972）というボエティウスに思いを馳せる。主人公のこの思いは、ジニウスがアダムの子孫繁殖本能に関係していること、同時にジニウスが天上的、哲学的知識に関連して神的知識を洞察するはたらき、才知になっていることの両方を暗示している。この双方向のはたらきこそがジニウスの本質である[17]。

　ここは境界であり、実証的、哲学的、形而上学的認識が不可能になるところである。これより上方は信仰と神秘体験の領域であり、謙虚な主人公は鷲に対して、自分は天の光を見ることに耐え得ないと上方への飛翔を断る。神秘体験とは天啓によって、この天の次元に達することである。しかしそのような神秘体験以外にも、人間が肉体性を離れることなく、神の知恵を得る重要なアクセスポイントがある。それはまさに天空との境となっている中空に浮遊して、天上と地上を結ぶはたらきを担当しているジニウスの場である。

3）教師としての鷲

　主人公は第1部で、トロイ歴史の記録の真偽を疑い、英雄アエネアスの愛の不実を嘆いた末、途方にくれヴィーナスの館から砂漠に出て来る[18]。砂漠で迷子になった主人公を助けるのはユ

ピテルの使いである黄金の鷲である。この鷲はチョーサーが影響を受けたダンテのイメージを彷彿とさせる擬人的な鷲である[19]。彼は爪で主人公をかかえ、「起きよ」と声をかけ天空飛行に連れて行く。上空から地上を見せ、自然界の音や物体の知識を教え、また主人公が望みさえすれば天上での神秘的な経験にも導こうとする。しかし天上の光は自分には見るに耐えないと、その高さまでの飛行を主人公は断る。それから鷲は「名声の家」という不思議な館の位置するところに主人公を誘導し、そこがどんなところかを主人公に教える。

彼女の館は、
天と地と海の
ちょうど、中間にある。
だから、この3つの領域で語られることは何でも、
（中略）
あらゆる音声が、必ずや、そこに至る。（713-20）

　この鷲が主人公のもとへ来たのは、ユピテルの命令であった。愛についても創作についても本当はよくわかっていない主人公は、いくら労苦しても実りがない。それをユピテルがかわいそうだと思ったのか、気晴らしの酬いを与えようとしていると鷲はいう。

ユピテルが、好意から、
不思議な光景や、知らせで
お前の心を慰め（solace）
お前の憂鬱を取り去ろうとされ、

『誉の館』　205

(中略)
お前がすべての喜びに
まったく絶望的なのを知って、
彼は、大いなる親切心から
少しでも、お前の心をくつろがせよう（ese）と、
特別に命令を下され、
私は、それにしたがって、
できる限りお前を助け、情報という情報のほとんどすべてを聞けるようなところに
ちゃんとお前を案内し、教えることになっている。(2007-25)

　この鷲は飛行して「名声の家」へ主人公を導き、過去の芸術の栄光や失墜を想起させ、その後主人公をその爪先で「はたらきの家」に窓から入れてくれる。

　天と地を往来できる神の使いである鷲はジニウスである。彼は先導する役割、教育する役割をもち、天上の知識の仲介役である。彼は、詩作にも愛にも不運つづきで憂鬱になっている主人公に、創造の喜びについて語る。地上の官能的な愛に関する語である「慰め」(solace)、「やわらげる」(ese) を用いて語るのである。ただし、その意味はまだ主人公には理解されない。彼が「名声の家」の次に行くことになるのが「はたらきの家」であるが、そこに入りたいと思うであろう主人公に、鷲はあらかじめ言っておきたいことがあった。

だが、お前に、人一つだけ言っておこう。
私が、お前を中へつれて行かなければ、
本当に、お前は、どうやって中に入ったらいいか

分からないだろう（Ne shalt thou never kunne gynne）。(2002-4)

「分からないだろう（never kunne gynne）」[20]というが、これは主人公にはまだジニウスの機能がないということを意味している。彼は先導し案内されない限り、入ることはできないのである。

4）「友」と呼ぶ声

次に出てくるジニウスは主人公を友とよんで背後から声をかけてくる者である。彼の出現の直前、「名声の家」で名声の女王が名誉、栄光を求めるさまざまな人間たちに気ままな審判を下しているのを見るが[21]、主人公はその理不尽さに、思わず頭を掻いてしまう動作をする（1720）。これは単純な動作であるが、主人公は理性をはたらかせていると受け取られる。

この動作は、『アンティクラウディアヌス』において、擬人的人物、娘「謙譲」Pruence を通して、「理性」のはたらきがどのようなものかが説明されている場面に出てくる身振りと同じである[22]。

また主人公が頭に手をふれる身振りは、娘「謙譲」が鏡（神の理が映し出される鏡）を取り出す時の身振りでもあり、人が自分（の内面）を鏡に映して、理性によって内省することを意味する。このように主人公の理性の覚醒があったがそのすぐ後に、背後から近づく者がいた。

その時、私は、あたりを見まわした。
私のすぐうしろに立っている人が、

『誉の館』　207

親切に話しかけているように思えたからだ。
彼は言った、
「友よ（Frend）、名は何というのかね？
君も、世の名声を得るためにここに来たのか」
私は言った、
「とんでもない。あなた（Frend）
この首にかけて、私はそんな理由で
ここに来たのではない！
私がまるですでに死した人の如く、
私の名を誰も口にしてくれなくても満足だ。
自分がどうであるかは、自分で一番わかっているのだ。(1868-78)

　彼は主人公の名前を聞く。又名声を得るために来たのかとたずね、主人公は相手を「あなた（Frend）」と呼んで答える。自分が何者かと問われることと、それに答えるという行為は、自分の本質、天から付与される本質に関わることである。主人公は自分が何者かについては答えていない。主人公は、「名声の家」にきたのは「名声」を求めてではない、自分が無名でも評価されなくとも自分のことは自分が一番わかっていると述べる。ここで主人公は、これまでのおずおずと煮え切らない態度が一変して、自己の見解を述べることができた。彼は、自分の名前が死人同然のように世間の誰にも知られなくともいいという。つけ加えて名声を空しく追わず「どんな評価でも甘受しよう。私が自分の技にうちこむことができるなら」(1879-82)といい、詩人としての技をみがくことがはっきりと表明される。さらに主人公には目的意識が出てくる。自分がここにいる理由は、「新しい知らせ、わたしの知らない何か新しい事柄」を、「あれこれ知る」(1885-89)ためであ

るという。

　この導き手は、いまや自分の望みが明らかになった主人公を、望みのかなう場所に連れて行ってくれる。彼には主人公が「何を知ることを望み、欲して」(What thou desirest for to here)(1911)いるのかがなぜかわかっているのである。そしていつのまにか姿を消す。これは主人公の分身だったのである。いまや言語が生まれ、詩作が創造される現場に近い。ここはギリシャの建築家デダルスのラビリンス（迷宮）の館にも例えられる「はたらきの家」である[23]。主人公は勇気づけられて、いつのまにかそこに来ていた鷲に、入れてくれるように頼む。

　鷲と同様にこのある者もジニウスであり、主人公の分身として、理性の覚醒に関連する。主人公は、彼との応答によって自己確認ができたのである。そればかりでなく、主人公は変わりつつあり、以前の消極的な態度や愚鈍さがなくなり、目的意識が高まっている。

　『宇宙形状誌』では、ジニウスは天と地の中間に住み、各人の別の自己として、ある時密かにやってきて、その人間に、本来の固有性をあたえる役割をもつ。ここでの友、分身のジニウスも人を自己認識に導くもので、主人公に自分の使命を理解させる役割を果たしている。また彼は主人公の欲するものを知る地上の案内者である。

　さてジニウスの導きと援助により主人公は「はたらきの家」に入ることができるが、この家で、詩作へのイニシエーション体験ともよべることが起こる。その体験によって彼自身がヴルカヌスとなるのである。「はたらきの家」は知らせの母胎（moder of tydynges）(1983)であり、知らせの生まれる場所である。今までは外部からのはたらきかけがあったが、この胚胎する子宮ともい

えるところで、彼の内部で変化が起こる。

　再びヴルカヌスについて確認するために、作品の第2部にある「名声の家」のヴルカヌスに登場してもらおう。第2部では主人公はさまざまな歴史書や詩作の著者名が書かれた数々の柱を巡っていく。そして第Ⅰ部で言及された愛の神の名を広めたオウヴィディウスの名前を見つける。

彼（ウェルギリウス）のとなりの、銅の柱の上に、
ヴィーナスの学者、オウヴィディウスがいた。
彼はすばらしく広めたのだ
偉大なる愛の神の名声を。
彼の名声は
その柱の上で高々とささえられていた。
その柱は、見上げるほどの高さだ。（1486-92）

と見る間に、不思議にもこの宮殿が長く広く、はじめより千倍も巨大化していく。主人公はこの銅の柱が、宮殿が拡大するにつれてさらに高く伸長していくのを眺めたであろう。
　大詩人オウヴィディウスは胴の柱の上にいる。この胴の柱について考えたい。ヴルカヌスの顔色は赤銅色であり、象徴的持ち物は火によって焼けた槌である。この銅の柱にはヴルカヌスの顔色、槌の道具、さらに生殖器の暗示がこめられているのではないか。この詩をもしチョーサーが紳士仲間の集まりで読んだと想像すると、ここで哄笑がわき上がるのではないか。前述したように、詩作を生みだすことは、火に向かって槌をかざし鍛冶仕事に励むことに喩えられる。彼の鍛冶仕事はヴィーナスの夫としての

性的任務である子孫づくりと詩作の任務の両方を意味している。

「はたらきの家」は複雑で込み入ったヴィーナスの秘所のようなところ、ダイダロスのラビリントスのようであると形容される迷路の家である。それは天と地との間にあって、ヴィーナスが生まれた母なる海に続いている。神話によるとラビリントスの中心部では聖なる結婚の秘儀が執り行われた。その結婚とは象徴的に神の形象と地の素材の合一、愛の成就を意味し、そこから、新たな再生、子孫、または新たな自己が生みだされる行為であるとされる[24]。これは新プラトン主義の結婚の比喩と関連する。

では神の形象と地の素材が合一する場としてのこの「はたらきの家」では何が素材であるのか、またどのようにして神の「形象」が「素材」と融合するのか、その結果何が生み出されるのであろうか。

まずその素材について考えたい。家の内外に人々の集団 congregacion がひしめきあっており、足を置く隙間もない（2038-42）。「確かに、自然の女神によって造られた人間で」（So many formed be Nature）、「この世に、生き残った人も、また死んだ人も、これほど多くはないだろうと思われた」（2039-40）。主人公は神が創造したかぎりなく多くの人々の声を耳にし、それが充満して増幅するうわさ（tydynges）を聞く。

その家の四方八方が
戦争、平和、結婚、
休息、労働、旅行、
住居、死、生、
愛、憎しみ、和解、獲得、
健康、病気、建物、

『誉の館』　211

順風、嵐、ひとや、獣の疫病
地位や、領地の
うつり変わり、
信頼、恐怖、嫉妬、
機知、利益、愚行
豊饒、大飢饉、
安価、高価、破滅、
善政、悪政、火事、さまざまな事件などに関する
ささやきやうわさ話で満ちている。(1959-76)

　さらに主人公には、このうわさ話は火のように広がり、町を焼き尽くすように思われる[25]。

かくして、あらゆる知らせが、南北に、
口から口へと、だんだん大げさに伝わった、
あやまって落ちた火の粉が、
急に燃え広がって、
全市を焼きつくす如く。(2075-80)

. . . Thus north and south

Wente every tydyng fro mouth to mouth,

And that encresing ever moo,

As fyr ys wont to quyke and goo

From a sparke spronge amys,

Til al a citee brent up ys.

　このようにして今やすべての人に知られた情報の行方を追っ

212　第Ⅱ部　作品論

て、主人公がよくよく見ると、それは真偽が交じり合って（fals and soth compounded / Togeder fle for oo tydynge）(2108-9)、この家の窓から飛んで出ていくのだった。

　この火の広がりのような情報の洪水。を前にしてと、情報の真偽がないまぜになっていると見極める主人公の知覚力は、詩人の内面の変化をあらわしていることに注目したい。情報の広がりが火にたとえられるが、この広がる火は男にあるジニウスのはたらきの一方、「欲望の火」（calor voluptatis）[26]と関連して考えられる肉体性からくる火と考えられる。それはまた創造力が喚起されていることにも関わる。もう一方のはたらき、新たに得た情報への知覚力は、認識のはたらきとして神から贈られるものである。この多くの情報が広がりまい上がる光景につりこまれるように、そしてそれと一体化していくように、詩人の内なる、作り出す欲望や作り出す知性（ジニウス）が発火し、はたらき始める。ここははたらきの場である。いまや主人公は心の熱さと清澄な知覚認識力をもって、人々の声と言葉を聞くことができる。

　ヴルカヌスが火のそばで、鍛冶棒を用いて素材を扱う行為はまた、生殖の営みでもある。この場所は予告されたように鬱屈を取り払い'solace'(2008)、くつろぎ'ese'(2020) をあたえてくれる場所である。性行為は自然の支配下にあり、神の世界創造に参与する人間の営みである。このような「性行為」はまた、新しい芸術を生みだす作業の比喩として用いられている。

　『宇宙形状誌』では神が人間を創る際に、地に神の形象をふきこみ、素材と合一させるが、そのための中心的役割を「宇宙の魂」Endelachia が果たす。究極の遺伝子情報とでもいえる「宇宙の魂」が神より人間に流れる（emanatione, emanation）ことにより、単なる素材に命が入りこむ[27]。これは人間の性行為に類似して例示さ

れている。

　いまや詩人は粗雑な素材、すなわちその言動に一握りの嘘が混じっている（with scrippes bret-fu of lesinges）（2123）船のりや巡礼者たち（の言葉）が、生々しい様相で形象化されていく現場にいる。これは神の知らせ、すなわち神の知 cause である神の知らせが、粗野で不純な素材とまざりあう現場である（entremedled with tydinges）（2124）。数かぎりない人々（の話し言葉）が生をうけるが、またその人々（の話し言葉）は素材として形象化、言語化（詩の創造）されつつある。彼らがもつ「袋」(scrippes)、「瓶」(boystes)、旅路で乗る「船」(vessel)はまた、彼らの肉体、自然性を意味し、彼らが常に肉体のもつ粗野な性質から免れないことを思い起こさせる。

　粗野な人々の持ち物である瓶（boystes, bottle）は生殖器を暗示しているが、『アンティクラウディアヌス』では生殖器を「屹立する精神」（Mens erecta）という語句を用いて表現している[28]。この語句は宇宙創造神話の精髄を伝えるものであり、人間が神へ到達することを願う神話のテーマである「自然」の誇りと、肉体性にある人間の尊厳を示している。それゆえに、『誉の館』の群集のもつ「瓶」も同様に、肉体性にある人の尊厳をあらわすという見方をすることが可能である。つまり彼らの言葉は肉体性をともなって、それはそのまま彼らの人となりであり、そこには人としての尊厳が備わっているのである。

　この主人公は今やヴルカヌスであり、オウヴィディウスの如くヴィーナスを愛するのである。彼はもはや愛を知らないとはいえない。神の愛の知らせによって宇宙が作られたことにならって、詩人は、自身の知らせを素材に伝えるのである。内なるジニウスの声によって、自身が夢中になって素材の形成、形象化、詩の創

造に参加していくのである。あちこち動きまわり、心を尽くして奮闘するのである。そして主人公のすることは楽しむこと、学ぶこと、知らせを聞くことである（Me for to pleyen and for to lere, / And eke a tydynge for to here,）(2133-34)。今や彼はヴルカヌスであり、オウヴィディウスの如くヴィーナスを愛する仕事にはげむ。このようにしてこの主人公は、（精力的に）愛の詩人としての一歩を踏み出すのである。

　この真摯で愉快な労働の結果、その実として新たなる命、新たなる言語、新たなる世界が詩として生まれ出る。命を吹き込まれた素材が自ら歌い出したかのようである。主人公は作品の登場人物について「その国の人々は、私より上手に歌えるのだ」（Folk kan synge hit bet than I;）(2138) と述べる。この労働の結果である実は、畑の穀物の稔りのように、束 sheves（書物）になって、作品として納められるに違いないと主人公は思う。ここで、前述のように大人物（A man of gret auctorite）らしき者が登場して、夢は中断してしまう。

　以上ジニウスの働きをジニウスのとるさまざまな形態から論じてきた。まずジニウスは主人公の詩人に「知らせ」をあたえるもの、すなわち「遺伝子情報」といえるであろう。またジニウスは素材を胚胎させ、作品として具現化させ、卓越したものとして完成へと導くものであり、ついには詩人に天才の名声を得させるものである。

　主人公のたどった夢路は、斬新奇抜に展開している。それは詩人チョーサーのたどった詩に対する思索である。それは自然の伝統の思想と言語を用いての思索であった。このようにして『誉の館』は自然の伝統の新たな表現をとった作品となった。ジニウスは詩人を作品創造に導く鍵である。この作品において詩人チョー

サーの天才は開花したと思われる。「自然にならう」という伝統は、詩人の芸術創造への意欲を喚起し、また同時に人間の技、芸術活動へ耐えざる懐疑をも抱かせるものとなっているのである。

注

1) シファードはこの作品をバランスのとれた構成であるするが、マスカティーンは異なる文学スタイルのいくつかを合わせている作品であるとする。W. O. Sypherd, *Studies in Chaucer's Hous of Fame*, New York: Publishers of Scholarly Books, 1965.

 Charles Muscatine, *Chaucer and the French Tradition,* Los Angeles: University of California Press, 1964.

2) ベネットはチョーサーが高度な中世修辞学の法則に忠実であることを指摘している。J. A. W. Bennett, *Chaucer's Book of Fame*, Oxford: Clarendon Press, 1968, p.x. クーンスはダンテの『神曲』と比較して、構成に類似の型や意味を見出している。G. Koonce, *Chaucer and the Tradition of Fame: Symbolism in the House of Fame,* Princeton: Princeton University Press, 1966, pp.73-88. デラニーは、作品のテーマを異なる諸伝統の矛盾、不一致そのものであると考える。Sheila Delany, *Chaucer's House of Fame The Poetics of Skeptical Fideism*, Chicago and London: The University of Chicago Press,1972. ボイタニはヨーロッパの文学史においての名声（fame）のテーマを広く探り、その上でチョーサーのこの作品は英国文学の名声への態度に変化をもたらしたものであるという。P. Boitani, *Chaucer and the Imaginary World of Fame*, Cambridge: D. S. Brewer. Barned & Noble, 1984, p.151.

3) 中世のレトリックは、主にアウグスティヌスとキケロの修辞の伝統に由来しているが、特にキケロの修辞の影響が大きい。彼によると修辞の5分野は、1. inventio 材料の発見、2. dispositio 配置　3. elocutio 語の適用、4. pronuntiatio 運用、5. memoria アイディアや語の配置の保持である。また中世の修辞法は書簡の修辞法や説教の修辞法と、中世になって成立した修辞法 ars grammatica があり、ars grammatica には、ars prosaicum 散文技法と、ars metrica と ars poetria の韻文技法がある。Ars poetoria の分野において、最もよく知られている詩論は、『新詩学』である。

 Geoffrey of Vinsauf, *Poetria Nova*, trans. Margaret F. Nims, Toronto: Pontifical Institute of Mediaeval Studies, 1967. 参照。

4) 中世の夢の分類はマクロビウス『スキピオの夢のコメンタリー』にあり、チョーサーはその分類にしたがい、夢を予言 'sommnium'、幻視 'visio'、

神託的なもの 'oraculum'、悪夢 'insomnium'、幻影 'phantasma' の5つのいずれかであるとする。Macrobius, p.88.
5) この名声や文学的な権威についての探索である夢の話は、権威者であるような人物が突然現れる場面で、中断して終わる。この人物に関してさまざまな論があるが、誰であるかが確定されていない。主人公の詩人自身が誰か分からないと述べている。
6) Geoffrey of Vinsauf, p.16. には、修辞法の教示として、創作の際に最初に考えることとして全体構想を練ることであるとしている。家を建てるときに大工が大体の設計をもくろみることを例にしているが、この全体構想を練る必要を説いている箇所を、パンダラスの言葉として『トロイルスとクリセイダ』（Ⅰ. 1065-71）に引用している。この『誉の館』の全体のテーマは前もって構想されていたと考えるべきである。
7) 『宇宙形状誌』第 11 章, *Cosmo*, pp.142-3.
8) 夢の「原因」としてそれが何によってひき起こされるか「わたし」は知らない（3-4）、人（our flessh）には、それを知ることはできない（49-52）の箇所で、cause の使用は夢の原因という文字通りの意味と、人間は神、第一原因（cause）には生来無知であるという含意がある。

　鏡の比喩は第3部の「名声の家」が氷（ice）の上の家であることに関連する。この家は、神の人への審判を反映させた神の鏡かもしれないが、実は「名声の女王」の審判が行われている。この場所は家の片側が氷であり、氷が溶け出して不安定な状態で、神を映すためには不完全な鏡となっている。また「神慮の鏡」とはまったく異なる鏡の象徴として、緑柱石（ston of beryle）があり、それはゆがんだり、拡大する摩訶不思議な世界像を写し、気まぐれな審判が女王によって行われていることを示すものとなっている。

　真と偽（truth false）の扱いは、第1部の寺院では、主人公がオウヴィディウスとウェルギリウスのアエニアスの描き方の相違と記述の視点の違いから、歴史の記録の真実性を疑い始める点にもうかがわれる。またアエニアスのディドーのへの裏切りが言及されて、彼の見せかけ（seem）と内面の不一致、彼の彼女への空約束、彼女への不実（false）があきらかになる。神は完全で真実であるが、人間と人間の言語は不完全で、真実であることが難しいことが示される。
9) 中世版プラトン『ティマイオス』と『誉の館』との類似性をグレネンは指摘している。類似点は、宇宙探求が描かれていることや、認識論、自然哲学、文学理論がテーマとして合体していることである。Joseph E. Grennen, " Chaucer and Chalcidius: The Platonic Origin of The House of Fame," *Viator* 15（1984）, pp.237-62.
10) 第1部ではアエニアスの建国までの歴史をおって人間が Venus の支配

『誉の館』　217

下に、愛、欲望の問題に巻き込まれ、Venus が歴史をどこかで支配しているかのように描かれている。Venus はアフロディテとしての姿で登場する。愛の神で、愛の問題性を喚起するが、同時に Venus はアエニアスの母であり、息子を溺愛する母である。

Venus の宮殿では愛の女神、美と官能性を備えたアフロディテとしての姿で登場してくる。盲目の恋の使い、Cupid と Venus の夫 Vulcan もそばにいる。Venus は Aneas を戦乱から逃亡させ、彼のため嵐を静めるようにジュピターに請い、また Dido を娶わせ、どのようにしても息子を守り建国へ導く母でもある。Dido を裏切る Aneas の問題は、『自然の嘆き』の Venus の２面性である。母としての役割と同時に結婚の仲介をし、夫 Jupiter との和合で嵐を治める Venus は神の宇宙的調和のはたらきをしている。

11) 語源であるラテン語 ingenium の意味は生来の性質、自然、気質、構成、生来の能力、才能、である。プラトンと自然伝統によってこの語は多層な意味が付与されている。

OED ingenious の主な意味は以下である。I. 1. having a high intellectual capacity,; 2. intelligent, discerning,; 3. Having an aptitude for invention,; 4. having or showing a noble disposition,; 5. well-born,; 6. Of employment or education,; 7. Inborn, innate

12) Whetherbee, Winthrop, *Platonism and Poetry in the Twelfth Century: The Literary Influence of The School of Chartres*, Princeton: Princeton University Press,1972, pp.28-36, p.69.

13) Genius について以下参照。

In this, <u>the all-forming region</u>, a god of venerable aspect, and with the signs of the ravages of old age upon him, confronted her. For the Usiarch here was that Genius devoted to the art and office of delineating and giving shape to the forms of things….And so the Usiarch of that sphere which is called in Greek <u>Pantomorphos</u>, and in Latin <u>Omniformis</u>, composes and assigns the forms of all creature. (*The Cosmographia*, p.96) (下線は筆者)

14) *The Cosmographia*, p.44.

15) *The Cosmographia*, p.96.

このジニウスの居場所は、ギリシャ語 Pantomorphos、ラテン語では Omniformis と呼ばれるとある。注 13 参照。

16) *The Cosmographia*, pp.105-6. ではその精の説明は以下である。

" . . . a crowd of thousand of spirits thronged joyously together, like citizens of a crouded city . . . , their bodies are virtually incorporeal, and subtler then those of lower creatures . . ."

17) プラトンの世界霊魂と関連する。第Ⅰ部参照。*The Cosmpgraphia* ではこ

の両面は2種類の対のジニウスになっている。two genii--oversee the work of genitalia, also, to be identified with the tutelary spirit of marriage . . . subliminally, as the unconsciously heeded guiding principles of natural virtue and procreation on a transcendent level, as the mediating link between Nature and Urania (God), and natural understanding and true knowledge. (p.44)

18) 『鳥の議会』においての自然の庭の中で、ヴィーナスのいる寺院はため息や悲しみに満ちて暗い。それは愛と文化の不毛としての自然本性の暗黒面を示唆していた。ここでは、それと密接に関連して人間が正しく言語を使用できないこと、真実を述べることがむずかしことが暗示されている。

19) 鷲は教師の役割であるが、教師像ジニウスは以下にある。

. . . spirit . . . blest with understanding and recollection, and their powers of vision are so subtle and penetrating that, plumbing the dark depths of the spirit, they perceive the hidden thoughts of mind. <u>They are wholly bound to charity and the common good</u>, for they report the need of man to god, and return the gift of God's Kindness to men, ... Accordingly, when the new design, the new creation of man has taken place, <u>a "genius" will be assigned to watch over him</u> . . . . (*The Cosmographia*, p.197)（下線は筆者）

ダンテが鷲のイメージをとることについて、ダンテ『神曲』の煉獄編（IX. 19-33）にダンテは夢のなかで、黄金の羽の鷲によって天空に運ばれると述べている。チョーサーはダンテによって啓発されたが、彼が学んだ事柄は、詩の言語の真正性の問題である。鷲との会話にあるように、生きた言葉 speech が詩創作のイメージををもたらすことを、ダンテから知ったが、ダンテとの相違点は、詩作についての考え方にある。ダンテは、詩作は神の世界が霊感を受けた詩人によって表現されたものであり、『神曲』は真正性をもつもの、神の真実を伝えたものとみなすが、チョーサーにとっての詩作は想像力による表現であり、その真正性は保証されることはない。ダンテの鷲は教師の役割をしているが、鷲に連れられて天空高く信仰の次元にまで飛翔することを断ったこの詩人の資質は、ダンテと異なっていることがあきらかである。鷲はユーモラスな言動をとり、チョーサーのダンテ依存とダンテからの自立志向の両方を担っている。Karia Taylor, *Chaucer Reads 'The Divine Comedy'*, Stanford, California: Stanford University Press, 1989, pp. 20-49. Reginald Berry, "Chaucer's Eagle and the Element Air", *University of Toronto Quarterly* 43 (1974), pp. 285-97. 参照。

20) kunne gynne の関連語として knnynge は才能 ability、技 skill、知性 intelligence、たくみなこと cunning を意味する。第Ⅱ部1章の注18参照 OED によると 1. Knowledge; learning,; 2. The capacity of knowing; wit, intelligence,; 3. Knowledge how to do a thing; 等である。

21) この「名声の家」の描写は『アンティクアウディアヌス』にある「運

命の家」を踏襲している。「名声の家」では芸術家、創作者は運命Fortuneの気ままな動きによって審判をうけることを示唆する。

　Fortune's House

　The house of Fortune, clinging on high to a sheer rock and threatening to tumble down, sinks into a steep slope. It is subject to every raging wind and bears the brunt of every tempest of heaven, ...One part of the house sits atop the mountain rack, the other crouches on the rock's base and as though on the verge of sliding off, shows sings of falling. One part of the house glitters with silver, . . . gems, is alight with gold; the other part lies debased with worthless material. . . . Here is Fortune's a bode, if indeed the unstable ever abides, the wandering takes up residence, the moving becomes fixed.

　For her reasoned procedure is to be without reason, reliability is to be reliably unreliable . . . (*Anticlaudianus*, Book VIII. pp.189-90) *PL*. p.559.

22)　For the present she gives freer rein to her eyes, racks her brain gives her soule free-play that she may draw from within the mirrors something approved by Reason . . . (*Anticlaudianus*, Book I. p.65) *PL*. p.512.

23)　迷宮に関しては、ヘルムート・ヤスコルスキー／城真一訳『迷宮の神話学』(pp.118-9)を参照。ヤスコルスキーは、周回する迂路によって、自己の中心性を巡って歩ませられる迷宮体験を、円熟の過程の経験であり、自己の全体性を追求して、個体化へいたる冒険であるとしている。

24)　『迷宮の神話学』pp.170-89. 参照。

25)　このような創造に関連した神からもたらされる火について『宇宙形状誌』では以下にある。Those gleaming hosts whose nature is blazing fire, who are both created and named "burning spirits" stand about him (Tugaton-the supreme divinity) (*The Cosmographia*, p.106). *Cosmo*, p.135.

26)　*The Cosmographia*, p.41, p.140. ウェザビーの序文の中で解説されている。

27)　*Cosmo*, p.120. *The Cosmographia*, p.90.

28)　原文
　　Erigitur, mentumque regit,
　　Partimque retardat
　　Virgo mentum, stat mens cum
　　Corpore, corporis æquat
　　<u>Mens erecta</u> situm; . . . . (*PL*.p.546)（下線は筆者）

おわりに──自然といのちある言語について

　本書では、チョーサーがギリシャ、ラテンの古典、哲学書と神学的書物から伝播した語 nature と、それとの混交によって発展したアングロサクソンの土着的語である kind をどのように自由自在に使用して自己の創作活動を行ったかをあきらかにしようとした。

　『鳥の議会』において、自然の概念を具体的に表象する女神と、自然の結婚へのはたらきについて論じ、『公爵夫人の書』では滅ぶべき肉体と精神を支配する自然、「医者の話」では、自然の造化として神に似せて作られた人間が、自然に背くのはどのようなことかについて、「バースの女房の前口上」では自然本性、肉体にある人間の欲望について、『トロイルスとクリセイダ』では人間の愛を自然概念に照らし、『誉の館』では自然のはたらきと芸術を関連させて、芸術が「自然をならう」ことがどのようであるか、などをそれぞれ論じてきた。チョーサーがとりわけ人の自然本性にある理性 reason と本能的欲求 lust の両者を対置し、それらの調和、対立、矛盾といった相互関係に注目して自身の思索を深め、作品のなかで「自然にしたがう」あるいは「自然に背く」というキーワードを用いて、人間の現況を掘り下げていったことがわかった。また nature と kind に付随する語や概念（Genius、Venus、reason、cause、imagination、sentence、lust、love、gentility）などの使用に多くの工夫がなされていたことを指摘した。

12世紀の人文思想家たちが抱いた人間中心的志向は、西欧の自然概念として、それ以降の時代に多大な思想的影響をもたらした。人は元来、神に連なるところの自然本性が備えられているが、自然本性から自ら逸脱しているという考えは、正統的キリスト教教義と矛盾するものではない。そしてチョーサーの自然概念は中世カトリック教義の範囲内にある。彼は自然概念の思想的、哲学的議論、その人間中心的志向から影響を受けた。しかし詩人として彼の想像力をいっそうかきたてたものは「自然」がどのように表現されているかについてであり、その豊かな言語表現であったように思える。作品論では自然伝統の古典作品が、とりわけそこに展開されている nature 思想と言語表現が、チョーサーの作品の基盤となっていることを論じてきた。

　中世人チョーサーには、詩人としての自らの独創性はさほど意識されていなかった。チョーサーの作品はすべて、ほとんど数え切れないほどのソース、典拠をもち、作品内容は先人の書き物の模倣、反復、パロディ化、並行性、対称性、などというアレンジと工夫においてなされている。結果として彼の書くものには、ソースからの微妙なずれが生じてくる。このようなやり方でソースとなる書き物の種々の断片を用いて、錬金師が釜で金を合成しようとするかのように、またはいくつかの小枝（wiker）でパン籠を細工するかのようにあらたに作品を生み出している。伝統として引き継いだ語や詩文のもつ生命力こそチョーサーにとっての創造のかぎである。サイードが言語の変化と書く行為について述べているように（山形和美訳 『世界・テキスト・批評家』法政大学出版局、pp.209-230）それらの語や詩文に含有され伝えられてきたもの、言語のいのちがチョーサーの現実と呼応していく。「ふるきをたずね新しきを知る」ことは彼の生きている状況、現

実体が新たな詩文として生まれることであり、そのようにして伝統から開放され、既成の権威をくずしていくことである。

　チョーサーの作品は、読むたびチョーサーが逃げ去っていくという印象がつよい。作者自身の作品に対しての定見をつかむことは大変むずかしい。もともと聴衆を前に作品を朗読するというパーフォーマンスで伝えられたとすると、聞くものを意識してライブ的にそのつどの強調点がかわることもあるだろう。また自己隠蔽は彼の大得意とするところである。それは真に大切なことはあからさまにしないという中世修辞法の法則からでもある。また西欧中世世界がわれわれの現代社会とは異質であるので、中世の作品を理解する難しさはそれなりにある。しかし中期英語（Middle English）を読みなれるにしたがって、チョーサーの作品世界は今のわたしたちの現実感覚に迫ってくるという不思議さがある。それは語が（観念性と音をともなって）生きている現実として、そこに具体性をもって立ち現われるのを味わうという体験である。そのことを本書においてすこしでも証明できたであろうか。貧者の一灯のようなわずかな試みであり、不備な点もみられると思われるが、今後読者の方々の教示や示唆をいただければ幸いである。

　第Ⅱ部における各作品論の初出は、

1.『中世英文学への巡礼の道』南雲堂、1993 年（共著）pp.337-353.
2.『帝国学園紀要』第 15 号、1989 年
3. 同志社大学英文学会『主流』第 62 号、2001 年
4.『大阪国際女子大学紀要』第 20 号、1994 年
5.『文学と評論』第 3 集 4 号、2005 年
6.『未来へのヴィジョン』英潮社、2003 年（共著）、pp.3-16.

である。今回は以上の論文全てにおいて加筆　訂正を加えている。

　本書の出版に際して大阪国際大学メディアセンターの吉岡肖治さん、金森美和さんとスタッフの方々、松籟社の相坂一氏と藤墳智史氏に色々ご尽力いただき、お礼を申し上げたい。脇よりときおり力つよい助けの手をのべてくださった方々にも感謝したい。

2009 年 1 月

参考文献

Aers, David. *Chaucer Langland and the Creative Imagination*, London: Routledge & Kegan Paul, 1980.
Alanus de Insulis(Alain de Lille). *De Planctu Naturae*, Ed. J.P. Migne, Patrologia Latina 210.
———. *The Complaint of Nature*, Trans. Douglas M. Moffat, Connecticut: Archon Books, 1972.
———. *Anticlaudianus*, Ed. J.P. Migne, *Patrologia Latina* 210.
———. *Anticlaudianus or the Good and Perfect Man*, Ed., and trans. James J. Sheridan, Toronto: Pontifical Institute of Mediaeval Studies, 1973.(秋山学・大谷啓治訳「アンティクラウディアヌス」、上智大学中世思想研究所『中世思想原典集成 8——シャルトル学派』平凡社、2002 年)
Aristotle. *Generation of Animals*, Trans. A. L. Peck, Cambridge, Massachusetts: Harvard University Press, 1953.
田中美知太郎責任編集『世界の名著 8——アリストテレス』筑摩書房、1982 年。
アウグスティヌス／加藤武訳『アウグスティヌス著作集第 6 巻——キリスト教の教え』教文館、1988 年。
Aquinas, Thomas. *St.Thomas Aquinas Summa Theologica*, Translated by Fathers of the English Dominican Province, 5 vols. Christian Classics, Westminster, Maryland:1981.(高田三郎訳『神学大全』創文社、1960 年)
上智大学中世思想研究所編訳・監修『中世思想原典集成 14——トマス・アクィナス』平凡社、2002 年。
Barrett, Helen M. M.A. *Boethius Some Aspects of his Times and Work*, New York: Russell & Russell, 1965.
バルト、ロラン『テクストの快楽』沢崎浩平訳、みすず書房、1993 年。
Bennett, J. A. W. *The Parlement of Foules*, Oxford: Clarendon Press, 1957.
Bennett, J. A. W. *Chaucer's Book of Fame*, Oxford: Clarendon Press, 1968.
Bethurum, D. "Chaucer' Point of View as Narrator in the Love Poems," *PMLA* LXXIV (1959), 511-520.
Berry, Reginald. "Chaucer's Eagle and the Element Air," *University of Toronto Quarterly* XLIII (1974). 285-97.
Biller, Peter and Minnis A.J. Ed. *Medieval Theology and the Natural Body*, York: University of York, 1997.
Blonquist, Lawrence B. Trans. *L'Art d'Amours(The Art of Love)*, New York and London: Garland Publishing, Inc., 1987.
Boccaccio,Giovanni. *Il Filostorto Italian text edited by Vincenzo Pernicone, translated with an introduction by Robert P. apRoberts and Anna Bruni Seldis*,

Garland Library of Medieval Literature Vol 53 Series A, New York & London: Garland Publishing, Inc., 1986.

Boethius, A.M.S. *Boethius The Consolation of Philosophy*, Trans. S.J. Tester, The Loeb Classical Library, Cambridge, Massachusetts: Harvard University Press, 1973.

———. *The Consolation of Philosophy*, Trans. V.E. Watts, Penguin Classics, 1969.（渡辺義雄訳「哲学の慰め」、『世界古典文学全集 26――アウグスティヌス・ボエティウス』筑摩書房、1983 年）

Boitani, P. *Chaucer and the Imaginary World of Fame*, Cambridge: D. S. Brewer, Barned & Noble, 1984.

———. "Chaucer's Labyrinth: Fourteenth-Century Literature and Language," *Chaucer Review: Journal of Medieval Studies and Literary Criticism* XVII (1982-83), 197-220.

ブレイエ、エミール／渡辺義男訳『哲学の歴史 3――中世・ルネサンスの哲学』筑摩書房、1986 年。

Brewer, D. S. *Geoffrey Chaucer The Parlement of Foules*, Manchester: Manchester University Press, 1972.

Burlin, Robert B. *Chaucerian Fiction*, Princeton, New Jersey: Princeton University Press, 1977.

Bryan, W. F. and Dempster Germaine ed. *Sources and Analogues of Chaucer's Canterbury Tales*, Chicago: University of Chicago Press, 1958.

カペルラヌス、アンドレアス／野島秀勝訳『宮廷風恋愛の技術』法政大学出版局、1990 年。

Cannon, Christopher. *The Making of Chaucer's English A Study of Words*, Cambridge: Cambridge University Press, 1998.

Chaucer, Geoffrey. *The Riverside Chaucer*, Ed. Larry D. Benson, 3rd edn. Boston: Houghton and Mifflin, 1987.

チョーサー、ジェフリー／増田進訳『チョーサー――薔薇物語』小川図書、1997 年。

チョーサー、ジェフリー／瀬谷幸男訳『中世英語版――薔薇物語』南雲堂フェニックス、2001 年。

チョーサー、ジェフリー／塩見知之訳『チョーサーの夢物語詩――公爵夫人の書・名声の館・百鳥の集い』高文堂出版社、1981 年。

Clemen, W. H. *Chaucer's Early Poetry,* London: Methuen & Co Ltd, 1968.

Coming, Hurbertis M. *The Indebtedness of Chaucer's Works to the Italian Works of Boccaccio*, Wisconsin: George Banta Publishing Company, 1916.

Cooper, Helen. *Oxford Guides to Chaucer The Canterbury Tales*, Oxford: Oxford University Press, 1991.

Copeland, Rita. *Rhetoric Hermeneutics and Translation in the Middle Ages*, Cambridge: Cambridge University, 1991.

Curry, Walter Clyde. *Chaucer and the Mediaeval Sciences*, 2nd. edn. New York: Barnes & Nobel, Inc, 1960.

Curtius, Ernst Robert. *European Literature and the Latin Middle Ages*, Trans. Willard R. Trask, Princeton, New Jersey: Princeton University Press, 1973.

Dante, Alighieri. *The Divine Comedy*, Ed. and trans. Charles S. Singleton, Bollingen Series LXXX, Princeton, New Jersey: Princeton University Press, 1982.（平川祐弘訳「神曲」、『世界文学全集第2巻』河出書房、1968年）

Davenport, W. A. *Chaucer Complaint and Narrative*, Cambridge, New Hampshire: D. S. Brewer, 1988.

ドウソン、クリストファー／野口啓祐訳『中世のキリスト教と文化』新泉社、1969年。

Delany, Sheila. *Chaucer's House of Fame The Poetics of Skeptical Fideism*, Chicago and London: The University of Chicago Press, 1972.

Dinshaw, Carolyn. "Reading Like a Man: The Critics, the Narrator, Troilus, and Pandarus," *Chaucer's Troilus and Criseyde "Subgit to alle Poesye" Essays in Criticism*, Ed. R.A. Shoaf, Binghamton, New York: Medieval & Renaissance Text & Studies, 1992.

Dodd, W.G. *Courtly Love in Chaucer and Gower*, Harvard Studies in English, Vol. 1 Boston: Ginn and Company Publishers, 1913.

Donaldson, E. T. *Speaking of Chaucer*, London: Athlone Press, 1970.

海老久人「ゴシック的知のヒェラルキーと想像力——中世イギリス神秘文学をめぐって」、美学会編『美学』140号、1985年。

Eco, Umberto. *The Aesthetics of Thomas Aquinas*, Trans. Hugh Bredin, Cambridge Massachusetts: Harvard University Press, 1988.

Economou, George D. *The Goddess Natura in Medieval Literature*, Cambridge, Massachusetts: Harvard University Press, 1972.

Ferrante, Joan M. *Women As Image In Medieval Literature From the Twelfth Century to Dante*, New York and London: Columbia University Press, 1975.

Ferster, Judeith. *Chaucer on Interpretation*, Cambridge: Cambridge University Press, 1985.

Fleming, John. *Reason and Lover*, Princeton, New Jersey: Princeton University Press, 1984.

———. *The Roman de la Rose: A Study in Allegory and Iconography*, Princeton, New Jersey: Princeton University Press, 1969.

Fyler, John M. *Chaucer and Ovid*, New Haven and London: Yale University Press, 1979.

Geoffrey of Vinsauf. *Poetria Nova of Geoffrey of Vinsauf*, Trans. Margaret F. Nims, Toronto: Pontifical Institute of Mediaeval Studies, 1967.

ジルソン、エティエンヌ・アンリ／峠尚武訳『中世における理性と啓示』行路社、1987年。

ル＝ゴフ、ジャック／池田健二他訳『中世とは何か』藤原書店、2005年。

ガゥワー、ジョン／伊藤正義訳『恋する男の告解』篠崎書林、1988年。

グラント、エドワード／小林剛訳『中世における科学の基礎づけ』知泉書館、2007年。

Grennen, Joseph E. "Hert-hunting in *The Book of Duchess*," *Modern Language Quarterly* 25 (1964),131-39.

グレイヴス、ロバート／高杉一郎訳『ギリシア神話』紀伊国屋書店、1973年。

Guillaume de Lorris and Jean de Meun. *Le Roman de la Rose*, Ed. Ernest Langlois, 5 vols. SATF 71, Paris: 1921-1924.

――. *Le Roman De La Rose*, Ed. Felix Lecoy, 3vols. Paris: Champion, 1973.

――. *The Romance of the Rose*, Trans. Charles Dahlberg, Hanover and London: University Press of New England, 1971.

――. *The Romance of the Rose*, Trans. Harry W. Robins, A Dutton Paperback, New York: 1962.（見目誠訳『薔薇物語』未知谷、1995年）（篠田勝英訳・注解『薔薇物語』平凡社、1996年）

Guillaume de Machaunt. *Le Judgement du Roy de Behaigne and Remede de Fortune*, Ed. James Wimsatt and William W. Kibler, Athens and London: The University of Georgia Press, 1988.

Hamilton, George L. *The Indebtedness of Chaucer's Troilus and Criseyde to Guido Delle Colonne's Historia Trojana*, New York: Ams Press, 1966.

Harvely, N.R. *Chaucer's Boccaccio Sources for Troilus and the Knight's and Franklin's Tales Translations from the Filostrato, Teseida and Filocolo*, Cambridge: D.S. Brewer, 1980.

ハスキンズ、チャールズ・ホーマー／野口洋三訳『十二世紀ルネサンス』創文社、1985年。

Henryson, Robert. *The Testament of Cresseid and Other Poems*, Selected by Hugh Macdiarmid, London: Penguin Books Ltd., 1993.

Hoffman, Richard L. "Jephthah's Daughter and Chaucer's Virginia," *Chaucer Review* II (1967-68), pp.20-31.

Howard, Donald R. *Chaucer His Life His Works His World*, NewYork: E. P. Dutton, 1987.

――. *The Three Temptations: Medieval Man in Search of the World*, Princeton, New Jersey: Princeton University Press, 1966.

Hult, David F. "Language and Dismemberment: Abelard, Origen, and the Romance of the Rose", *Rethinking the Romance of the Rose Text, Image, Reception*, Ed. Kevin Brownlee and Sylvia Huot, Philadelphia: University of Pennsylvania Press, 1992.

池上忠弘・斉藤勇・繁尾久・都留久人監修『「バースの女房」をめぐって：チョーサーカンタベリ物語』（中世英文学シンポジウム第2集）学書房、1985年。

稲垣良典『トマス・アクィナス哲学の研究』創文社、1977年。

ヤスコルスキー、ヘルムート／城真一訳『迷宮の神話学』青土社、1998年。

Jefferson, Bernard L. *Chaucer and the Consolation of Philosophy of Boethius*, New York: Gordian Press, 1968.

Jerome, Saint. *The Letters of St. Jerome*, Vol. I Letters I-22 Trans. C.C. Mierow, *Ancient Christian Writers The works of the Fathers in Translation* No33, Ed. J. Quasten and W. J. Burghardt, S.J., London: Longmans, Green And Co, 1963.

Jimura, Akiyuki. "Chaucer's Use of 'Herte' in the Book of the Duchess," *Language and Style in English Literature Essays in Honor of Michio Matsui*, 広島英語研究会編 Hiroshima: The Eihosha Ltd.,1991, 289-305.

Jordan, Robert M. *Chaucer's Poetics and the Modern Reader*, California: University of California Press, 1987.

――. *Chaucer and the Shape of Creation: The Aesthetic Possibilities of Inorganic Structure*, Cambridge, Massachusetts: Harvard University Press, 1967.

上智大学中世思想研究所編『中世の自然観』（中世研究第7号）創文社、1991年。

柏木英彦「12世紀における自然」、上智大学中世思想研究所編『中世の自然観』（中世研究第7号）創文社、1991年。

Kean, P. M. *Chaucer and the Making of English Poetry*, 2vols. London: Routledge and Kegan Paul, 1972.

Kelly, Douglas. *Medieval Imagination*, Wisconsin: University of Wisconsin Press, 1978.

Kirby, T.A. *Chaucer's Troilus: A Study in Courtly Love*, Cambridge, Massachusetts: Harvard University Press, 1915.

Knowlton, E. C. "The Goddess Nature in Early Periods", *The Journal of English and Germanic Philology* XIX (1920), 224-253.

――. "Nature in Middle English", *The Journal of English and Germanic Philology* XX (1921), 186-207.

Koonce, G. *Chaucer and the Tradition of Fame: Symbolism in the House of Fame*, Princeton, New Jersey: Princeton University Press, 1966.

Kretzmann, Norman and Stump Eleonore, eds. *The Cambridge Translations of Medieval Philosophical Texts*, Vol. 1 Cambridge: Cambridge University Press, 1988.

Kristeva, Julia. *Desire in Language: A Semiotic Approach to Literature and Art*, Ed. Leon S. Roudiez, Trans. Thomas Gora, Alice Jardine, and Leon S. Roudiez, New York: Columbia University Press, 1980.

小山宙丸編『ヨーロッパ中世の自然観』創文社、1998年。

クルクセン、ヴォルフガング「中世の倫理学における『自然』：LEX Naturae」、小山宙丸編『ヨーロッパ中世の自然観』創文社、1998年。

クルクセン、ヴォルフガング「自然法－倫理学的問題のトマス的解決の永続的意義」、小山宙丸編『ヨーロッパ中世の自然観』創文社、1998年。

ラングランド、ウィリアム／池上忠弘訳『農夫ピアスの幻想』新泉社、1975年。

──／生地竹郎訳『ウィリアムの見た農夫ピァズの夢』篠崎書林、1974年。

Laskaya, Anne. *Chaucer's Approach to Gender in the Canterbury Tales*, Cambridge: D. S. Brewer, 1995.

Lewis, C.S. *The Allegory of Love*, Oxford: Clarendon Press, 1936.

──. *The Discarded Image*, Cambridge: Cambridge University Press, 1964.

──. *Studies in Medieval and Renaissance Literature*, Cambridge: Cambridge University Press, 1966.

──. *Studies in Words*, 2nd edn. Cambridge: Cambridge University Press, 1967.

Lewis, Charlton T. *An Elementary Latin Dictionary*, Oxford: Clarendon Press, 1981.

Livy. *Livy*, Ed., and trans. B. O. Foster, The Loeb Classical Library, Cambridge, Massachusetts: Harvard University Press, 1919-59.

Looze, Laurence de. ed. and trans. *Jean Froissart A Preson Amoureuse (The Prison of Love)*, New York and London: Garland Publishing,Inc.,1994.

Lovejoy, Arthur O. *The Great Chain of Being A Study of the History of an Idea*, Cambridge, Massachusetts: Harvard University Press, 1964.

Lumiansky, R. M. "The Story of Troilus and Briseida According to Benoit and Guido," *Speculum* XXIX (1954).727-733.

Lynch, Kathryn L. *The High Medieval Dream Vision*, Stanford, California: Stanford University Press, 1988.

──. *Chaucer's Philosophical Visions*, Cambridge: D. S. Brewer, 2000.

Maclean, Ian. *The Renaissance Notion of woman A study in the Fortunes of Scholasticism and Medical Science in European Intellectual Life*, Cambridge: Cambridge University Press, 1980.

Macrobius, Ambrosius Theodosius. *Commentary on the Dream of Scipio*, Trans.,with an Introduction and Notes by William Harris Stahl, New York: Columbia University Press, 1952.

Martin, Priscilla. *Chaucer's Women Nuns*, Wives and Amazons, London: Macmillan Press Ltd.,1990.

Matsui, Noriko. "'Cunde' in the Katherine Group as a Reflex of Twelfth Century

Latin *natura*", *Studies in English Philology and Linguistics*, 松浪有還暦記念論文編集委員会編、秀文インターナショナル, 1980.

松井倫子「OE 訳 De Consolatione Philosophiae における「自然」」、立教大学文学部英米文学科 編『英米文学』第 40 号、1980 年。

Middleton, Anne. "The Physician's Tale and Love's Martyrs: 'Ensamples Mo Than Ten' As a Method in *The Canterbury Tales*," *Chaucer Review* VIII (1973), 9-32.

Minnis, A. J. ed. *Chaucer's Boece and the Medieval Tradition of Boethius*, Cambridge: D.S.Brewer, 1993.

三好洋子「なぜ「バースの女房」の物語なのか」、『「バースの女房」をめぐって：チョーサーカンタベリ物語』（中世英文学シンポジウム第 2 集）学書房、1985 年。

Morgan, Joseph J. Jr. *Chaucer and the Theme of Mutability*, Paris: Mouton, 1969.

Murphy, James J. ed. *Three Medieval Rhetorical Arts*, Berkeley, Los Angeles, and London: University of California Press, 1971.

Muscatine, Charles. *Chaucer and the French Tradition A Study in Style and Meaning*, California: University of California Press, 1957.

Miller, Mark. *Philosophical Chaucer Love, Sex, and Agency in the Canterbury Tales*, Cambridge: Cambridge University Press, 2004.

Noguchi, Shunichi. "Chaucer's Concept of Nature," Toshiyuki Takamiya and Richard Beadle eds., *Chaucer to Shakespeare: Essays in Honour of Shinsuke Andou*, Cambridge: D.S. Brewer, 1992.

Ovid. *Metamorphoses*, Trans. A.D.Melville, The World's Classics, Oxford: Oxford University Press, 1987.

Palomo, D. "The Fate of the Wife of Bath's 'Bad Husbands'," *The Chaucer Review* IX 4 (1975), pp.303-319.

Patterson, Lee. *Chaucer and the Subject of History*, Wisconsin: The University of Wisconsin Press, 1991.

Payne, Robert O. *The Key of Remembrance A Study of Chaucer's Poetics*, Rpt. Westport, Connecticut: Greenwood Press, Pubishers,1973.

Pearsall, Derek. *The Canterbury Tales*, London: George Allen & Unwin, 1985.

———. *The Life of Geoffrey Chaucer A Critical Biography*, Oxford / Cambridge USA: Blackwell, 1992.

———. *Chaucer to Spenser A Critical Reader*, Massachusetts / Oxford: Blackwell, 1999.

Peck, Russell A. *Chaucer's Romaunt of the Rose and Boece, Treatise on the Astrolabe, Equatorie of the Planetis, Lost Works, and Chaucerian Apocrypha*, Toronto: University of Toronto, 1988.

Plato. *The Dialogues of Plato*, Trans. Benjamin Jowett, Great Books of the Western

World, Vol. 6 Plato, Ed. Mortimer J. Adler, Encyclopedia Britannica, Inc.,1993.
——／種山恭子訳「ティマイオス」、『プラトン全集 12——ティマイオス・クリティアス』岩波書店、1981 年。
Plotinus. Plotinus: *The Six Enneads*, Trans. Stephen MacKenna and B.S. Page, *Great Books of the Western World*, Vol. 11 *Lucretius, Epictetus, Marcus Aurelius, Plotinus*, Ed. Mortimer J. Adler, Encyclopedia Britannica, Inc., 1993.
田中美知太郎編『世界の名著 15——プロティノス・ポルピュリオス・プロクロス』中央公論社、1980 年。
Reynolds, Suzanne. *Medieval Reading Grammar, Rhetoric and the Classical Text*, Cambridge: Cambridge University Press, 1996.
リーゼンフーバー、クラウス／矢玉俊彦訳「トマス・アクィナスにおける自然理解」、『西洋古代中世哲学史』放送大学振興会、1995 年。
Robertson, D. W., Jr. *Preface to Chaucer*, Princeton, New Jersey: Princeton University Press, 1962.
Robinson, Ian. *Chaucer and the English Tradition*, Cambridge: Cambridge University Press, 1972.
Rogers, Ellis. *Pattern of Religious Narrative in the Canterbury Tales*, London and Sydney: Croom Helm Ltd, 1986.
Root, Robert Kilburn, ed. *Troilus and Criseyde, Princeton*, New Jersey: Princeton University Press, 1954.
Rowe, Donald W. *O Love O Charite! Contraries Harmonized in Chaucer's Troilus*, Southern Illinois: Southern Illinois University Press, 1976.
Ruggiers, Paul G. "Words into Image in Chaucer's Hous of Fame: A Third Suggestion," *Modern Language Notes* LXIV (1954), 34-37.
Sadler, Lynn Veach. "Chaucer's the Book of Duchess and the 'Law of Kynd'," *Annuale Mediaevale* Vol.XI (1970), 51-64.
斉藤勇『チョーサー——曖昧・悪戯・敬虔』南雲堂、2000 年。
Salu, Mary, ed. *Essays on Troilus and Criseyde*, Cambridge: D. S. Brewer, 1991.
シッパーゲス、ハインリッヒ／大橋博司訳『中世の医学——治療と養成の文化史』人文書院、1988 年。
Shannon, Edgar F. "The Physician's Tale" in *Sources and Analogues of Chaucer's Canterbury Tales*, Ed. W. F. Bryan and Germaine Dempster, Chicago: University of Chicago Press, 1941.
シェル、ピエール・マクシム／花田圭介訳『プラトン作品への案内』岩波書店、1985 年。
Shoaf, R. Allen. *Chaucer's Body*, Florida: University Press of Florida, 2001.
Silverstris Bernardus. *Cosmographia*, Ed. Peter Dronke, Leiden: E.J.Brill, 1978.
——. *The Cosmographia of Bernardus Silverstris*, Trans.Winthrop Wetherbee, New

York: Columbia University Press, 1973.（秋山学訳「コスモグラフィア（世界形状誌）」、上智大学中世思想研究所編訳・監修『中世思想原典集成 8 ——シャルトル学派』平凡社、2002 年）

Steadman, J.M. *Disembodied Laughter: Troilus and the Apotheosis Tradition*, Los Angeles: University of California Press, 1972.

水地宗明『アリストテレスの神論：「形而上学ラムダ巻」注解』晃洋書房、2004 年。

Sutherland, Ronald, ed.*The Romaunt of the Rose and Le Roman de la Rose A Parallel-text Edition*, Oxford: Basil Blackwell, 1967.

Syphred, W. O. *Studies in Chaucer's Hous of Fame*, New York: Publishers of Scholarly Books, 1965.

Tatlock, J. S. P. *The Mind and Art of Chaucer*, New York: Gordian Press, Inc, 1966.

Taylor, Karia. *Chaucer Reads "The Divine Comedy"*, Stanford, California: Stanford University Press, 1989.

筒井脩『シェイクスピアにおける nature の意味』関西大学出版部、2006 年。

White, Hugh. *Nature, Sex, and Goodness in a Medieval Literary Tradition*, Oxford: Oxford University Press, 2000.

——. *Nature and Salvation in Piers Plowman*, Cambridge: D. S. Brewer, 1988.

White, R. S. *Natural Law in English Renaissance literature*, Cambridge: Cambridge University Press, 1996.

Wilson, Katharina M. and Makowski Elizabeth M. *Wykked Wyves and the Woes of Marriage*, New York: State University of New York Press, 1990.

Wimsatt, J. I. *Chaucer and the French Love Poets*, Chapel Hill: University of North Carolina Press, 1968.

——. "Realism in Troilus and Criseyde and the Roman de la Rose," Chaucer Studies III *Essays on Troilus and Criseyde*, Ed. Mary Salu, Suffolk: St. Edmundsbury Press Ltd, 1991.

Windeatt B. A., ed. and trans. *Chaucer's Dream Poetry: Sources and Analogues*, Cambridge: D. S. Brewer, Rowman & Littlefield, 1982.

【著 者】
石野　はるみ（いしの・はるみ）
　1969年　津田塾大学学芸学部卒業
　1976年　同志社大学大学院文学研究科修了（文学修士）
　　　　　現在、大阪国際大学国際コミュニケーション学部教授
　　　　　中世英語英文学会会員
　　　　　日本英文学会会員
専　攻　中世英文学
著　書　『中世英文学への巡礼の道』（共著、南雲堂、1993 年）
　　　　『未来へのヴィジョン』（共著、英潮社、2003 年）

チョーサーの自然
―― 四月の雨が降れば ――

2009 年 2 月 12 日　初版第 1 刷発行　　　定価はカバーに表示しています

　　　　　　　　　　　　　　　　著　者　石野　はるみ
　　　　　　　　　　　　　　　　発行者　相坂　一

　　　　　発行所　　　　松籟社（しょうらいしゃ）
　　　　〒612-0801　京都市伏見区深草正覚町 1-34
　　　　　電話　075-531-2878　振替　01040-3-13030
　　　　　　　　ウェブサイト　http://shoraisha.com/

Printed in Japan　　　　　　　印刷・製本　モリモト印刷（株）

Ⓒ 2009　ISBN978-4-87984-267-1　C0098